파우스트 2

파우스트 2

차 례　　Faust

/

/

1 권　차 례

비극
제2부

제1막

풍경이 아름다운 곳

(파우스트, 꽃이 아름답게 핀 풀밭에서 지친 모습으로 누워 답답한 마음에 잠을 청하려 한다. 시간은 땅거미가 질 무렵이다. 요정의 무리가 공중에 너풀거린다. 작지만 우아한 모습이다.)

아리엘 (아이올로스의 하프를 켜며 노래 부른다.)

　　꽃잎이 봄비처럼 내려

　　온 세상을 뒤덮으면,

　　이 들판이 다시 푸르러져

　　이 땅의 모든 이에게

축복을 전할 때면,

작은 요정들은

정령의 힘으로

도움이 필요한 곳으로

서둘러 간다네.

성직자건 죄인이건 상관없지.

불행한 사람이라면

연민의 마음으로

모두 사랑하네.

이 사람의 머리 위로 공중에서 너울거리는

너희 요정들아, 요정만이 지닌 치유의 힘을

그에게 발휘해라.

격렬한 가슴의 고통을 덜어주고,

그를 찌르는 이 날카로운 자책의 화살을 뽑아주렴.

그의 마음속에서 몸소 체험한

두려움의 기억을 씻겨줘라.

하룻밤의 야경에서도 네 번의 휴식이 있듯,

꾸물거리지 말고 어서 이 혼에게도 친절을 베풀어라.

우선 그의 머리를 시원한 잔디에 누이고,

그의 몸을 레테 강물로 씻겨주어라!

하룻밤 푹 자고서 원기를 찾으면

뻣뻣해졌던 몸뚱이도 부드러워지리라.
요정들이 맡은 고결한 의무를 다하여
이분에게 신성한 빛을 돌려주어라!

합창 (독창으로, 이중창으로, 다중창으로, 교대로 그리고 다함께)

초록빛으로 푸르른 대지에
신선한 공기가 가득 차면,
달콤한 향기, 아지랑이가 피어오르고
황혼이 찾아온다.
황혼은 달콤한 목소리로
평화를 속삭이고
마음에 어린아이 같은
평온이 찾아와 근심을 잠재운다.
그리고 지쳐버린 두 눈 앞에
하루의 문을 고요히 닫아준다.

어느새 밤은 깊어지고,
별들은 옹기종기 성스럽게 모여
커다란 불빛, 작은 불빛을 뿜내며
멀리서 가까이서 반짝반짝 빛난다.
여기 호수에 반사되어 반짝이고

저기 청량한 밤하늘에서도 빛난다.
깊디깊은 휴식의 행복을 건네며
환한 달빛으로 밤하늘을 밝힌다.

고통과 행복으로 가득했던 시간들이
이젠 사라져버렸다.
확신하라, 당신은 건강해지리니!
새날이 밝아옴을 믿어라!
골짜기는 푸르고, 언덕은 우거져
나무들은 어디에나
쉴 수 있는 그늘을 만든다.
씨앗은 은빛으로 너울거리며
수확을 향해 날아간다.

소망들로 가득 찬 소망을 이루려면
저편의 광채를 바라보라!
당신을 조용히 에워싸고 있는
잠이란 껍질을 벗어버려라!
다른 이들이 겁먹고 주저하더라도
망설이지 말고 담대하게 행하라.
현명하고 민첩하며 고귀한

사람만이 모든 것을 누리리라.

(엄청난 굉음, 태양이 가까이 다가왔음을 알린다.)

아리엘 들어라! 저 호렌의 폭풍과도 같은 소리를.

요정들의 귀에 울리는 저 굉음처럼

이미 새날이 탄생했도다.

바위 문이 덜커덕 소리를 내며 열리고

아폴론의 수레바퀴 소리가 요란하다.

저 밝은 빛이 내는 소리란 얼마나 우렁찬가!

나팔 소리 울리고, 트롬본이 소리를 내누나.

눈이 부시고, 귀가 먹먹하니,

지금껏 들어보지 못한 이 소리를

더 이상 견딜 수 없네.

어서 꽃송이 속으로 숨어라.

깊이 더 깊이 들어가 고요히 살아라.

바위틈 속으로, 나뭇잎 아래로!

저 소리를 들으면 귀머거리가 될 것이다!

파우스트 생명의 맥박이 되살아나,

새벽하늘에 살며시 인사하는구나.

너, 대지여, 간밤에도 잘 견디다

내 발밑에 새로이 숨을 내쉬며
나를 다시 즐거움으로 에워싸는구나.
너는 최고의 존재가 되겠다는
확고한 결심을 내 안에 일으킨다.
여명은 어느새 세상을 감싸고
숲에서는 수천 생명의 소리가 울려 퍼진다.
골짜기 안팎으로 안개의 띠가 범람한다.
그러나 아무리 깊은 곳에도
하늘의 청명한 빛이 닿는다.
큰 가지, 작은 가지가 잠에서 깨어나
향기로운 그곳에서 힘차게 뻗어 나온다.
꽃과 이파리에는 이슬방울이 매달리고,
그 색상이 형형색색으로 가득하다.
나를 둘러싼 이곳이야말로 낙원이 아닌가.
위를 보라! 저 높은 산봉우리가
벌써 축제의 시간을 알리는구나,
산봉우리는 영원한 빛을 먼저 맛본다.
우리가 나중에 가서야 볼 수 있는 그 빛을.
어느새 알프스의 푸른 언덕까지
새로운 빛을 선명하게 드리우며
점차 아래까지 빛나는구나.

태양이 다시 떠오른다!
그렇지만 너무나 눈이 부신 탓에
눈이 아파 고개를 돌리지 않을 수 없다.

그래, 바로 그런 거야.
열망으로 가득 찬 기대에 젖어
끊임없는 노력으로 존귀한 목표에 이르니,
성공의 문은 열려 있다.
그러나 영원한 심연에서 치솟은 거대한 불길 앞에
우리는 깜짝 놀라 이리 우두커니 서 있다.
생명의 횃불에 불을 붙이려다 불바다에 휩싸이다니,
이 불길 좀 봐! 저 불길은 사랑인가? 미움인가?
고통과 기쁨의 교차가 너무나 강렬해
젊은 아침의 안개에 몸을 숨기려
우리는 다시 지상으로 눈을 돌린다.
태양아, 부디 내 등 뒤에 있어다오!
암벽 사이로 힘차게 흘러내리는 폭포를
정신없이 황홀하게 바라본다.
떨어지는 물방울들은 수천 갈래로 쏟아지고
또다시 몇만 갈래로 퍼부으며
공중에 물거품을 일으킨다.

이런 폭풍우 속에서

찬란한 빛의 무지개가 일어난다.

그 자체만으로도 얼마나 아름다운가.

막 그림을 그린 것처럼,

그리고 곧 공중에서 사라질 것처럼

서늘하고 향기로운 물방울을 주변에 뿌리는구나!

인간이 하는 노력은 저 무지개에 투영된다.

곰곰이 생각해보면 깨닫게 되리라.

우리의 인생도 반사되는 무지개나 다름없다는 것을.

황제의 성

옥좌가 있는 홀

(고위 관리들이 황제의 입장을 알리는 나팔 소리를 기다리고 있다. 화려하게 차려입은 조정 신하들이 등장한다. 황제가 옥좌에 오른다. 황제의 오른편에는 점성술사가 있다.)

황제 이렇게 방방곡곡에서 와준 경들이여,

매우 반갑기 그지없소.

그런데 현자는 이미 내 곁에 있는데

어릿광대는 어디에 있단 말인가?

시종 폐하의 도포자락 바로 뒤에 있었는데,

그만 계단에서 넘어지고 말았습니다.

그 뚱보 녀석을 치우긴 했는데

죽은 건지, 취한 건지 잘 모르겠나이다.

두 번째 시종 순간 쏜살같이 어떤 한 놈이

그 자리로 들어왔습니다.

꽤 그럴듯하게 차려입기는 했는데

보는 이들마다 주춤할 정도로 끔찍하게 생겨서

보초병들이 도끼를 얼굴에 들이대며

문간에서 못 들어오게 제지했답니다.

그런데도 들어왔습니다, 아주 대담한 놈입니다!

메피스토펠레스 (옥좌 앞에 무릎을 꿇으며)

불청객이면서도 늘 환영을 받는 건 무엇이죠?

늘 그리워하면서도 쫓아버리는 건 무엇이죠?

항상 보호를 받는 건 뭐죠?

심한 원망을 듣고 욕을 먹는 건 무엇이죠?

불러들이면 안 되는 사람이란 누굴까요?

누구나 듣고 싶어 하는 이름은요?

폐하의 옥좌 계단에 다가오는 자는 누구죠?

버림받는 걸 자처하는 자는 누구죠?

황제 이제 그만 말을 아끼지 그러나!

지금 수수께끼 놀이를 할 때가 아닐세.

그런 건 저기 저 무리들이나 하는 거지.

거기 너, 네가 풀어보아라. 내 들어주겠으니.

늙은 광대 놈은 저 멀리 떠난 듯하니,

네 녀석이 그 자리에 앉아라.

이리 내 곁으로 오라.

(메피스토펠레스, 계단을 올라가 황제의 왼편에 선다.)

웅성거리는 소리 새 광대라니! 새 골칫거리가 생겼어!

어디서 나타난 놈이야? 어떻게 들어왔지?

먼저 그 늙은 놈은 쓰러졌어!

먼저 놈한테 괜히 낭비했군!

전에 그 놈은 술통 같았는데!

이번엔 완전 널빤지로군.

황제 자자, 친애하는 경들이여,

방방곡곡에서 이렇게 와주니 정말 반갑소.

그대들은 별자리가 적절한 때 모였소.

하늘에 행운과 만복이라 쓰여 있으니 말이오.

그렇지만 어디 말해보시오.

이렇게 걱정도 털어버리고

그저 멋진 수염에 가면이나 쓰고

놀면서 즐기면 그만인 이런 날에

왜 우리가 머리를 싸매고 신경을 써야 하는지 말이오!

허나 그대들의 생각이 그렇다면 어쩔 수 없지.

일은 이미 이렇게 벌어졌으니 어서 시작해봅시다.

재상 성스러운 후광처럼

이 세상 가장 숭고한 덕성이

폐하의 머리에 빛나고 있어,

오로지 폐하만이 그 덕성을

제대로 발휘하실 수 있나이다.

바로 정의입니다!

모두가 원하고 요구하고 바라고

또 버리기 힘든 그것 말입니다.

그런 백성에게 정의를 베푸시는 건

폐하에게 달렸나이다.

그런데 말입니다!

인간에게 이성이 있다 한들,

마음에 선의가 있다 한들,

손에 의지가 있다 한들

나라 전체가 이리 온통 악으로 가득한데
그게 다 무슨 소용이란 말입니까?
이 높은 홀에서 드넓은 왕국을 내려다보고 있노라면
그저 악몽처럼 느껴질 뿐입니다.
온갖 꼴사나운 일들이 잔뜩 벌어지고
불의가 법을 제압해버리는 이 세상은
완전히 잘못되었나이다.

어떤 놈은 가축을 훔치고,
또 어떤 놈은 여인을 빼앗고,
재단에 있는 잔과 십자가 그리고 촛대마저 훔치고도
터럭 하나 다치지 않고 온전한 몸으로
수년간 그 짓을 떠벌리고 다니며 유명세를 얻습니다.
지금 법정마다 고소하는 사람으로 가득합니다.
그렇지만 재판관은 높은 의자에 앉아
그저 으스대기나 하지요.
그사이 사람들의 소요는 커져만 가고
혼란은 격동 속으로 몰아치고 있습니다.
뒤를 봐주는 공범이 있는 사람이야
자신의 죄와 불법 행위를 대놓고 떠벌리지만,
순전히 자기 자신밖에 믿을 게 없는 사람은

판사로부터 '유죄!'라는 말만 들을 뿐입니다.

그렇게 세상은 완전히 산산조각 났고,

옳은 것은 사라지고 있습니다.

우리를 유일하게 정의로 이끌어줄 의식을

어떻게 해야 깨울 수 있단 말입니까?

결국 의식이 올바른 사람마저

아첨꾼이나 뇌물에 넘어갈 것입니다.

죄를 처벌하지 못하는 재판관은

결국 범죄자와 한편이 되어버리는 거지요.

제가 그림을 검게 그렸습니다. 이 촘촘한 천 위에.

너무 제가 보는 시각으로만 그렸나이다.

(잠시 쉬고)

이제 결단을 피할 수 없습니다.

이렇게 모두가 피해를 주고 서로 고통을 받다 보면

폐하에게까지 그 피해가 갈 것입니다.

군사령관 참으로 난세이옵니다!

서로 때리고 맞아 죽고 하는 상황이니

이들의 귀에 명령은 전혀 들리지 않습니다.

시민들은 장벽 뒤로 숨고

기사들은 암벽 요새에서 버티며,

모반을 계획하고 있나이다.

그들의 결속력을 다지고 있습니다.

용병들은 갈수록 인내심이 사라져,

격렬하게 급료를 달라 아우성입니다.

그렇지만 분명 더 이상 받을 급료가 없어지면

용병들은 모두 도망치겠지요.

이들이 바라는 요구를 들어주지 않으면

벌집을 쑤셔놓은 것처럼 난리를 치겠지요.

이들이 지켜주기로 했던 나라는

지금 약탈당하고 유린되고 있어요.

이들이 미쳐 날뛰게 놔둔 덕에

이미 나라의 절반이 엉망이 되었습니다.

국경 너머로 다른 왕들이 있긴 하지만

어느 누구도 이 일에 상관하려 들지 않습니다.

재무재상 이래서 누가 동맹을 맺자 주장하겠습니까!

그들이 대주기로 약속한 원조금은

수돗물처럼 말라버렸습니다.

게다가, 폐하, 이 광대한 왕국이

누구의 소유가 되었는지 아십니까?

어디를 가든 누구나 새로운 집을 짓고

자기가 주인이라 주장하고,

아예 따로 독립하여 살려고 합니다.

그런 꼴을 우리는 그냥 보고만 있을 뿐입니다.

권한을 지나치게 많이 넘겨주다 보니

우리에게는 아무런 권한도 남지 않았답니다.

당이라고 하는 것도 오늘날에는 믿을 수가 없습니다.

당에서야 비난을 하거나 칭찬을 하겠지요.

하지만 좋아하든 미워하든 그게 그겁니다.

황제당도 교황당만큼이나

자기들만을 위해서 은닉하기 바쁘지요.

요즘 누가 자기 이웃을 도우려 한단 말입니까?

각자 자기만 챙기기 바쁜데요.

보물창고의 문은 굳게 닫혀버렸습니다.

모두가 긁고 파내고 모으려 하니,

나라 재정 상태가 점점 비어갈 수밖에요.

집사장 제가 겪는 고통은 이루 말할 수 없어요!

날마다 어떻게라도 아끼려 노력합니다.

그런데도 날마다 지출할 곳이 더 늘어가지요.

그렇게 날마다 새로운 걱정거리가 생긴답니다.

요리사들이야 부족할 것이 없습니다.

멧돼지, 사슴, 토끼, 노루, 칠면조, 닭, 거위, 오리

땅을 부치는 대가로 농부들로부터 보장된

현물들이 들어오지요. 그 양이 꽤 된답니다.

그렇지만 결국 포도주가 떨어지고 말았습니다.

예전만 해도 저장창고에 술통이

산더미처럼 그득했습니다.

산지나 생산연도도 최상이었죠.

귀족 양반들이 매년 계속해서 퍼마시다 보니

이젠 한 방울도 남지 않았어요.

시의회의 술창고까지 열어

큰 잔도 모자라 병나발을 불어대니

식탁 밑에는 그들의 구토물이 가득합니다.

제가 모두가 저질러놓은 것의 값을 치러야 하는데

유대인 사채업자는 눈곱만큼도 봐주지 않지요.

그래서 어쩔 수 없이

내년 예산까지 끌어다 쓰고 말았지요.

매해 그렇게 먼저 먹어치우는 겁니다.

돼지는 살이 차오르지 않고

침대의 베개마저 저당 잡혀 있습니다.

식탁에 오른 빵 역시도 모두 외상입니다.

황제 (한동안 심사숙고하더니 메피스토펠레스에게)

말해보게, 어릿광대 자네도 고민거리가 있는가?

메피스토펠레스 전혀 없습니다. 폐하.

폐하와 폐하의 신하들만 이렇게 뵈어도 눈이 부시군요!

폐하께서 절대적으로 통치하시는 이곳에

뭐가 부족하단 말입니까?

막강한 군대가 적들을 막아주고

지혜와 다양한 재주를 지닌 선의가 있는데

무슨 걱정인가요?

별들이 이리 반짝이는데

재앙이니, 어두움이니 이 무슨 소리란 말입니까?

웅성거리는 소리   저런 사기꾼 녀석! 아주 약아빠졌군!

속이는 거라고! 갈 때까지 가보자는 거지!

저럴 줄 이미 알고 있었어! 무슨 꿍꿍이가 있겠지.

다음에는 또 뭐지? 분명 뭔가 계략이 있어.

메피스토펠레스   이 세상에서는 항상

뭔가 부족하지 않던가요.

여긴 이게, 저긴 저게,

하지만 우리한테 부족한 건 돈이지요.

아무리 마룻바닥을 파보아도 돈은 나오지 않습니다.

하지만 지혜는 땅속 깊숙이 묻힌 것을

얻을 수 있게 하지요.

산속의 광맥이나 낡은 성벽 바닥을 파보면

주조되었든 안 되었든 황금을 찾을 수 있답니다.

그리고 누가 내게 그걸 찾아올 수 있느냐고 묻는다면

재능이 넘치는 자가 지닌 자연과 정신,

그것이 바로 답이옵니다.

재상 자연과 정신이라.

기독교도에게는 입 밖에 꺼낼 수 없는 말일세!

그 때문에 무신론자들이 화형에 처해지지 않았나.

그런 말은 아주 위험하다네.

자연은 죄악이고 정신은 악마일세!

그것들 사이에서 의심이 싹튼다네.

해괴한 잡종 말이야.

따라서 우리에겐 말도 안 되는 얘길세!

유서 깊은 이 황제의 나라에는

단지 두 종족만이 존재하고,

옥좌를 굳건히 지키고 있어.

그들이 바로 성직자와 기사라네.

그 어떤 폭풍우에도 막아내며

교회와 나라를 그 대가로 얻었지.

혼란하고 천박한 정신에서 저항심이 생겨나는 걸세.

바로 이단자들! 마술사들 말이야!

그들이 온 나라와 세상을 망가트리고 있어.

그런데도 네 녀석은 그런 인간들을

그 뻔뻔한 농담으로 은근슬쩍

이 숭고한 궁정에 끌어들이려 하고 있어.

폐하, 이런 불순한 놈을 감싸시다니요.

이 광대 녀석은 그들과 너무 비슷합니다.

메피스토펠레스   들자 하니 매우

학식이 높으신 분인 건 잘 알겠어요!

당신이 손대보지 못한 것은

저 멀리 떨어져 있는 거고,

당신이 움켜잡지 못한 것은

당신에게 아예 필요하지 않은 거고,

당신이 계산하지 못한 것은

진실이 아니라 생각하고,

당신이 무게를 달지 못한 것은

무게가 없는 거고,

당신이 주조하지 않는 동전은

통용되지 않는다고 생각하는군요!

황제   그것만으로 우리의 문제가 해결되지는 않소.

그딴 사순절 설교가 무슨 도움이 된단 말이오. 재상.

날마다 어쩌고저쩌고 떠들어대는 데 질려버렸소.

돈이 부족하다라. 그럼 돈을 어서 구하시오!

메피스토펠레스   폐하가 바라시는 대로,

그보다 더 많이 구해드리지요.

쉬운 일이긴 하지만 사실

쉬운 일이 가장 어려운 법입니다.

돈이야 이미 있지만 어떻게 구해오느냐

바로 그게 비법 아니겠습니까!

누가 그 솜씨를 제대로 쓸 줄 알까요?

한번 잘 생각해보세요.

끔찍했던 시절이 닥치고 피난 생활이 도래하던 그때,

온 나라와 백성들이

이민족의 홍수에 익사하던 그때 말입니다.

이 사람 저 사람 할 것 없이 모두가

자신이 아끼던 물건을 숨겨놓았지요.

강대했던 로마 시대에도 그랬고,

그 이후로도 어제까지도, 그리고 오늘까지도 그렇지요.

그 모든 게 땅속에 그대로 고요히 묻혀 있지요.

모름지기 땅이란 전부 황제의 소유이니

묻힌 것들 또한 폐하의 것이지요!

재무재상 광대 녀석치고는 말솜씨가 나쁘지 않구나.

그건 오래전부터 내려온 황제의 권한이었습니다.

재상 황금을 미끼로 사탄이

여러분을 꼬드기는 겁니다.

그건 전혀 옳지도, 정당하지도 않은 일입니다.

집사장 이 궁중에 환영받을 선물을

가져오기만 한다면야

약간의 부정 정도야 봐줄 수 있지 않겠소.

군사령관 광대 녀석이 제법 영리하군.

필요한 것을 약속하는 것을 보니.

병사들도 어디서 나온 돈인지

출처를 묻지 않을 것이오.

메피스토펠레스 혹시라도 제가 여러분을

기만한다는 생각이 드신다면

여기 점성술사가 있지 않습니까!

그에게 물어보시지요!

그분이라면 별자리의 궤도나 시간에 대해

잘 알고 있지 않나요.

그러니 말해 봐요.

하늘을 보니 어떤 것 같나요?

웅성거리는 소리 웃기는 두 놈이야!

서로 잘 이해하나 보지!

광대 녀석과 몽상가라!

옥좌에 짝 들러붙으려고 말이지!

아주 닳고 닳은!

옛 노래로군!

바보가 속삭이면!

현자가 말하지!

점성술사   (말한다, 메피스토펠레스가 속삭이는 대로)

태양이란 그 자체가 순금이지요.

수성은 전령으로 사랑과 보답을 추구하고,

금성 부인은 여러분 모두의 마음을 끌며

언제나 사랑스러운 눈빛으로 바라보지요.

고상한 달은 변덕이 아주 심하답니다.

화성은 실제로 해치지는 않지만 여러분을 위협합니다.

그리고 목성은 가장 아름다운 빛을 뽐냅니다.

토성은 그 크기가 매우 크지만

멀리 있어서 작게 보이지요.

금속으로는 그리 가치를 높게 쳐주지 않지요.

가치는 높지 않지만 무게만큼은 대단하답니다.

그래요! 해와 달이 결합하면

금과 은의 결합이라 세상은 유쾌해지겠지요.

그 밖의 것은 바라는 대로 이뤄집니다.

궁정, 정원, 젖가슴, 붉은 뺨,

이런 것쯤이야 박식한 그분이 얼마든지 만들어내지요.

우리 가운데 어느 누구도 할 수 없는 걸

그분은 척척 해내지요.

황제   저자가 말하는 것을 두 번씩이나 들어도

도대체 납득이 잘 되지 않노라.

웅성거리는 소리   도대체 무슨 소리를 하는 거람?

허튼소리 같으니!

오늘의 일진! 연금술!

저런 소리는 늘 듣지 않나!

허황된 꿈이야!

그놈이 온다 해도!

다 똑같은 머저리야.

메피스토펠레스   사람들은 둘러서서 놀라기만 할 뿐

이 고귀한 발견을 믿지 않으려 하지요.

그러면서 만드라고라 뿌리나

지옥의 검은 개 얘기나 떠들어대지요.

그저 비웃거나 마술이라 비난을 퍼부어요.

도대체 왜들 그러는 거죠?

누구나 분명 한 번쯤 발바닥이 간지럽고,

잘 걷다가 잘 못 걸을 때도 있는데 말이죠.

여러분 모두 영원히 섭리하는

자연의 은밀한 힘을 느낄 거랍니다.

땅속 가장 깊은 곳으로부터

생명의 흔적이 위로 솟아오릅니다.

온 사지를 꼬집는 거 같고

갑자기 그 장소가 낯설고 불편하게 느껴지면

당장 그곳을 파보시지요.

악사나 보물이 묻혀 있을 테니까요!

웅성거리는 소리 내 발이 납덩이 같아!

팔이 저려! 그건 통풍이야!

엄지발가락이 간지러운데!

온 등짝이 아픈데!

이 증상들만 보면 여기에

엄청난 보물창고가 묻혀 있나 보군.

황제 어서 해봐라! 다시는 빠져나가지 못할 테니,

네 엉터리 거짓말을 증명해보라.

당장 그 영화로운 방을 우리에게 보여다오.

내 이 검과 왕의 홀을 내려놓고

이 고귀한 두 손으로 직접 얻고 싶구나.

네 말이 거짓이 아니라면 어서 증명해 보이고,

행여 거짓이라면 네놈은 지옥을 맛볼 것이다!

메피스토펠레스 지옥으로 가는 길이야

잘 알고 있습니다.

하지만 주인 없는 물건이

어디에 묻혀 있는지는 정확히 알 수 없습니다.

밭고랑을 가는 농부가 흙더미에서

황금단지를 캐내기도 하고,

담장을 파헤치다 황금 꾸러미를 발견하고 깜짝 놀라

가난으로 늘 고통스러웠던 두 손 가득히 들고 기뻐하죠.

보물이 묻힌 곳을 아는 사람이라면

어떤 둥근 천장이라도 부수고

심연이든 갱도든 파고 들어가야 합니다.

그러다 지하세계 근처까지 간다 해도 말입니다.

넓고 낡아빠진 창고에는 황금 술잔과 대접, 접시들이

일렬로 늘어서 있답니다.

루비로 만들어진 커다란 술잔에 술을 마시려 하니

그 옆에 아주 오래된 술까지 놓여 있지요.

그러나 전문가의 의견에 따르면

술통은 오래전에 썩어서

주석이 술통 역할을 한다고 하네요.

황금과 보석뿐만 아니라

그런 귀한 포도주의 정수까지도

어둔 밤 속에 숨겨져 있는 겁니다.

지혜로운 자라면 이곳을 파헤치겠지요.

낮에 보이는 것들은 그저 그런 시시한 것들입니다.

진정 신비로운 것들은 어둠 속에 둥지를 트니까요.

황제 그런 건 너나 가져라!

어둠이 무슨 소용이란 말이냐?

가치가 있다면 낮에 그 진가를 발휘하리라.

깊은 밤의 어둠 속에서 누가 악당을

제대로 알아본단 말이냐?

암소도 검게 보이고 고양이도 잿빛으로 보일 뿐이다.

저 아래 황금으로 가득한 단지들을,

네가 쟁기를 들고 가서 직접 환한 빛으로 파내오라.

메피스토펠레스 직접 괭이와 삽을 들어보시지요.

농부의 일은 폐하를 위대하게 해줄 것입니다.

그러면 황금 송아지 떼가 땅속에서 뛰쳐나올 것입니다.

그 뒤엔 망설이지 말고 황홀한 표정을 지으며

폐하뿐만 아니라 애인도 치장해주시지요.

빛나는 색깔과 화려한 보석이

아름다움과 위엄을 높여줄 것입니다.

황제 어서 시작하라. 당장 시작하란 말이다!

왜 이리 꾸물대는가?

점성술사 (아까처럼)

폐하, 그렇게 서두르지 마시고

우선 이 잡다한 사육제나 끝내주시지요.

여러 가지를 병행하다 보면

목표를 이루기 어렵사옵니다.

우선 먼저 마음의 평정심을 찾고 죄를 뉘우쳐야 합니다.

높으신 분을 잘 모셔야

아랫것들을 잘 다스릴 수 있습니다.

선을 바란다면 우선 자신이 선해져야 하고,

즐거움을 원한다면 우선 피를 진정시켜야 하고,

포도주를 원한다면 우선 잘 익은 포도를 짜야 하고,

기적을 꿈꾼다면 우선 굳건한 믿음이 있어야 합니다.

황제   그렇다면 즐거운 시간을 갖도록 하세!

그토록 기다렸던 재의 수요일이 다가오고 있으니,

어쨌든 신나게 즐겨보기로 하세.

즐거운 사육제가 아니던가.

(나팔 소리, 퇴장)

메피스토펠레스   뭘 해놓은 게 있어야

행운도 따른다는 것을 저런 바보 녀석들이

절대로 알 리가 없지.

저자들에게 현자의 돌을 준다 한들

현자는 가고 돌만 남겠지.

방이 여러 개 딸린 넓은 홀

(가장무도회를 위해 화려하게 장식되어 있다.)

의전관 독일 국경 내에서 펼쳐지는

　　　악마 춤, 광대 춤, 해골 춤

　　　같은 것일랑 기대하지 마세요.

　　　그보다 더 즐거운 축제가 여러분을 기다리고 있습니다.

　　　로마 원정길에 우리 폐하는

　　　폐하 자신도 즐기고 여러분도 기쁘게 하려고

　　　높은 알프스 산을 넘으면서

　　　유쾌한 나라를 하나 받아오셨지요.

　　　교황의 발에 입을 맞추시고

　　　맨 먼저 통치권의 윤허를 부탁하시어

　　　왕관을 하사받으셨고,

　　　우리에게 어릿광대 모자를 갖다 주셨죠.

　　　이렇게 우리는 새롭게 태어났답니다.

　　　처세가 능한 사람이라면 누구든지

　　　이 모자를 기분 좋게 푹 눌러쓰지요.

　　　정신 나간 바보처럼 보이지만

　　　모자 아래 그는 영리한 사람이랍니다.

저기 사람들이 몰려오는 모습이 보이는군요.

흩어지기도 하고 친근하게 짝을 짓기도 하면서.

그 뒤로는 합창단도 모여드는군요.

나가고 들어오고 정말 끊임없이 몰려듭니다.

예나 지금이나 유일하게 변치 않은 것이라면

웃기고도 웃긴 익살극을 노래하는 것,

세상이야말로 최고의 광대놀음이지요.

여자 정원사들 (만돌린 반주에 맞춰 부르는 노랫소리)

여러분의 박수를 얻고자

오늘 밤 이렇게 치장했어요.

우리, 피렌체의 젊은 처녀들은

화려한 독일 궁전을 찾아왔지요.

갈색 곱슬머리에

귀여운 꽃을 장식하고,

비단실, 비단 꽃송이가

오늘 여기서 제 역할 좀 하지요.

우리가 아니면 누가 하겠어요.

정말 칭찬을 받아 마땅하지요.

우리가 만든 화려한 꽃들은

일 년 내내 피어 있으니까요.

온갖 색상으로 물들인 꽃 조각들은
제대로 좌우대칭을 이뤘고
낱개로 보면 볼품없지만
전체로 보면 마음을 매혹시킨답니다.

우리는 정말로 멋쟁이
꽃을 파는 처녀들,
매력이 넘치지요.
원래 여자들이 지닌 본성이
예술과 가까우니까요.

의전관 너희들 머리에 이고 있는
그 가득 찬 바구니를 좀 보여주렴.
꽃들이 양팔에 눈부시게 피어나니
각자 마음에 드는 것을 골라보게나.
어서, 정자와 통로에 정원이 있어야 하니 말이야!
너희 꽃 파는 처녀들이나 물건이나
모두 하나같이 사랑스럽구나.

여자 정원사들 어서 이곳으로 오셔서
값을 흥정해보세요.

하지만 시장 바닥처럼은 안 된답니다!

짧지만 각각 의미를 지닌 꽃말이

뭐가 있는지 확인해봐요.

열매가 달린 올리브가지　저는 다른 꽃을 질투하지 않아요.

그 어떤 싸움도 저는 싫어하지요.

그건 제 성향과는 거리가 멀어요.

하지만 이 땅의 정수로서 꽃피어

들판마다 확실하게

평화의 증표로 쓰인답니다.

오늘 같은 날엔 바라건대,

아름답고 기품 넘치는

머리로 장식하고 싶어요.

이삭으로 만든 관　(황금빛)

케레스의 선물로 여러분을 장식해보세요.

그 모습이 얼마나 사랑스러울까요.

귀한 사용 가치만큼이나 난

장식으로도 아름다워요.

환상의 화환　당아욱처럼 다채로운 꽃,

이끼에서 피어난 기적이여!

자연에서는 평범하지 않지만

최고로 유행하지요.

환상의 작은 꽃다발   내 이름을 여러분에게

알려주려 해도

너무나 희귀하여

아마 테오프라스토스라도

힘들 거랍니다.

비록 모두는 아니더라도

많은 이들이 좋아하기를 원하지요.

나를 가지려 하는 사람이라면

나를 머리에 꽂거나,

마음을 정했다면 어서 가슴에 꽂으세요.

장미꽃봉오리   (도발적인 어투로)

다채로운 환상의 꽃들이여,

오늘의 유행을 위해 피어나라.

자연에서 피어날 수 없는

아름다운 모습으로 피어나라.

푸른 줄기, 금빛 꽃송이,

풍성한 곱슬머리에서 빛나라!

그러나 우리는 숨어 있을 테니.

우리를 찾아내는 이들은

분명 행복하겠죠.

여름이 찾아오면

장미꽃봉오리가 터진다네.
누가 이런 행복을 마다하겠어요?
약속을 하면 지켜야 해요.
그것이 플로라 왕국에서
눈과 마음을 동시에 지배하는 법이죠.

(초록이 우거진 통로에서 여자 정원사들이 물건을 예쁘게 정리한다.)

과일 파는 남자들   (테오르베 반주에 맞춰 부르는 노래)
꽃들은 고요히 싹을 틔우고,
그대들의 머리를 장식해주겠지만,
과일은 유혹의 대상이 아니지요.
그저 맛있게 즐기면 되지요.

자, 구릿빛 얼굴들이 내놓습니다.
체리, 복숭아, 자두가 여기 있어요.
모두 사세요!
혓바닥에 비하면
눈은 제대로 판단할 수 없답니다.

자, 오세요!

제대로 익은 과일들을
맛있게 음미해보세요!
장미야 시를 읊게 하지만
사과는 한 입 베어 물어봐야 제맛이지요.

당신들의 풍성한 꽃들과
우리 한 쌍이 되도록 허락해줘요.
우리는 잘 익은 이 달콤한 과일들을
당신들 옆에 높이 쌓아올리고 싶어요.

나뭇가지가 유쾌하게
뒤엉켜 있는 곳 밑에서
아름답게 장식된 둥근 정자 아래서
모든 것을 동시에 볼 수 있어요.
꽃봉오리, 잎사귀, 꽃
그리고 그 과실들까지요.

(어머니와 딸 등장)

어머니 아가야, 네가 이 세상에 태어났을 때
　　　네게 예쁜 모자를 씌어줬단다.

너는 얼굴도 아주 사랑스러웠고

몸도 아주 부드러웠지.

신부가 된 네 모습도 떠올렸어.

부잣집으로 시집갈 여인이 된 네 모습을 상상했지.

아! 그런데 벌써 몇 해가 헛되이 흘러버렸구나.

여러 구혼자들이 왔었지만 금세 떠나가버렸지.

어떤 녀석과 춤을 추기도 했고,

다른 녀석과는 팔꿈치로 은밀한 신호를 주기도 했지.

축제마다 노력해봤지만 별 성과도 없이 지나가버렸어.

벌칙게임과 수건돌리기까지 모두 허탕이었잖니.

오늘은 바보들의 날이다.

아가야, 어서 옷자락을 살짝 들쳐

한 놈이라도 꼭 잡아 영원히 네 것으로 만들렴.

놀이친구들 (젊고 아름다운 여자 친구들까지 모여들어 정다운 이야기
소리가 더 커진다.)

어부와 새 사냥꾼들 (그물과 낚싯대, 끈끈이 장대 그리고 그 밖의 여러
도구들을 들고 나타나 아리따운 소녀들 틈에 끼어든다. 서로
소녀들의 마음을 붙잡으려 하고 도망치려 하고 또 붙잡으려 실

랑이를 벌이는 사이 대화가 이어진다.)

나무꾼들   (우락부락한 몸놀림으로 등장하며)

저리 비켜! 빨리 물러서라고!

나무꾼은 자리가 필요하지.

우리는 나무를 베어 쓰러트리고 쪼갠다네.

나무들을 운반할 때면

항상 여기저기 부딪치곤 한다네.

우리 자랑을 하나 해봅시다.

잘 알아두란 말이오.

이 나라에 우리처럼

거친 사람이 없다면

섬세하고 고상한 그분들이

그 자리에서 제아무리 머리를 쓴들

어떻게 살아가겠냔 말이오!

그 점을 깨달으시오!

우리가 땀 흘려 일하지 않으면

당신들 모두 얼어 죽을 테니.

어릿광대   (서툰 말투지만 비아냥거리며)

너희야말로 바보가 아닌가.

허리가 굽은 채로 태어났어.

우리야말로 똑똑한 사람들.

절대로 무거운 짐을 나르지 않는다네.

우리가 쓰는 모자나, 옷

그리고 넝마까지 모두가 가볍다네.

우리는 마음도 항상 가볍지.

언제나 한가하게 슬리퍼나 신고서

시장과 장꾼들 사이로 어슬렁거리지.

발걸음을 멈추고 서서

뭔가 큰 소리가 들리면

우리는 그 소리를 듣고서

붐비는 인파 사이를 비집고 들어가

뱀장어처럼 빠져들어가지.

모두와 함께 껑충껑충 뛰고

그들과 하나 되어 미쳐 날뛴다네.

너희가 우리를 칭찬하든

너희가 우리 욕을 하든

그런 건 전혀 개의치 않아.

식객들 (아첨하는 말투로, 탐욕스럽게)

당신들 건장한 짐꾼들,

그리고 당신들 친척인

숯 굽는 남자들까지 모두
우리가 찾는 남자들이지요.
어디서나 허리를 굽실대고
고개를 끄덕이며
유창하게 말만
번지르르하게 한다 해도
상대의 기분이나 맞추려고
따스하게 차갑게 입김을 부는 분들,
그게 다 무슨 소용이란 말이오?
이를테면 하늘에서 불길이
그것도 거대한 불길이 떨어져도
활활 타오르게 할
장작과 숯이 없다면 말입니다.
그래야 지글지글 굽고,
끓이고 요리하고 파이를 만들지요.
진정한 미식가라면,
접시까지 핥는 미식가라면,
굽는 고기 냄새만으로도 알아채고,
생선 냄새만으로도 압니다.
잔칫집 식탁에 끼어
밥을 얻어먹으려면

그 정도는 해야지요.

술주정뱅이   (거의 인사불성이 되어)

오늘, 날 막을 것이 아무것도 없다!

속이 뚫리고 기분이 아주 자유롭구나.

상쾌한 기분과 흥겨운 노래들,

내 직접 모두 여기 대령했노라.

그러니 나는 술을 마신다. 마셔라 마셔!

당신에게도 건배! 마시자, 마셔!

거기 뒤에 있는 자네, 이리로 오게!

자, 건배! 그래 그렇게 하란 말이야.

내 마누라가 격분하며 소리를 질렀지.

이 알록달록한 옷에

눈살을 찌푸리며 말이지.

내가 아무리 우기고 뻐겨도

가장무도회 가면걸이 취급을 하더군.

그러면 어떤가!

나는 마신다! 마시자, 마셔!

가장무도회 가면걸이 여러분,

건배를 외치자! 자, 건배!

바로 그거야.

내가 떠돌이라 말하지 말게나.

그저 내 마음이 이끄는 곳에
있는 것뿐이니.
외상술을 주인이 주지 않으면,
그 안주인한테 부탁하면 된다네.
그래도 안 되면 하녀한테 달라 하면 되지.
난 이렇게 항상 술을 마신다! 마시자, 마셔!
여러분 건배! 마시자, 마셔!
모두 다 그렇게! 계속!

어디서 어떻게 즐기던지
내가 그리 생각한다면 그래야지.
좌우간 내가 누워 있으면,
그곳에 그냥 나를 내버려둬요.
더 이상 서 있을 수 없어서 그런 거니.

합창   형제들이여, 마시고, 마셔라!
자, 모두 건배하자. 쨍그랑, 쨍그랑!
걸상과 의자에 그대로 앉아 있으라.
식탁 밑에 엎어지면 끝장이니.

의전관   (여러 부류의 시인들이 등장한다고 알린다. 자연시인, 궁정
          음유시인, 기사 음유시인, 차분한 시인 그리고 격정의 시인. 온
          갖 부류의 시인들이 서로 앞다투어 낭송을 하려다 보니 아무
          도 먼저 앞으로 나서지 못한다. 그 틈에 한 시인이 슬쩍 나와
          몇 마디를 읊는다.)

풍자시인   시인으로서 지금 이 순간
          내가 행복해하는 이유를
          여러분들은 아시나요?
          어느 누구도 들으려 하지 않았어도
          여기서 노래하고 낭송해도
          된다는 거랍니다.

(밤과 묘지의 시인들은 방금 부활한 흡혈귀와 흥미로운 대화를 나눈
다며 양해의 말을 전해왔다. 이런 대화에서 새로운 시가 떠오를 수 있
는 것이라며. 의전관은 그 점은 인정하면서 그리스 신화 속의 인물들
을 불러낸다. 이들은 현대적인 복장으로 가장했지만 본래 지닌 성격
과 매력은 그대로이다.)

(우미의 여신들)

아글라이아   우리는 삶에 우아함을 불러일으킨다.

48

뭔가를 줄 때에도 우아함이 있어야 한다.

헤게모네 뭔가를 받을 때에도 우아함이 있어야 하지.

바라던 소원이 성취되니 얼마나 즐거운 일인가.

오이프로지네 조용한 일상을 살아가면서도

감사할 때에도 최고로 우아해야 하느니.

(운명의 여신들)

아트로포스 나이가 가장 많은 내가,

실 잣는 이곳에 이렇게 초대받다니.

민감한 실을 자을 때는 깊이 생각하고,

심혈을 기울여야 한다.

부드럽고 유연한 실을 뽑으려고

가장 고운 아마를 선택했다.

매끄럽고 가늘고 고른 실이 되도록

이 현명한 손가락이 다듬을 것이다.

그대들이 즐겁게 춤을 출 때

지나치게 도를 넘는 것 같다면,

이 실의 절제를 떠올려라.

조심하라! 자칫 잘못하면

실이 끊어질 수도 있으니.

클로토 모두 알고 있는가,

얼마 전에 내 손에 이 가위가 맡겨졌다.

우리 큰 언니가 하는 일에

사람들이 만족하지 못했기 때문이지.

쓸모없는 실은 빛과 공기 속에

길게 잡아 늘어놓고,

가장 전도가 유망한 실은

잘라 무덤으로 끌고 가니 말이다.

나 역시도 어린 시절

실수를 수백 번 저질렀다.

그래서 이제 내 마음을 억누르고자

가위를 가위집에 넣어놓았다.

오늘은 가위를 잡지 않고도

기쁜 마음으로 이곳을 바라본다.

그대들은 이 자유로운 시간을

쉬지 말고 계속 누려라.

라케시스 이성적인 사람은 오로지 나뿐이라서

내가 질서를 정한다.

내 물레는 항상 움직이지만
무리하게 빨리 돈 적은 절대로 없다.

실이 나오면 물레로 실을 감고,
실 가닥마다 제 길을 찾아준다.
어느 실도 길을 잘못 들지 않게 하여
모두 다 돌아가며 제 갈 길을 간다.

내가 한 번이라도 정신을 깜박하면
세상은 엉망이 될 것이기에,
시간을 세고, 해를 재어가며,
영원한 직조공이 실타래를 넘겨받는다.

의전관 아무리 여러분이 고대 문자를
잘 알아도 지금 오고 있는 이들은
잘 알지 못할 겁니다.
여러 재앙을 몰고 오기는 하나
그들의 모습에 여러분은
환영하는 마음으로 손님을 맞을 것입니다.

믿기지 않겠지만 이들은 분노의 여신들입니다.
예쁘고, 멋진 몸매에 젊고 다정하지요.

그녀들과 있어보면 여러분은 알게 될 것입니다.

이런 비둘기가 뱀처럼 상처를 입힌다니까요.

그녀들이 사악하기는 하지만

오늘은 바보들이 자신의 모자람을 자랑하는 날이니

그녀들도 천사 같은 명성을 요구하지 않을 거랍니다.

오히려 도시와 시골의 재앙이라 고백하겠죠.

(복수의 여신들)

알렉토　　그런 말이 다 무슨 소용이에요?

당신들은 우리를 믿게 될 텐데.

우리는 젊고 예쁜 데다 고양이처럼 애교도 많아요.

당신들 중에서 누가 애인을 사귀게 되면

우리는 그 사람의 귀를 긁어줄 거예요.

그 사람의 눈을 마주 보며 말할 때까지요.

그 여자는 아무 놈한테나 추파를 던지고

머리는 텅 비었고 등은 굽고 절름발이예요.

그런 여자를 신부로 맞아봤자

아무짝에도 쓸모가 없다고요.

게다가 우리는 신부를 괴롭힐 줄도 알죠.

당신 남자친구가 몇 주 전에

그 여자한테 당신을 욕하는 것을 봤어요!

서로 화해는 하겠죠.

하지만 분명 앙금은 남게 된답니다.

메게라 그 정도는 장난이죠!

둘이 결혼을 하면

내가 은근슬쩍 나타날 거랍니다.

둘 사이에 사사건건 끼어들어

가장 행복한 순간을

근심으로 바꿔

흥을 깨버릴 테니까요.

사람도 변하고, 시간도 변해요.

그 누구도 자신이 바란 것을

손아귀에 꼭 쥐고 있을 순 없어요.

제아무리 가장 행복한 순간이라도

익숙해지면 더 이상 갈망하지 않게 된답니다.

태양을 피하고 서리로 몸을 녹이려 해요.

이런 방법들을 난 잘 다룰 줄 알죠.

내 충실한 아스모데오를 데려와

적절한 시기에 불행의 씨앗을 뿌리면 돼요.

그렇게 짝을 이룬 인간들을 모두 망쳐놓을 거예요.

티시포네 그런 독설 따위는 모두 필요 없고

난 배신자를 칼과 독약으로 응징하겠어요.

언제고 당신이 다른 여자와 사랑에 빠지면

파멸이 당신을 덮칠 거예요.

달콤했던 순간이 모두

거품과 쓸개즙으로 변할 거랍니다!

여기서 흥정 같은 건 없어요.

무슨 짓을 저질렀건 그 대가는 꼭 치러야 하는 법.

그러니 용서란 말은

내 앞에서 꺼내지도 마요.

암석 틈으로 내게 벌어진 일을 한탄하겠죠.

잘 들어봐요! 저 메아리를!

내게 남은 건 복수뿐이니!

연인을 바꾸는 사람이라면

목숨을 부지할 필요 없죠.

의전관 여러분, 조금만 옆으로 물러나주시죠.

지금 오고 있는 것은 여러분과 비교도 안 됩니다.

저기 산더미 같은 것이 몰려오는 모습이 보이죠.

알록달록한 양탄자를 자랑스레 매달고,

머리에는 긴 이빨,

뱀처럼 긴 코가 달린 저들이 참 신비롭지요.

하지만 내가 살짝 힌트를 줄게요.

목덜미에는 사랑스러운 여인이 걸터앉아

가느다란 막대기로 녀석을 잘 몰고 있어요.

더 높은 곳에 앉아 있는 또 다른 화려한 여인은

광채로 감싸여 눈이 부실 지경이지요.

양옆에 품위 있는 두 여인이 사슬을 차고 갑니다.

한 명은 두려워 보이고,

다른 한 명은 즐거워 보여요.

한 명은 뭔가를 바라고,

다른 한 명은 자유를 만끽합니다.

어디 모두 자신을 소개해보시죠.

두려움 흐릿한 횃불, 등불, 촛불들,

난잡한 축제를 비추네요.

이 가짜 얼굴들 사이로 난 끌려왔어요.

아아! 이렇게 사슬에 칭칭 묶여.

저리 꺼져버려, 이 비웃는 놈들아!

네놈들의 히죽대는 미소만으로

의심이 피어올라.
나의 모든 적들이 전부
오늘 밤 내게 달려들고 있어요.

이것 봐! 친구인 줄 알았더니 적이네요.
녀석의 가면은 이미 오래전부터 알고 있었죠.
나를 죽이려다가 발각돼서 슬쩍 도망치려 해요.

아아, 어느 방향이라도 좋으니
나도 세상 밖으로 도망치고 싶어요.
그렇지만 그쪽에서는 죽음이 위협해요.
난 이렇게 연기와 공포 속에서 떨고 있어요.

희망 사랑스러운 자매들이여, 안녕하세요!
어제도 오늘도 여러분은
가면무도회를 즐겼지요.
전 모든 걸 잘 알고 있어요.
내일이면 가면을 벗겠지요.
그리고 횃불의 불빛 아래
별로 기분이 좋지 않았다면,
밝은 낮에 각자가 바라는 대로
사람들과 어울리거나

혼자서 자유롭게
아름다운 들판을 산책하다가
마음 내킬 때 쉬고 행동하면 돼요.
그리고 아무 걱정 없이 살면서
절대로 포기하지 말고 항상 노력해요.
어디에서나 환영받는 손님으로
당당하게 들어가요.
분명, 어디선가 최고의 행운을
찾을 수 있을 거예요.

지혜 인류의 두 가지 최대의 적,
두려움과 희망을 사슬로 묶어
인간 사회로부터 격리시켜놓았어요.
어서 물러서요! 여러분은 구원받았어요.

살아 있는 이 거대한 녀석을
내가 이끌고 있어요.
보세요. 등에 가마를 얹고
이 녀석은 한 걸음씩
가파른 비탈길을 올라가고 있어요.
그러나 저 가마 꼭대기에는
날렵한 여신들이 양 날개를 펼치고서

뭔가를 얻으려고

사방을 두리번거리고 있어요.

광채와 광이 그녀를 에워싸

사방으로 멀리까지 빛나지요.

그녀의 이름은 빅토리아,

모든 행동을 관장하는 여신이랍니다.

초일로 테르시테스 으으, 내가 이곳에 온 이유는

당신들의 운명을 욕하기 위해서야!

하지만 이번에 내 목표는

바로 저 위에 있는 빅토리아 부인이지.

자기한테 순백의 두 날개가 있다고 해서

자신이 독수리라도 되는 양 생각하지.

그리고 자기 눈에 닿는 모든 것이

전부 자기 백성과 땅인 줄 알아.

어디서 좋은 소식이 들려오면 정말 화가 치밀어오르지.

낮은 건 높게, 높은 건 낮게,

굽은 건 곧게, 곧은 건 굽게,

그래야 기분이 나아진다고.

세상 전부가 그랬으면 좋겠어.

의전관 이런 무례한 놈,

어디 이 경건한 의전봉으로 맞아보거라!

당장 몸이 구부러지고 배배 꼬이게 될 테니!

두 놈의 난쟁이 형상을 한 저 녀석이

순식간에 역겨운 덩어리가 되는 꼴 좀 보게!

놀랍군! 덩어리가 알이 되더니,

부풀어 올라 둘로 갈라지다니.

알에서 쌍둥이가 밖으로 나오는데,

한 녀석은 살무사고, 또 다른 녀석은 박쥐다.

한 녀석은 먼지 더미 속을 기어 다니고

시커먼 또 한 녀석은 천장 주변으로 도망친다.

밖으로 나가 하나로 합치려고 서두르는군.

세 번째 녀석은 아예 바라지도 않아.

웅성거리는 소리 신선하군! 저 뒤에 벌써 춤판이 시작됐어!

싫어! 나는 이곳이 싫어! 느끼지?

귀신 무리들이 우리 주변을 에워쌌잖아?

뭔가 내 머리를 스친 것 같아!

내 발밑에서 뭔가 꿈틀댄 것 같아!

그렇지만 누구도 다치지 않았잖아!

그래도 다들 겁에 질렸어!

기분이 잡쳐버렸네!

그 짐승들은 이걸 바랐던 거야.

의전관 이번 가면무도회의 의전관 임무를 맡고서부터

진심을 다해 문간을 지키고 있어요.

여러분들을 위한 이 즐거운 자리에

분위기를 망쳐버리는 것들이 들어오면 안 되죠.

나는 피하지도 도망가지도 않습니다.

그래도 창틈으로 혹시나 공중에 떠다니는

유령이 들어오지 않을까 걱정이긴 합니다.

여러분을 유령이나 마법으로부터

풀려나게 할 방법을 모르거든요.

저 난쟁이 녀석이 매우 의심스러워요.

그래요! 저기 뒤쪽에서 뭔가 강력한 것이

들이닥치고 있어요.

저 형상들이 무엇인지

내 직책에 맞게 설명하고 싶지만

도대체 내 스스로도 알 수 없으니

여러분에게 설명할 방도가 없군요.

혹시 아는 분이 있다면 내게 좀 알려줘요!

저 무리들이 저리 떠도는 것이 보이나요?

네 마리 용마가 끄는 화려한 마차가

모든 사람들 사이로 달려오네요.

그렇지만 군중은 갈라지지 않고,

어디로도 물러서지 않는군요.

저 멀리서도 오색찬란한 색으로 빛나네요.

길 잃은 별들이 흡사 마법의 불빛을 받아 반짝이듯

숨을 가쁘게 헐떡이며 폭풍처럼 몰려옵니다.

어서 피해요! 가슴이 오싹해요!

마차몰이 소년 멈춰라! 말들아,

날개에서 힘을 빼고 이 익숙한 고삐를 느껴라.

내가 너희들을 다루듯 너희도 스스로 자신을 억제하라.

내가 신호를 하면 그때 쏜살같이 질주해라.

이 궁정의 경의를 받아보자!

주변을 둘러봐라, 군중이 모여드는구나.

우리를 보며 탄성을 지르는 이들이

점점 무리를 이루며 모여든다.

의전관은 앞으로 오시오!

어서 잘 알아서, 우리가 떠나기 전에

우리의 모습을 설명하고 이름을 말해보시오.

우리는 알레고리요. 그렇게 알면 될 거요.

의전관 내 당신을 어떻게 불러야 할지 모르겠지만

당신의 모습을 묘사할 순 있지요.

마차몰이 소년 어서 해보시오!

의전관 우선 당신이 젊고 아름답다는 사실을

인정해야겠군요.

이제 앳된 소년의 모습이지만,

여자들은 당신을 남자로 여길 것이오.

훗날 바람둥이 모습이 그려지는군.

난봉꾼 기질을 타고났소.

마차몰이 소년 듣던 중 반가운 소리군요!

더 해봐요. 수수께끼를 풀 유쾌한 힌트를 더 찾아봐요.

의전관 두 눈은 검게 빛나고,

밤처럼 검은 머리칼은 보석 박힌 띠로 더 멋져 보여요!

그리고 의상도 매우 고상하고 품격 있어요.

어깨에서 발목까지 치렁치렁하면서

자색 단에 술이 빛나네요!

계집애 같다고 사람들이 흠잡을 수도 있겠지만

다행일지 아니면 불행일지 여자들은

당신에게서 눈을 떼지 못하겠죠.

그녀들은 당신에게

연애의 기초부터 가르쳐줄 겁니다.

마차몰이 소년 그런데 이 멋진 분은 누군가요?

여기 마차의 옥좌에 앉아 계신 저 빛나는 분은요?

의전관 외모에서 임금의 부유함과 온화함이 보이네요.

저분의 총애를 받는 자는 진정 행복하겠소!

그 이상 노력할 것도 없어요.

혹시라도 뭔가 부족하면

저분이 눈길 한 번만으로 챙겨주시고

뭔가 주고 싶어 하는 저분의 순수한 마음은

그 어떤 재산이나 행복보다도 더 크니까요.

마차몰이 소년 그 정도로 멈추면 안 돼요.

그분에 대해서 좀 더 상세하게 묘사해줘요.

의전관 품격은 말로 표현할 수 없다오.

그렇지만 건강한 둥근 얼굴, 도톰한 입술,

불그레한 뺨, 터번의 깃털 장식 아래로 광채가 흐르오.

주름진 저 옷은 기품이 서려 있소!

어찌 그 모습을 다 말로 표현할 수 있겠소?

내 보건대, 그는 딱 봐도 통치자임이 분명하오.

마차몰이 소년 플루토스, 바로 재물의 신,

그분께서 성장을 하고 이렇게 직접 오신 거랍니다.

고귀한 황제께서 뵙고 싶다 간청하여 말입니다.

의전관 그렇다면 자신도 누구인지,

뭐하는 사람인지 말해주시오!

마차몰이 소년 나는 낭비요. 시라고도 하지요.

동시에 자신이 가진 재산을 완전히 써버린 뒤

완성되는 시인입니다.

나 역시도 재산이 많지요.

나도 재산이 엄청 많아요.

플루토스 님에 견주어도 적지 않지요.

난 그분이 연 무도회와 연회에

활기와 풍요로움을 선사합니다.

그분이 갖지 못한 것을 내가 맡고 있어요.

의전관 그렇게 뻐기는 모습마저도 멋져요.

아무튼 당신의 재주를 어디 한번 봅시다.

마차몰이 소년 자, 봐요.

내가 여기서 손가락만 이렇게 튕겨도

마차 주변으로 화려하게 반짝반짝 빛나잖아요.

저기 진주목걸이가 튀어나오네요.

(사방을 향해 손가락을 계속 튕기면서)

자, 어서 금목걸이와 귀고리를 받아요.

여기 빗과 흠집 하나 없는 왕관도 받아요.

값진 보석으로 장식된 반지도 있어요.

가끔은 불꽃을 일으키기도 해요.

그러고는 어디에 불을 붙일 수 있을까

기대감에 부풀어 있죠.

의전관 사람들이 선물을 잡으려 하는 모습 좀 보게!

선물을 주는 사람을 거의 덮칠 기세로군.

보석을 꿈에서 본 듯 튕겨내고 있어.

그리고 그걸 잡으려 이 넓은 공간에서

모두들 이리 뛰고 저리 뛰고 있네.

그런데 여기서 새로운 술책을 다 경험하는군.

분주하게 보물을 잡으러 뛰어다녀 봤자

실제로 얻는 건 별로 없어.

손에 잡힌 보물은 훨훨 날아 다른 곳으로 가버리니까.

진주팔찌는 끊어져버리고,

손바닥에 풍뎅이들만 기어 다닌다네.

그 불쌍한 멍청이가 풍뎅이들을 던져버렸는데도

아직도 귓가에서 맴돌며 윙윙거리는군.

잡아도 단단한 물건 하나 없으니

별 가치도 없는 나비를 포획한 거나 다름없어.

그 녀석이 모든 걸 다 주겠다 그리 약속만 해놓고

고작 허울만 금빛으로 번쩍이는 것을

잠시 빌려준 거라고.

마차몰이 소년 내 이렇게 보니 당신은

가장무도회 가면을 구분할 줄 아는 것 같아요.

껍질 속에 숨겨진 본질을 알아채는 일이란

의당 의전관이 해야 하는 주요 업무는 아니지요.

꽤나 예리한 눈이 필요하니까요.

어쨌든 당신과 언쟁하기는 싫어요.

주인님, 당신께 물어보겠습니다.

(플루토스를 향해)

바람을 가르는 사두마차를 제게 맡기신 게 아닌가요?

주인님이 끄시듯 만족스럽게 마차를 몰지 못했던가요?

주인님이 뜻하는 장소에 도착한 것이 아닌가요?

고삐를 대담하게 휘둘러 주인님을 위해

종려나무를 얻어드렸죠?

주인님을 위해 싸울 때마다

항상 행운이 제 편에 있었어요.

주인님의 이마에 월계관이 씌워질 때

진정한 마음을 다해 이 손으로 만들지 않았던가요?

플루토스   나의 확답이 필요하다면

내 이렇게 말해주지.

너는 나의 정신 중의 정신이다.

너는 언제나 내 뜻대로 움직이고, 나보다도 부자구나.

내 너의 공로를 높게 여기니

이 푸른 나뭇가지가 내 모든 왕관보다 귀하도다.

진심을 담아 모두에게 공표한다.

사랑하는 내 아들아, 너는 나의 즐거움이로다.

마차몰이 소년   (군중에게)

내 수중에 있던 가장 귀한 선물마저 사방으로 뿌렸어요.

보세요! 사람들 머리마다

내가 흩뿌려놓은 불씨들이 반짝반짝 빛나네요.

불씨는 이 사람 저 사람 쪽으로 튀어

어디에선 달라붙고 또 어디에선 도망칩니다.

때로는 불길이 치솟기도 하고

잠시 활짝 피어나기도 해요.

하지만 대개는 알아채기도 전에

슬프게도 다 타버려서 꺼져버리네요.

여자들의 재잘거림   사두마차에 타고 있는 저 남자,

분명 야바위꾼임이 틀림없어.

뒤에 쪼그려 앉아 있는 저 어릿광대는

배고픔과 목마름으로 아주 삐쩍 말랐잖아.

어느 누구도 절대로 눈길을 주지 않을걸.

아무리 꼬집어도 느끼지도 못할 것 같아.

깡마른 남자   내 몸에서 떨어져! 이 역겨운 여자들아!

너희에게 내가 좋아 보일 리가 절대 없겠지.

화덕과 가정을 돌보던 그 시절,

난 아바르치아라 불렸지.

그때만 해도 우리 집은 형편이 좋았어.

버는 것은 많았는데 돈을 전혀 쓰지 않았거든!

나는 열정을 다해 궤짝을 관리했지.

분명 열심히 하는 게 죄는 아니니까 말이지.

하지만 얼마 전부터 여자들이 더 이상 아끼지 않더군.

그러다가 고약한 빚쟁이처럼

가진 은화보다 더 많은 탐욕을 드러냈어.

그렇게 남편들은 그저 참아야만 했어.

그렇지만 눈길을 돌리는 곳마다 빚더미뿐이었지.

그 여편네들은 물레로 실을 잣아 번 돈을

들어오는 족족 다 써버렸어.

몸치장을 하고 애인한테 썼지.

게다가 배고픈 정부 놈들과 어울려 다니며

더 좋은 음식을 먹고, 술도 더 자주 마셨다네.

그러다 보니 나도 황금에 욕심이 생기더라고.

그렇게 난 남자가 되었고.

이제 가이츠, 욕망이라 불린다.

우두머리 여자　용이라면 용과 다툴 것이지,

어디서 그런 거짓말을, 집어치워요!

그저 남자들을 자극하려는 짓거리에 불과하죠.

안 그래도 남자들이란 심기 불편한

그런 존재들인데 말이죠.

여자들의 무리　저런 허수아비 녀석!

따귀나 한 대 갈겨버려!

십자가처럼 생긴 녀석이

도대체 뭘 원하는 거야?

얼굴 좀 찌푸린다고

우리가 두려워할 줄 아나 봐.

놈의 용은 그저

종이와 나무로 만들어진 거라고.

어서 저 녀석을 잡아서

혼쭐을 내주자고!

의전관 내 의전봉을 따르시오! 모두 조용히 해요!

그렇지만 나로서도 어찌할 바가 없군.

저기 좀 봐, 저 끔찍한 괴물이 이 공간에 들어와

모조리 헤집으며 양 날개를 펼치려는 꼴을.

군중이 모두 도망치느라 여기가 모조리 비어버렸군.

(플루토스 마차에서 내린다.)

의전관 마차에서 내리는 모습이

흡사 왕이나 다름없군!

그의 눈짓에 용들은 몸을 움직여

가이츠가 앉아 있는 황금상자를 끌어내린다.

상자는 이제 그의 발밑에 놓여 있다.

분명 모든 일이 눈앞에서 벌어졌는데도

정말 믿을 수 없군.

플루토스 (마차몰이 소년에게)

매우 고되고 힘든 네 임무는 끝났다.

이제 넌 자유니 네가 속한 곳으로 돌아가라.

여기는 네가 있을 곳이 아니다!

이곳은 추악한 것이 뒤엉켜 얼룩덜룩하며

거칠게 우리를 둘러싸고 있다.

네가 맑은 눈으로 아름다움의 절정을 볼 수 있는 곳,

오로지 너에게만 속한 곳이며 너만을 신뢰하는 그곳,

아름다움과 선함 속에서만

진정한 기쁨이 존재하는 그곳.

그래, 그곳은 바로 고독이다!

거기서 네 세계를 창조하라!

마차몰이 소년 당신의 가까운 친척으로

나 당신을 사랑하듯

당신의 명성에 걸맞은 사자가 될 것입니다.

당신이 존재하는 곳에 풍요로움이 있고,

그곳이 바로 제가 있을 곳입니다.

누구나 그곳에는 영광스런 수확이 있을 거라 생각하죠.

이 세상을 살아가다 보면 헷갈리기도 합니다.

당신을 따를지, 저를 따를지 말입니다.

당신을 따르는 이들이야 편히 쉴 수 있지만,

저를 따르는 이들은 항상 할 일이 넘칩니다.

제가 하는 일은 남모르게 할 수 없지요.

안녕히 계십시오!

당신은 제게 행복을 선사해주신 분,

나직한 목소리로 부르셔도

재빨리 당신께 돌아오겠어요.

(나타날 때와 같은 방식으로 퇴장)

플루토스 이제 보물을 풀어놓을 때가 되었다!

의전관의 지팡이로 자물쇠를 쳐야겠어.

열렸다! 여기를 보라!

아니 청동 가마솥에서

황금의 피 같은 것이 부글거리며 흘러나온다.

왕관, 목걸이, 반지 등 장신구들이 쏟아지고

황금이 끓어 넘치니 모두 녹여버릴 기세로구나.

번갈아가며 떠들어대는 군중 소리 부글부글 끓어 넘치더니,

상자의 가장자리까지 가득 차오르지 않나!

황금 그릇들이 녹고,

방금 주조된 동전들이 뒹굴어 다니고!

오, 내 가슴이 환희로 벅차오른다!

내가 꿈에 그리던 것들이 모두 다 있네!

모두 땅바닥에 굴러 떨어진다!

저기 보물이 있으니,

손에 잡히는 대로 모두 쓰시오.

그리고 허리를 굽혀 줍는 만큼

여러분은 부자가 될 거요!

우리는 번개처럼 순식간에,

저 궤짝을 차지할 테니.

의전관 이런 멍청한 놈들, 도대체 뭐하는 거야?

뭐하는 거냐고?

여긴 그저 가장무도회를 하는 곳이오.

오늘 밤 그 이상 욕심을 부리면 안 됩니다.

여러분, 진정 황금이 흘러나온 거라 생각하시오?

이 무도회에서 아무리 가짜 동전이라도

공짜로 얻는다는 건 말이 되지 않는단 말이오.

어리석은 작자들!

그저 그럴듯한 가짜를 뭐 대단한 진실인 양 여기다니.

그런 당신들에게 진실이 무슨 소용이오?

그저 퀴퀴한 망상을 온 손가락으로 움켜쥐는 것일 뿐.

가면을 쓴 플루토스, 가장무도회의 주인공이여,

이 인간들을 이곳에서 쫓아주시오.

플루토스 이미 당신의 의전봉이 준비되어 있지 않소.

나에게 잠시 그 의전봉을 빌려주오.

타오르는 불꽃에다 잠시 담그리다.

자! 가면 여러분, 조심하시오.

번쩍이며 터지고, 불꽃들이 쏟아져나올 테니!

의전봉이 이미 달아올랐군.

이제 너무 가까이 다가오는 사람은

곧 바로 타죽을 것이오.

이제 내 주변부터 시작해볼까.

비명소리와 아우성 아, 고통스럽구나! 우린 이제 끝장이야!

도망칠 수 있다면 어서 도망쳐라!

가장 뒤에 있는 분, 빨리 뒤로 물러나요!

얼굴에 뜨거운 불똥이 뛰었네.

시뻘겋게 달아오른 저 지팡이가

나를 짓누르는군!

우리는 이제 모두 다 죽었어!

어서 뒤로 물러나, 이 가면의 무리야!

어서 뒤로 물러나, 이 생각 없는 것들아!

훨훨 날 수 있는 날개가 내게 있었으면!

플루토스　이미 무리들이 뒤로 물러났군요.

내 생각에 불에 덴 사람은 없을 거요.

군중은 이제 물러섰고 겁을 먹었소!

그렇지만 질서를 잡는 그 증거물로

눈에 안 보이는 원을 하나 그려놓겠소.

의전관　참으로 훌륭히 일을 마무리지으셨습니다.

당신의 지혜로운 힘에 어찌 감사를 드려야 할지요!

플루토스　좀 더 참으시오. 친구여.

아직 소동이 끝나지 않았어.

탐욕　이제 내가 원하는 대로

이 인간들을 느긋하게 구경할 수 있게 됐어.

무슨 구경거리나 먹을거리가 있으면

항상 여자들이 앞장서거든.

아직 내가 완전히 녹슬진 않았나 보군!

아리따운 여인이 여전히 저리 아름다워 보이니 말이야.

그리고 오늘은 돈 한 푼 들지 않으니,

마음껏 희롱해봐야지.

그러나 사람들로 가득 찬 장소에서는

큰 목소리로 말해도 모두에게 말이 잘 전달되지 않으니,

꾀를 잘 써서 넘어오도록 해야겠어.

아, 나에게 운이 따르기를.

손짓, 발짓, 몸짓으로도 부족하면

짓궂은 장난이라도 시도해봐야지.

축축한 진흙처럼 황금을 반죽해보는 거지.

이 금속으로는 뭐든지 만들 수 있거든.

의전관 저 비쩍 마른 멍청이 녀석이

또 뭘 시작하려는가!

기아에 빠져 말라빠진 저 녀석이 유머도 안단 말인가?

저 녀석이 황금을 주물러 반죽을 만드네.

그 손 아래서 황금이 물컹해지고 있어.

아무리 반죽하고 굴려봐도

모양은 제대로 나오지 않는군.

저기 건너편의 여자들에게 보여주자

모두 소리 지르며 멀리 도망치려 하네.

몸짓으로 보아 아주 혐오스러웠나 보군.

저 녀석, 장난이 매우 지나치군.

풍기문란을 아주 밥 먹듯이 해.

저런 꼴을 보고도 내가 가만히 있을 수 없지.

내 의전봉을 돌려줘요. 저 놈 좀 쫓아버리게.

플루토스 저 녀석은 밖에서

어떤 위험이 다가오는지 모르오.

그러니 그저 멍청한 짓을

조금 더 하게 내버려둬요.

저런 행동을 할 시간도 얼마 남지 않았소.

제아무리 법이 강력하다 해도

비상상황이 더 급한 법이죠.

아우성의 노래 거친 무리가 몰려오네.

산꼭대기에서 그리고 들판의 계곡에서,

반항할 수 없는 이들,

무리 지어 걸어와

위대한 목양신 판을 찬양하며 노래하네.

이들은 아무도 모르는 비밀을 알고

텅 빈 원 안으로 몰려오네.

플루토스 나는 그대들도 알고

위대한 목양신 판도 알지!

판과 함께 그대들은 대담한 모험을 감행했지.

누구도 알지 못하는 그 비밀을 난 잘 알고 있으니

그대들을 위해 이제 이 엄한 원을 열어주겠다.

이들에게 행운이 따르기를!

매우 놀라운 일이 벌어질 수도 있지만,

이들은 자신이 어디로 향하는지 알지 못한다.

가긴 하지만 그 길을 제대로 준비하지 못했으니.

거친 노래 겉만 번지르르하게 꾸민 무리들아!

그들은 거칠게 다가온다,

그들이 난폭하게 다가온다.

높이 뛰며 잽싸게 달려온다.

건장하고 튼튼한 모습으로 등장하는구나.

목양신들 즐겁게 춤추는 목양신들,

참나무 관을 곱슬머리에 얹고

곱슬머리로 뒤덮인 머리 사이로

뾰족한 귀가 솟아나왔네.

코는 뭉툭하고 얼굴은 넓적하지만

그렇다고 여자들에게 인기가 없지 않다네.

앞발을 내어 춤을 청하면

제아무리 아름다운 여인이라도 거절하지 못하지.

사티로스 사티로스가 껑충 뛰며 뒤따라와요.

염소 발에 다리는 말라깽이이지요.

마르고 억센 다리를 선호해요.

그리고 양처럼 높은 산꼭대기에 올라

주변을 둘러보는 것을 즐긴답니다.

자유를 흡입하여 기분이 상쾌해지면

아이와 여자와 남자를 비웃는답니다.

그들은 계곡의 뿌연 공기를 마시며

쾌적하다고 느끼니까요.

산꼭대기의 세상은 온전히

어느 누구도 손대지 못한 깨끗한 상태로

그들만의 것이지요.

땅의 정령들   작은 무리가 총총거리며 몰려옵니다.

짝을 지어 다니는 걸 좋아하지 않지요.

이끼로 만든 옷을 입고 작은 등불을 들고서

이리저리 잽싸게 움직여 제 맡은 일을 해냅니다.

흡사 반딧불들이 우글거리듯이.

이리저리 분주하게 움직이며 열심히 일을 해요.

우리는 착한 난쟁이 요정들과 친척이죠.

바위의 외과 의사로 의술이 탁월하답니다.

우리는 높은 산 탱탱한 핏줄에서 피를 뽑아내지요.

'행운이 따르길! 행운이 따르길!'이라

마음에서 우러나오는 인사말을 주고받으며

산더미만큼 광물을 캐냅니다.

물론 다 좋은 뜻으로 하는 일이랍니다.

우리는 선한 사람들의 친구니까요.

그러나 우리가 황금을 캐어놓으면

사람들은 그것을 훔치고 그것으로 오입질을 합니다.

또 우리가 캐낸 쇠로 오만방자한 인간은

살인을 서슴지 않습니다.

이 세 가지 계명을 어기는 자,

다른 계명도 우습게 여기지요.

그것이 모두 우리의 잘못은 아니랍니다.

그러니 우리처럼 관대하게 생각하세요.

거인들 우리는 이름처럼 거친 남자들이죠.

하르츠 산맥에서 이름 좀 날렸어요.

자연처럼 벌거숭이에 힘은 장사지요.

우리는 모두가 거인입니다.

전나무 줄기를 오른손에 움켜쥐고,

허리에는 옹이진 넝쿨을 감고

나뭇가지와 잎으로 만든

튼튼한 앞치마를 한 교황에게도 없는 경호원입니다.

님프들 (위대한 판을 에워싼다.)

그분도 도착했어요!

이 세상의 전부이자 정수인

위대한 판이요.

너희 유쾌한 무리들아,

그분을 에워싸라.

춤을 추며 주위를 맴돌아라.

저분은 진지하면서도

선한 분이라 모두가 즐겁기를 바란다네.

푸른 하늘에 드리운 구름 아래서
언제라도 깨어 있는 분이지만
미풍이 부드럽게 불어오고
시냇물이 졸졸대면
살포시 잠이 든다네.
한낮에 잠이 들면
그분을 위해
나뭇가지의 이파리도 움직이지 않고
초목이 내뿜는 향기도
고요한 대기를 가득 채운다네.
요정들도 가만히 입을 다물고
선 채로 그 자리에서 잠이 들지요.
그러다가 갑자기
그분의 목소리가 청천벽력처럼,
노한 파도처럼 우렁차게 울려 퍼지면
어느 누구나 어쩔 줄 모르고 허둥댑니다.
전쟁터의 용감한 용사들도 뿔뿔이 흩어지고
영웅들도 두려움에 덜덜 떨지요.
그러니 그에게 예의를 표하세요.
존경을 표하세요.
우리를 이끌어주는 분, 만세!

땅의 정령 대표 (위대한 판에게)

> 빛나고 값진 광석이 바위 속으로
> 실타래처럼 엉켜 있을 때에는,
> 현명한 마법의 지팡이만이
> 그 뒤엉킨 미로를 알려줍니다.

> 깊은 땅속에 혈거종족처럼
> 집을 짓고 사는 우리에게
> 당신은 환한 대낮의 공기 속에서
> 자비롭게 그 보물을 나눠주었지요.

> 그 근처에서 우리는
> 놀라운 샘을 하나 발견했지요.
> 어떻게 해도 손에 넣을 수 없던 것을
> 손쉽게 약속해주는 샘이지요.

> 당신만이 그 약속을 성취할 수 있으니
> 이 샘을 취하세요.
> 당신의 손에 쥐어진 모든 보물들이
> 세상에 도움이 될 거랍니다.

플루토스 (의전관에게)

우리는 침착해야 합니다.

그리고 무슨 일이 벌어지든 그대로 받아들입시다.

당신이 보여준 용기는 참으로 대단했소.

하지만 이제 곧 끔찍한 일을 목격하게 될 것이오.

현세나 후세 사람들이 거짓이라 생각할지도 모르니,

일어나는 일을 상세히 기록하도록 하시오.

의전관 (플루토스가 들고 있는 의전봉을 잡으며)

난쟁이들이 위대한 판을 아주 조심스럽게

불의 샘으로 안내하네요.

샘은 속에서부터 펄펄 끓어오르다가

다시 심연으로 가라앉습니다.

벌어진 입 사이로 암흑이 보입니다.

샘은 곧 부글거리며 끓어오르고

위대한 판은 기분 좋은 표정으로

그 놀라운 장면을 지켜보네요.

진주 같은 거품이 좌우에서 튀어 오르는데,

어찌 저런 것들을 믿을 수 있을까요?

아예 허리를 굽혀 안을 깊숙이 들여다보는군요.

이런! 턱수염이 샘에 빠져버렸어요!

저 매끈한 턱의 저 남자는 누구일까요?

손으로 가려져 잘 보이지 않아요.

이어 엄청난 일이 벌어지는군요.

수염에 붙은 불이 다시 날아와

화관과 머리와 가슴에 불이 붙었어요.

기쁨이 고통으로 돌변해요.

불을 끄려고 무리들이 달려오지만

그 누구도 불길에서 벗어나지 못합니다.

아무리 앞발로 두드리고 내리쳐보아도

새로운 불길이 솟아오릅니다.

불길에 휘말리면서 가장한 무리가

모두 타버리고 있어요.

하지만 내게 들려오는 이 소식은 뭐란 말인가?

귀에서 귀로 들려오고, 입에서 입으로 전해져오네!

오, 영원히 불행에 빠진 밤이여,

너는 우리에게 큰 고통을 불러왔구나!

이튿날이면 세상에 알릴 것이다.

아무도 듣고 싶어 하지 않겠지만.

방방곡곡에서 비명이 들린다.

황제께서 이런 고통을 겪고 계신다.

제발 그 말이 사실이 아니기를!

황제 역시 불에 타고 그 시종들도 불타고 있어요.

에잇, 저주받아라!

황제를 유혹하고

송진 묻은 나뭇가지를 몸에 걸치고서

미친 듯이 울부짖으며

모두의 몰락을 초래한 이것들아!

오, 젊음아, 젊음아,

너는 정말 기쁨을 절제할 수 없는 건가?

오, 황제 폐하, 황제 폐하,

당신은 전능도 이성도 발휘하지 못하시는 겁니까?

어느새 숲이 불길에 휩싸여요.

불길은 혀를 날름거리며

꼭대기까지 치솟았고

서까래로 짠 천장을 향해 솟구칩니다.

이러다 모든 것이 불타버리겠어요.

고통이 너무 크고 막강합니다.

누가 우리를 구할지 정녕 모르겠군요.

빛나던 황제의 영화도 내일이면

하룻밤 사이에 잿더미가 될 겁니다.

플루토스 공포가 이미 퍼질 대로 퍼졌군.

하지만 이제 내가 도와줄 때가 되었어!

성스러운 지팡이야! 힘을 써라.

땅을 흔들고 울리게 하라.

너 광활한 창공아,

서늘한 향기로 하늘을 채워라.

축축한 안개야, 비구름아,

어서 내려와 떠돌면서

불타오르는 저 혼란을 뒤덮어라!

뭉치는 작은 구름들아, 보슬보슬 내려라.

이리저리 잽싸게 떠돌며 불을 꺼다오.

네 축축한 구원의 힘으로

이 허황된 불장난을

하룻밤의 번개로 변하게 하라!

정령들이 우리를 해하려 위협하면

마법으로 대응할 테니.

즐거움이 넘치는 공원

(아침 해)

(황제, 신하들, 남자들, 그리고 여자들, 파우스트와 메피스토, 궁정의
격식에 맞게 요란하지 않은 옷차림이다. 둘 다 무릎을 꿇고 있다.)

파우스트 폐하, 어제의 불장난에 대해 용서를 구합니다.

황제 (일어나라 손짓하며)

나도 그런 장난을 좋아하오.

갑자기 내가 불바다 한가운데 있었소.

내가 플루토가 된 것만 같았지.

어둔 밤 석탄 한가운데

커다란 바위 바닥이 놓여 있었소.

화염으로 붉게 타오르고 구덩이마다

수천의 거친 불꽃이 솟구쳐올라

둥근 천장까지 타올랐소.

화염은 높은 성당처럼 치솟아 영원히 불타오르고

성당의 모습이 그 사이로 사라졌다 보였다 했지.

불기둥들이 늘어선 넓은 홀에는

내 백성들이 행렬을 이루어 움직이는 모습이 보였다오.

이들은 커다란 원을 그리며

내게 다가와 늘 그랬듯이 내게 경의를 표했다오.

그들 중 내 궁정의 신하 몇몇을 알아볼 수 있었소.

내 흡사 수천의 살라맨더를 거느린 왕이 된 것 같았지.

메피스토펠레스 바로 그렇습니다, 폐하!

이 세상의 모든 원소가 폐하의 권위를

절대적으로 인정하지 않을 수 없습니다.

불을 시험하여 복종하게 만드셨으니,

이번에는 사납게 몰아치는 바다 속으로

뛰어들어보시지요.

진주로 가득한 바닥을 밟자마자

바닷물이 부글대며 폐하의 주변을 에워쌀 것입니다.

사방을 둘러보면 초록빛으로

밝게 빛나는 파도가 보랏빛 거품을 내며

더 없이 아름다운 궁전을 짓고,

폐하는 그 중심에 계실 것입니다.

어디로든 한 걸음을 떼실 때마다

궁전도 폐하와 동행할 것입니다.

사방의 벽들도 생명이 있음을 기뻐하고,

화살처럼 잽싸게 움직이며

앞으로 왔다 뒤로 갔다 합니다.

바다 괴물들은 이 새로운 현상에 이끌려 달려들지만

누구도 안으로 들어오지 못합니다.

금빛 찬란한 비늘의 용들이 뛰어놀고,

상어는 입을 벌립니다.

그 목구멍을 보면 웃음이 나실 겁니다.

주변의 조정 신하들이 폐하를 기쁘게 하겠지만

이런 장관은 보시지 못했을 것입니다.

그렇다고 해서 사랑스러운 것들과

헤어지는 것은 아닙니다.

호기심 많은 네레이스들이

신선한 물속의 호화로운 궁전으로 다가올 테니까요.

동생들은 부끄러움을 많이 타지만 물고기처럼 팔팔하고,

언니들은 지혜롭지요.

테티스도 소문을 들었으니

제2의 펠레우스에게 손과 입을 내밀 겁니다.

그러면 폐하의 옥좌는 올림포스 산으로 향하는 거지요.

황제   그 창공의 공간은 자네 마음대로 하게.

내가 그 옥좌에 오르기에는 아직 이르지.

메피스토펠레스   높으신 폐하!

이 지상은 이미 폐하의 것입니다.

황제   그대가 이곳으로 온 것은

참으로 큰 행운이라네.

천일야화에서 금방 튀어나온 것 같다네.

여기서 세헤라자데만큼의 재주를 보여준다면

내 그대에게 가장 큰 은총을 내려주지.

일상에서 심히 기분이 불쾌할 때는

그대를 부를 테니 항상 준비하고 있도록 하라.

집사장 (황급히 등장한다.)

전하, 제가 살면서 이렇게 행복한 소식을

전하께 직접 전할 수 있으리라 생각하지 못했습니다.

부채가 모두 청산되었고,

고리대금업자들도 모두 발톱을 감추었습니다.

저는 지옥 같던 끔찍한 고통에서 해방되었습니다.

천국도 이보다 즐거울 수가 없을 겁니다.

군사령관　(성급히 뒤따라오면서)

군대의 급료가 모두 지급되었고,

병사들이 새로 재계약을 했습니다.

군대는 젊고 신선한 피로 가득 차고,

술집주인과 여자들도 덩달아 신이 났습니다.

황제　모두 가슴을 넓게 펴고 안도의 한숨을 쉬는군!

주름졌던 얼굴들이 모두 즐거워 보이는구나!

이곳으로 서두르며 들어오는 저 모습을 보라!

재무재상　(등장하여)

이 일을 해낸 두 사람에게 물어보시지요.

파우스트　재상께서 이 일을

아뢰는 게 좋을 듯합니다.

재상　(천천히 걸어 들어온다.)

노년에 이런 행복이 다 찾아오는군요.

그러니 이제 운명보다 버거웠던

이 글을 읽을 테니 보시지요.

모든 고통을 행복으로 바꾸어 놓았습니다.

"관심 있는 모든 사람에게 알린다.

여기 이 화폐는 금화 천 냥의 가치이니.

이에 대한 확실한 담보로서

제국에 매장된 엄청난 재화가 확보되어 있다.

이 풍부한 보물을 발굴하는 동시에

화폐 가치만큼 대체될 것이다."

황제   이건 명백한 불법 행위로다.

터무니없는 사기일세!

여기 황제의 서명을 누가 감히 위조한 건가?

이런 극악무도한 범죄를 어찌 처벌하지 않는단 말인가?

재무재상   폐하, 잘 기억해보십시오!

폐하께서 직접 서명하셨나이다.

바로 어젯밤에 말입니다.

폐하께서 위대한 판처럼 우뚝 서 계시지 않았습니까.

재상께서 우리와 함께 폐하께 직접 건의하였습니다.

"이 즐거운 축제의 날에

백성의 행복을 위해 부디 펜을 들어

몇 획 그어주시지요, 폐하."

이에 폐하께서 서명하셨고,

그날 밤 여러 예술가들이

재빨리 사본을 수천 장 만들었지요.

백성 모두가 동등한 혜택을 누리도록

그 즉시 일련의 지폐에 인장을 찍었습니다.

십, 삼십, 오십, 백 냥짜리 화폐를 만들었지요.

백성들에게 얼마나 큰 행복을 주었는지

상상도 못하실 겁니다, 폐하.

제국의 온 도시를 좀 살펴보세요.

예전엔 절반이 죽어서 곰팡이가 슨 것 같더니,

이제는 모든 것이 살아 숨 쉬듯 활기가 넘쳐흐릅니다!

폐하의 이름으로 이미 오래전에 세상을 축복했지만,

지금처럼 열렬한 찬사를 받지 못했습니다.

폐하의 이름 철자만 있으면

그 이상의 철자는 더 이상 필요도 없고

그것만으로 이제 모두가 행복합니다.

황제 그럼 내 백성들이 이 종이를

금 대신 쓴단 말인가?

정녕 군대와 궁중의 급여도

이것으로 전부 지급할 수 있다는 건가?

이 상황이 도무지 납득되지 않지만

받아들일 수밖에 없겠군.

집사장 잽싸게 도망가듯 순식간에 번져버려

이제 다시 붙잡을 수 없습니다.

번개처럼 빠르게 달려가네요.

환전소들은 밤낮없이 문을 열어 놓고,

그곳에서 사람들이 지폐를 모조리

금과 은으로 바꾸고 있습니다.

자율적으로 할인을 하면서요.

이어 푸줏간이나 빵집, 술집으로 향합니다.

세상의 반은 흥청망청 먹고 마시는 즐거움만 생각하고

그 외 절반은 새 옷을 입고 거들먹대기만 합니다.

포목상은 옷감을 끊어주고 재단사는 옷을 짓습니다.

'황제 만세!'라고 외치며 술집마다 거품이 넘치고,

요리하고 지지고 접시 부딪치는 소리가 울려 퍼집니다.

메피스토펠레스 테라스를 홀로 외로이 거닐다 보니

우아하게 차려입은 아름다운 미인이 눈에 들어왔어요.

한쪽 눈은 멋진 공작선으로 가리고,

우리에게 윙크하고는 지폐를 향해 미소를 짓지요.

그렇게 유머나 입담보다 재빠르게

종이 한 장으로 가장 값비싼 사랑이 시작되는 겁니다.

지갑과 주머니를 불평할 필요가 없어요.

품속에 쉽게 가지고 다닐 수 있는

종이 한 장이면 충분하지요.

이때 사랑의 편지 하나 함께 넣으면

아주 멋진 짝이 됩니다.

성직자는 「기도서」에 끼워 경건하게 들고 다니고,

병사는 허리춤의 전대가 가벼워져

좀 더 신속하게 움직일 수 있지요.

폐하, 위대한 업적을 사소한 것으로

깎아내리는 것처럼 들리신다면 부디 용서해주소서.

파우스트   막대한 보물이 폐하의 왕국 지하에

깊이 묻혀 어느 누구도 손을 대지 않은 채로 있습니다.

그 어떤 공상도 이만한 재화의 크기를 맞추기엔

그릇이 너무 작사옵니다.

상상을 해서 저 높이 날려본다 한들

아무리 노력을 해도 충분하지 못할 겁니다.

그렇지만 심연을 통찰할 수 있는 정신이라면

무한한 것에 대해 무한한 신뢰를 보일 것입니다.

메피스토펠레스   황금이나 진주보다

이런 화폐가 훨씬 더 편하지요.

얼마가 있는지 알 수도 있고요.

무엇보다 시장에서 내다 팔거나

서로 교환할 필요 없이

원하는 대로 사랑과 포도주에 취할 수 있어요.

동전을 원한다면 환전소에 가면 있지요.

거기에 없다면 조금만 시간을 들여 땅을 파면 된답니다.

잔이나 목걸이를 경매에 넘기면 되니까요.

상환이 끝난 동시에 지폐는 우리에게

무례하게 떠들어댄 회의론자들을

창피하게 해줄 것입니다.

익숙해지면 그 밖의 다른 것은

원치 않을 것입니다.

이제부터 제국 어딜 가나

보석과 황금, 지폐가 충분히 있습니다.

황제 우리 제국의 번영은 모두 다 그대들 덕뿐이오.

따라서 그대들의 노고에

합당한 보상을 해야 한다고 생각하오만.

이 나라의 땅 밑을 그대들에게 맡기겠소.

그대들은 보물을 담당하는 훌륭한 관리인이오.

그대들이 보물이 묻힌 광활한 장소를 알고 있지 않소.

보물을 캐낼 땐 모두가 그대들의 말을 따를 것이오.

그러니 이제 우리 제국의 보물을 담당하는 관리로서

뜻을 합하여 그대들에게 주어진 책무를

즐거운 마음으로 임해주시오.

　　　　지상과 지하 세계가 하나로 단결되어

　　　　모두 행복을 누리게 해주시오.

재무재상　　저희 둘 사이에 그 어떤 분란도

　　　　일어나지 않도록 하겠습니다.

　　　　마법사와 동료가 되어 몹시 기쁠 따름입니다.

　　　　(파우스트와 함께 퇴장)

황제　　왕국의 모든 백성에게 지폐를 하사하려 하니,

　　　　이제 어디에 필요한지 내게 말하도록 하라.

시동　　(받으면서)

　　　　좀 더 좋은 물건을 사서

　　　　좀 더 즐겁게, 유쾌하게 살겠습니다.

다른 시동　(마찬가지로)

　　　　곧바로 연인에게 목걸이와 반지를 선물하려 합니다.

시종　　(받으면서)

　　　　이제 두 배는 더 좋은 술을 마시려 합니다.

다른 시종　(마찬가지로)

　　　　벌써 주머니 속의 주사위가 들썩이는군요.

기주 기사　(고민하며)

　　　　빚부터 청산하여 내 성과 전답을 찾을 것입니다.

다른 기주 기사　(마찬가지로)

모아놓도록 하겠습니다. 이미 저축한 돈과 함께요.

황제 내 뭔가 새로운 것들을 하려는

가상한 용기와 원대한 뜻을 기대했건만.

너희를 잘 아는 사람이라면 쉽게 납득되긴 하지.

잘 알았노라.

아무리 돈이 많아 봤자

제 모습은 이전과 그리 다를 바가 없구나.

어릿광대 (가까이 다가가며)

폐하, 제게도 은혜를 베풀어주소서!

황제 다시 살아나도 네 녀석은

술로 모조리 탕진할 게야.

어릿광대 마법의 종이라! 정확히 이해하기 힘듭니다.

황제 물론 그렇겠지. 제대로 쓸 줄도 모를 테니.

어릿광대 종이들이 또 떨어지는군.

어찌해야 할지 모르겠네.

황제 주어라. 네 녀석의 몫이니.

(퇴장)

어릿광대 오천 냥이야!

이렇게 큰돈이 내 수중에 들어오다니!

메피스토펠레스 두 발 달린 술 자루야,

이제 깨어났나?

어릿광대 자주 있는 일입죠.

하지만 이보다 좋을 순 없겠어요.

메피스토펠레스 땀마저 뻘뻘 흘리는 걸 보니

정말 좋긴 한가 보구나.

어릿광대 여기 좀 보세요.

이게 정말 돈의 가치가 있나요?

메피스토펠레스 그거면 네 목구멍과 배가

갈망하는 걸 살 수 있지.

어릿광대 그러면 논과 집 그리고

가축도 살 수 있나요?

메피스토펠레스 물론이지! 가서 그냥 달라고 하게.

그걸로 못 사는 건 없어.

어릿광대 그럼 숲과 사냥터 그리고

양어장이 딸린 성은요?

메피스토펠레스 그냥 믿으라니까!

네놈이 용감한 영주가 되는 모습을 보고 싶구나!

어릿광대 오늘 밤에는 내 영지에서 잠을 자야겠어!

메피스토펠레스 (혼잣말로)

어릿광대 녀석 좀 보게.

참으로 영리하군. 의심이 끊이지 않으니!

어두운 회랑

(파우스트, 메피스토펠레스)

메피스토펠레스 왜 나를 이런 으슥한 복도로 불러낸 거요?

저 안이 별로 즐겁지 않소?

저렇게 사람도 많고 다채로운 궁전이라면

분명 여자를 유혹할 기회도 많을 텐데요?

파우스트 그런 말은 그만하게.

그런 일은 예전에 신발이 닳도록 해보지 않았던가?

이제 네 녀석이 이리저리 오가며 나를 피하는 게

나와 말을 섞지 않으려는 꼼수가 아닌가?

지금 나는 정말 곤경에 처했단 말일세.

집사장하고 시종이 나를 몰아붙이고 있어.

황제는 당장 눈앞에

헬레네와 파리스를 대령하라는 거야.

남자와 여자의 가장 이상적인 모습을

실물로 직접 확인하겠다는 거지.

이제 어서 가서 당장 시작해!

내 약속을 어길 수는 없지 않나.

메피스토펠레스 아니, 왜 그렇게 쉽게 약속을 해요?

그건 정말 경솔했어요.

파우스트 자넨, 자네가 하는 마술이

어떤 결과로 이어질지 깊게 생각해본 적 있나?

기껏 황제에게 부를 가져다줬더니,

이제는 그를 기쁘게 해주기까지 해야 하지.

메피스토펠레스 당신은 모든 게 간단히

그것도 당장 될 거라 생각하죠.

정말 우리는 난처한 상황에 몰렸어요.

당신은 전혀 모르는 역에 발을 디뎠고,

결국 끝에 가서는 새로운 짐만 만드는군요.

헬레네를 불러오는 것이 그리 쉬운 줄 아나요?

뭐 금화의 종이 유령 불러내는 것처럼.

마녀나 무녀, 귀신이나 혼령, 혹부리 난쟁이라면

내 지금 당장이라도 대령하죠.

이런 악마의 사랑을 받는 애인들도

분명 욕할 정도는 아니지만

아무래도 고대의 위대한 여인들만 못하지요.

파우스트 또 그 낡은 타령이냐!

네놈은 항상 아무것도 모르겠다는 식이 아닌가.

네 녀석은 모든 막히는 장애물의 아버지이지 않나.

그런데 뭔가 해줄 때마다

그 대가를 또 내놓길 바라기나 하고,

그저 주문 몇 마디 웅얼거리면 되잖나.

잠깐 고개를 돌리는 사이에 데려올 수 있으면서.

메피스토펠레스 이교도 종족은 정말

내 마음대로 할 수 없어요.

그 인간들은 이미 그들만의 지옥에서 살고 있어요.

하지만 방법이 하나 있긴 하지요.

파우스트 말하라. 뜸들이지 말고!

메피스토펠레스 이게 정말 특급 비밀인데

어쩔 수 없이 말하는 겁니다.

여신들은 고독하면서 숭고한 모습으로 있습니다.

그녀들이 있는 곳은 장소도 시간도 존재하지 않지요.

이들의 얘기를 하는 것마저 쉽지 않아요.

바로 어머니들입니다!

파우스트 (매우 놀라며)

어머니들이라니!

메피스토펠레스 겁나나요?

파우스트 어머니들! 어머니들이라! 기묘하지 않은가?

메피스토펠레스 사실 그래요.

여신들은 당신들 인간들에게 낯설지요.

우리도 그리 즐겨 부르지 않거든요.

그들의 집으로 가려면 땅속 깊은 곳까지

파고 들어가야 하죠.

우리가 이 여신들의 도움이 필요한 건

온전히 당신 때문이에요.

파우스트 그곳으로 가려면 어디로 가야 하나?

메피스토펠레스 길은 없어요!

갈 수 없는 곳으로,

발을 디딜 수 없는 곳으로 가는 거예요.

준비됐나요?

자물쇠도, 들어 올릴 빗장도 없어요.

고독함이 우리를 그리로 데려다줄 거랍니다.

황량함과 고독이 무슨 뜻인지는 알죠?

파우스트 그딴 말일랑 좀 아끼지 그러나.

아무래도 그 마녀의 부엌 냄새가 나.

먼 옛날 그 시간이 떠오르는 군.

내가 이 세상과 교류해야 하는 것이 내 운명 아니던가?

공허함을 배우고, 공허함을 가르치면서?

내가 이성적으로 말하면

주변에서 반대의 목소리가 두 배로 들려왔지.

그걸 견뎌내기 힘들어서

고독함과 황량함 속으로 도망쳤지.

그래도 혼자서 살아서는 안 되겠다는 생각에

결국 악마한테 내 자신을 넘겨버렸다고.

메피스토펠레스   넓은 대양을 헤엄쳐 건너다가

불현듯 무한한 그 공간이 눈에 들어오고,

파도가 휘몰아치겠죠.

혹시라도 이러다 죽는 건 아닐까

두려움이 몰려올 거예요.

그래도 분명 뭔가 보일 겁니다.

잠잠해진 푸른 바다에서 뛰어노는 돌고래들과

둥둥 떠 있는 구름과 해, 달, 별의 모습이 보이겠죠.

영원한 공허뿐인 저 먼 곳에는 아무것도 없어요.

당신의 발자국 소리도 들리지 않고

당신이 쉬어갈 단단한 곳도 없지요.

파우스트   말하는 폼이 꼭 새로 온 신도를 속이는

그리스 비교의 우두머리 같구나.

좀 다르긴 하지만, 네놈이 나를 공허 속으로 보내

나의 힘과 재주를 키워놓으려는 것 아닌가?

나를 동화 속 그 고양이 취급을 하겠다 이거지.

불구덩이에서 밤을 가져오라 하니 말이다.

계속해보거라!

네 밑바닥까지 밝혀낼 테니

너의 무(無) 속에서 모든 걸 찾아낼 것이야.

메피스토펠레스 나와 헤어지기 전

칭찬을 해줘야겠군요.

이제 좀 악마를 제대로 아는 것 같군요.

여기 이 열쇠를 받아요.

파우스트 열쇠가 아주 작구나!

메피스토펠레스 열쇠를 받아요.

그렇게 별 볼 일 없는 물건이 아니랍니다.

파우스트 열쇠가 내 손에서 커지네!

게다가 빛나기까지 해, 번쩍거리는군!

메피스토펠레스 이 열쇠의 힘을 이제 깨닫겠어요?

그 열쇠가 정확한 장소의 냄새를 맡을 거랍니다.

열쇠를 따라가요, 어머니들에게 인도할 테니까요.

파우스트 (몸서리를 치며)

어머니들이라!

한 대 강하게 얻어맞은 것 같아.

이 말은 왜 이리도 듣기 싫을까?

메피스토펠레스 벌써 위축된 거요?

이 새로운 말이 그리 듣기 거북한가요?

이제껏 들어온 말만 듣고 싶은 건가요?

무슨 말을 들어도 그렇게 거북해하진 마요.

이미 별의별 일을 다 겪었잖소.

파우스트   하지만 무감각한 것으로

치료를 바라지 않는다.

전율을 느끼는 건 인간이 지닌 가장 훌륭한 특성이야.

세상은 이런 감정의 대가를 값비싸게 치르게 하지만

전율을 통해서만 엄청난 것을 깊이 느낄 수 있지.

메피스토펠레스   그렇다면 어서 내려가요!

아니 위로 올라가요!

어차피 그게 그거예요.

뭘 해도 똑같아요.

물질의 세계에서 벗어나

모든 형상에서 해방된 공간으로 가야 해요.

형상들에서 벗어난 공간을 한 번 즐겨봐요.

엉겨붙은 구름 떼처럼 몸에 뭔가 달라붙으면

열쇠를 흔들어 몸을 보호해요!

파우스트   (한껏 고무되어)

알았네! 열쇠를 꼭 쥐고 있으니 새로운 힘이 느껴진다!

움츠린 가슴이 넓어지고

얼마든 새 일을 해낼 수 있겠어.

메피스토펠레스   달아오른 삼발이 향로가 나타나면

가장 깊숙한 바닥에 이른 거예요.

그 향로의 불빛에 어머니들이 보일 겁니다.

어떤 이들은 앉아 있고

어떤 이들은 서 있거나 거닐고 있을 거예요.

형성과 변형 영원한 마음의 영원한 재창조이지요.

그들 주변으로 모든 피조물의

온갖 형태가 떠돌아다니겠죠.

그들은 당신을 보지 못해요.

오직 유령만 보이니까요.

마음을 단단히 먹어요, 위험하거든요.

그리고 그 삼발이를 향해 곧장 가서

열쇠로 향로를 건드려요!

파우스트 (열쇠를 손에 들고서 단호하게 명령하는 몸짓을 한다.)

메피스토펠레스 (파우스트를 보며)

그렇소, 그렇게 하면 돼요!

그러면 향로는 충직한 하인처럼 당신을 따를 거요.

차분하게 올라와요.

행운이 당신을 위로 올려줄 거예요.

그들이 알아채기 전에 향로를 가지고 돌아와요.

향로를 여기로 가져오면 영웅과 미녀를

밤의 세계에서 불러올 수 있어요.

이런 행동을 이룬 유일한 사람이

바로 당신이 되는 거랍니다.

그리고 마법을 써서 향불의 연기를

신들의 모습으로 바꿔야 해요.

파우스트   이제 뭘 하면 되는 거지?

메피스토펠레스   온 힘을 다해 밑으로 내려가요.

발을 굴러 내려가고, 발을 굴러 다시 올라와요.

파우스트   (발을 구르며 내려간다.)

메피스토펠레스   저 열쇠가 도움이 되어야 할 텐데!

되돌아올 수 있을까? 궁금하군.

불이 환한 방들

(황제와 제후들, 분주하게 움직이는 신하들)

시종   (메피스토펠레스에게)

우리에게 유령을 보여준다 하지 않았소.

어서 해보시오! 폐하는 인내심이 없다오.

집사장   폐하께서도 여쭤보셨어요.

당신들! 꾸물대지 마요.

그러다 폐하께 망신을 당할 테니.

메피스토펠레스 안 그래도 내 동료가

그 일 때문에 처리하러 갔습니다.

마법을 준비하려면 어찌해야 하는지 잘 알고 있어요.

그래서 아직까지도 연구실에 처박혀 있지요.

매우 심혈을 기울여 노력하고 있어요.

값진 보물을, 아름다운 미녀를 지하에서 끌어올리려면

궁극의 마법인, 현자의 마법이 필요하답니다.

집사장 어떤 마법을 부리던 그건 알 바 아니고,

하여튼 황제께서 어서 눈앞에 대령하라는 분부시오.

금발의 여인 (메피스토펠레스에게)

저기요, 선생님! 제 얼굴은 본래 깨끗하지만

괴로운 여름만 되면 그렇지 못해요!

붉고 갈색의 주근깨가 수백 개나 생겨서

내 백옥 같은 피부를 모조리 덮어버려요.

해결책이 필요해요!

메피스토펠레스 이런 안됐군요!

이렇게 빛나는 보석 같은 얼굴이

오월엔 표범처럼 얼룩덜룩해진다니요.

자, 여기 개구리알과 두꺼비 혀를 약탕기로 짜서

보름달이 뜰 때 정성껏 걸러요.

그리고 달이 기울면 얼굴에 꼼꼼히 잘 발라요.

봄이 와도 반점들이 생기지 않을 거요.

갈색 여인 사람들이 당신 주변으로 오려고

아주 법석이에요.

저도 처방 좀 내려주세요!

동상에 걸린 발 때문에 산책을 할 때도,

춤을 출 때도 매우 힘들어요.

인사할 때도 움직임이 매우 굼뜨고요.

메피스토펠레스 내 발로 한 번 밟게 허락해주오.

갈색 여인 그런 건 연인들 사이에서나

하는 행동이잖아요.

메피스토펠레스 아가씨, 내가 밟아주는 건 말이오.

그보다 더 숭고한 의미가 있다오.

같은 것으로 같은 것을 고치는 거요.

발로 발을 고치고 다른 신체 부위도 마찬가지요.

이리 와요! 조심하고! 다시 갚아주지 않아도 된다오.

갈색 여인 아파요! 아파! 타들어갈 듯 아파요!

말발굽에 밟힌 것처럼 아프다고요!

메피스토펠레스 이제 다 나을 거요.

원하는 만큼 춤 연습을 해도 될 거요.

그리고 식탁 아래서 연인과 발장난 쳐도 이제 끄떡없소.

숙녀 (사람들을 치며)

저 좀 지나가게 해줘요! 제 고통은 매우 심각하답니다.

가슴 깊은 곳을 칼로 저미는 듯해요.

어제까지만 해도 내 눈길만 좇던 그 사람이

다른 여자와 속삭이며 내게 등을 돌려버렸어요.

메피스토펠레스   증세가 매우 걱정스럽군요.

하지만 내 말을 좀 들어봐요.

조용히 그의 곁으로 다정한 척 다가가서

여기 이 숯을 가져가 그에게 슬쩍 줄 하나를 그어요.

소매나 외투, 어깨나 어디든지요.

그는 심장 가득히 회환의 고통을 느낄 것이오.

하지만 숯은 그 즉시 삼켜야 해요.

포도주도, 물도 마시지 말고 그대로 입으로 가져가시오.

그는 오늘 밤 당신의 문밖에서

한숨을 쉬며 서 있을 거요.

숙녀   혹시 이거 독약은 아니죠?

메피스토펠레스   (화를 불같이 내며)

당신이 있는 이곳에 예의를 갖추시오!

이런 숯이 아무 데서나 굴러다니는 건 줄 아시오?

화형용 장작더미에서 가져온 거요.

예전에 그곳에서 불을 열심히 지폈겠지.

시동   저도 사랑에 빠졌는데,

저를 어른 취급해주지 않아요.

메피스토펠레스   (방백으로)

누구 말부터 들어야 할지 정말 모르겠군.

(시동에게)

젊은 여자들만 쫓아다니며 행운을 바라지 말라고.

나이든 여자들일수록 오히려 널 더 소중하게 여길걸.

저기 새로운 사람이 또 왔군!

갈수록 떼거리로 몰려오네!

결국 사실대로 다 털어놓을 수밖에 없겠는걸.

이제 미봉책도 다 떨어졌다고.

거참 괴롭군. 오, 어머니들이여, 어머니들이여!

어서 파우스트를 좀 돌려보내줘요!

(주위를 둘러보며)

홀에 불빛이 어두워졌네.

궁중서열에 따라 모두 단번에 움직이는군.

질서정연하게 행진하며 긴 복도를 지나

어느새 저 멀리 회랑으로 접어들었어.

이제! 저 멀리 있는 방으로 모여드네.

오래된 기사의 방이야.

다 들어가지는 못하겠어.

넓은 벽에는 화려한 양탄자가 걸려 있고

모서리와 벽감에는 장비들이 즐비하네.

여기서는 마법의 주문이 필요 없겠군.

당장이라도 유령이 뛰쳐나올 것 같으니까.

기사의 방

(어두컴컴한 조명, 황제와 신하들이 들어와 있다.)

의전관 연극의 시작을 알리는 저의 오랜 직분이

유령들이 나타나는 소동 때문에 소홀했습니다.

그 어떤 납득할 만한 이유로 이 현상을 설명하려 해도

불가능함을 유념해주시기 바랍니다.

의자들도 질서정연하게 놓여 있고,

황제도 무대를 향해 앉아 계십니다.

벽걸이 양탄자에 그려진 영웅시대의 전쟁 장면을

편안히 감상하실 수 있습니다.

폐하, 여기 궁전의 모든 신하들이 둥글게 앉았습니다.

뒤쪽으로는 의자들이 빽빽하게 놓여 있습니다.

유령이 출몰하는 이 음산한 때에도

애인은 애인 옆에 사랑스럽게 앉아 있네요.

그리고 모두 잽싸게 자리를 잘 잡았습니다.

이제 모든 준비가 완료되었습니다.

유령들이여, 어서 오라!

(나팔 소리)

점성술사   연극을 시작하라.

황제 폐하께서 명령하시니, 벽들을 열어라!

더 이상 그 무엇도 방해할 수 없다.

이곳에 마법을 펼쳐라!

벽걸이 양탄자들이 불에 오그라들 듯 사라지고,

벽은 갈라져 접혀지며 뒤로 물러선다.

무대 안쪽 깊은 곳에 배경이 보인다.

한 줄기 신비로운 빛이 우리를 밝게 비추니,

이제 무대로 올라가야겠어.

메피스토펠레스   (프롬프터 박스에서 불쑥 나타나며)

어디 사람들로부터 점수 좀 따볼까,

대사를 읊어주는 것도 악마의 화술이니까.

(점성술사에게)

그대는 별의 움직임을 잘 아니,

내 속삼임도 제대로 알아듣겠지.

점성술사 여기 우리 눈앞에 마치 기적처럼

고대의 육중한 신전이 보입니다.

그 옛날 하늘을 떠받들고 있던 아틀라스처럼

이곳엔 기둥이 줄지어 서 있습니다.

거대한 암석들도 견딜 만한 기둥들이지요.

기둥 두 개만으로 거대한 건물을 떠받들 만합니다.

건축가 그거 고대 양식 아닌가!

왜 이런 걸 찬양하는지 모르겠군.

모양새도 없고 그저 육중하기 그지없어.

거친 걸 고상하다 하고, 조잡한 걸 웅장하다 말하지.

이보단 한없이 위로 솟구치는 날렵한 기둥이

더 한 수 위지.

뾰족한 지붕은 정신을 드높여준다고.

그런 건축물을 지어야 해.

점성술사 별자리가 축복하는 이 시간을

겸허하게 받아들여요.

마법의 주문으로 이성을 묶어놓고,

반면에 대담하고 멋진 상상력이

자유롭게 활개 치도록 놔두세요.

지금은 눈앞에 항상 간절히 바라던 장면이 펼쳐져요.

불가능하기에 더욱더 믿을 만한 가치가 있지요.

파우스트   (무대 전면의 반대쪽에서 올라온다.)

점성술사   사제복장에 화관을 쓴 기적의 사나이,

이제 그가 맡을 임무를 완수하려 합니다.

삼발이 향로를 들고 깊은 구렁에서 올라오네요.

벌써 향로에서 향냄새가 풍겨오는군요.

그는 숭고한 작업을 시작할 채비를 마쳤어요.

앞으로 가는 길에는 오로지 행복만이 있을 거예요.

파우스트   (웅장하게)

당신들의 이름으로, 어머니들이여, 무한 속에 군림하며,

영원히 고독하지만 모여 사는 어머니들이여,

당신들 머리 주위에 떠도는 생명의 형상들은

활기차지만 생명이 없습니다.

한때 빛나고 찬란하게 존재했던 것들이

거기서 꿈틀댑니다.

영원히 존재하고 싶기 때문이죠.

전능한 힘인 당신들은 그것들을 나누어

낮의 천막이나 밤의 구름으로 보냅니다.

어떤 것들은 생의 사랑스러운 경로에 도달할 것이고,

또 다른 어떤 것들은 용감한 마법사의 손에 도달하겠죠.

자신에 찬 마법사는 사람들의 열망에 부응하여

모두가 바라는 경이로운 장관을 보여줄 것입니다.

점성술사   불타오르는 열쇠가 향로를 건드리자마자,

흐릿한 연기가 그 즉시 방 안에 드리웁니다.

안개는 기어가듯 구름은 물결치듯 흐릅니다.

늘어나고, 뭉치고, 얽히고, 나뉘고, 짝을 지어요.

그리고 이제, 유령이 만들어낸 저 걸작을 좀 보세요!

안개가 흐르면서 음악을 만들어냅니다.

공중에 떠도는 소리는

무슨 소린지 모를 음색이 흘러나와요.

안개가 움직이며 모든 것이 노래가 됩니다.

기둥들도, 기둥의 세 줄의 홈도 소리를 내니,

내가 보기엔 신전 자체가 노래 부르는 것 같군요.

안개가 가라앉고, 옅은 베일 사이로

아름다운 청년이 당당한 모습으로 등장합니다.

내 임무는 여기까지입니다.

더 이상 그 이름을 부를 필요가 없군요.

누가 저 아름다운 청년 파리스를 모르겠습니까!

(파리스 등장)

귀부인 오! 꽃피어나는 청춘의 빛이로군!

둘째 귀부인   싱싱하고 즙으로 가득 찬 복숭아 같아!

셋째 귀부인　섬세한 저 자태를 좀 보게.

　　　　　달콤하게 솟아오른 저 도톰한 입술!

넷째 귀부인　저런 잔을 홀짝이고 싶지?

다섯째 귀부인　세련되지는 않았어도

　　　　　진정 아름답구나.

여섯째 귀부인　걸음걸이가 좀 더 우아하면 좋겠군.

기사　내가 보기엔 양치기 소년 느낌인데.

　　　아무리 봐도 왕자의 기품이나 궁중 예절이라고는

　　　전혀 느끼지 못하겠는걸.

다른 기사　저기 좀 보게!

　　　반쯤 벌거벗은 저 청년은 아름답긴 하지만

　　　갑옷을 입어봐야 그 진가를 아는 법!

귀부인　자리에 앉고 있어요.

　　　부드럽게 그리고 아주 자연스럽게요.

기사　그의 무릎 위에 앉으면 포근할 것만 같지요?

다른 귀부인　머리 위로 어쩜 저렇게

　　　사랑스럽게 팔을 올릴 수 있지.

시종　저런 버르장머리!

　　　저건 절대 있을 수 없는 일이야.

귀부인　당신들 남자들은 어떻게든

　　　흠만 잡으려 하는군요.

시종   폐하 앞에서 감히 기지개를 펴다니!

귀부인 그저 하는 척 연기하는 거예요!

그는 자기가 혼자라고 생각한다고요.

시종   연극이라도 무릇 이곳에선

궁중의 예를 따라야 해요.

귀부인 저 사랑스러운 청년이 살며시 잠이 들었어요.

시종   곧 코를 골아대겠죠.

그게 당연한 거죠. 완전히!

젊은 숙녀 (황홀한 표정으로)

향 연기 속에서 은근히 느껴지는 이 향기는 뭐람?

내 심장 깊숙이까지 상쾌해져요.

나이 든 귀부인   정말 그래!

향기가 마음속으로 파고들어.

저 청년에게서 나오는 거야!

가장 나이 든 귀부인   그게 바로 청춘의 꽃향기지.

저 청년에게서 암브로시아가 나와

공기를 타고 그 주변에 퍼지는 거라오.

(헬레네 등장)

메페스토펠레스   드디어 그녀가 등장했어!

뭐, 잠 못 들 정도는 아니야.

예쁘기는 하지만 내가 좋아하는 분위기는 아니야.

점성술사   이번에도 제가 할 수 있는 건 없는 듯합니다.

제 명예를 걸고 솔직히 고백합니다.

저 아름다운 미인이 이리로 오는군요.

아, 내게 불의 혀가 있었더라면!

자고로 그녀의 아름다움을 많은 이들이

소리 높여 찬가로 불렀지요.

그녀가 나타나면 정신을 잃을 것이고

저런 미녀를 갖는 사람이야말로

더할 나위 없는 축복입니다.

파우스트   정녕 지금껏 내게 눈이 붙어 있었단 말이냐?

내 가슴속 깊이 잠들어 있던 아름다움의 봇물이 터진 걸까?

끔찍했던 내 여정에 큰 행복을 가져오는구나.

세상은 내게 무의미했고, 닫힌 문 같았다!

사제의 길로 접어든 지금 이 세상은 어떠한가?

이제야 희망에 차고, 굳건하고, 영원해 보인다!

언젠가 당신에게서 내 마음이 떠난다면

그날이 내 인생의 호흡이 사라지는 날이 되리라!

예전에 날 매료했던 아름다운 모습,

마법의 거울 속에 비춰 나를 행복하게 했던 그녀도

지금 내 앞의 아름다움 앞에서는

한낮 물거품에 불과하다! 당신이로다!

이 솟아오르는 나의 모든 힘과 열정의 본질이자,

애정과 사랑과 흠모와 광기를 모두 그대에게 바치노라!

메피스토펠레스　(프롬프터 박스에서)

제발 정신 좀 차리고,

지금 자신의 입장을 잘 생각해봐요!

나이든 부인　키가 크네,

예쁘기도 하지만 머리가 너무 작군.

젊은 귀부인　아휴, 저 발 좀 봐!

어떻게 저렇게 못생길 수 있지!

외교관　저런 부류의 영주 부인들을 종종 보았지만,

내 생각에 그녀는 머리부터 발끝까지 아름답군요.

궁신　얌전한 척하며 은근슬쩍 잠이 든

저 청년에게 다가가고 있어요.

귀부인　젊고 순수한 저 모습과 비교하니 정말 추해요!

시인　그녀의 아름다운 빛이 그를 더욱더 빛나게 합니다.

귀부인　엔디미온과 루나예요! 마치 그림 같아요!

시인　맞아요! 여신이 지상으로 내려온 것처럼 보여요.

그녀가 그의 숨결을 마시려 몸을 숙이네요.

부러워라! 입맞춤이라! 이거 너무하군!

궁녀장 여기 이 사람들 앞에서!

정말 제정신이 아니야!

파우스트 저 소년에게 저건 너무 과한 쾌락이야!

메피스토펠레스 조용히들 하세요! 조용!

유령들이 원하는 대로 하게 놔두세요.

궁신 그녀가 살짝 뒤로 물러서네요.

저 청년이 잠에서 깨나봐요.

귀부인 저 여자가 주변을 둘러보네!

내 그럴 줄 알았지.

궁신 눈을 뜬 그가 어리둥절해 해요!

눈앞에 벌어진 일이 기적이나 다름없죠.

귀부인 저 여자한테는

눈앞에 벌어진 광경이 기적이 아닐걸요.

궁신 그녀가 예절을 갖추어

저 청년에게 다시 다가가고 있어요.

귀부인 자기 식으로 그를 가르치려드는 게

내 눈에는 보여요.

저런 경우 남자들은 모두 어리석기만 해요.

항상 자신이 첫 번째 남자라 생각하거든요.

기사 정말 멋진 여자로군! 황후처럼 우아해요!

귀부인 그저 매춘부일 뿐이에요!

그것도 아주 비천하기 짝이 없는.

시동   제가 저 자리에 대신 있고 싶어요!

궁신   저런 그물에 누가 걸려들지 않겠어?

귀부인   저 보물은 이미 여러 번 남자들의 손을 탔어요.

도금한 껍질까지 이제 거의 다 벗겨졌죠.

다른 귀부인   이미 열 살 때부터

어디에도 쓸모없는 버린 몸이었어.

기사   기회가 온다면 누구나 최고를 가지려 해요.

나는 가질 수만 있다면

저 아름다운 저 찌꺼기일지라도 갖겠어요.

학자   분명 내가 저 여자를 두 눈으로 보고 있지만

솔직히 고백하자면

저 여자가 진짜 헬레네인지 의심이 드는군요.

눈앞의 것은 사람을 현혹시켜요.

그래서 글로 기록된 것이 훨씬 믿음직해요.

책에서 읽었는데 헬레네가

트로이 늙은이들의 마음을 모두 사로잡았다 하더군요.

이 증거는 여기서도 완전히 맞는 것 같군요.

나는 젊지 않음에도 불구하고

내 마음을 이리 사로잡네요.

점성술사   그는 더 이상 소년이 아니에요!

이제 용감한 영웅이죠.

그가 대담하게 그녀를 포옹하니

여자는 꼼짝하지도 못하네요.

그 힘센 팔로 그녀를 높이 들어 올려요.

혹시 그가 헬레네를 납치하려는 걸까요?

파우스트   이런 뻔뻔한 바보 녀석!

어찌 감히! 안 들리는가! 그건 너무 지나쳤어!

메피스토펠레스   당신이야말로 지금

도깨비 유령놀이를 하고 있어요!

점성술사   한마디만 더 하죠!

지금까지 벌어진 일로 이 연극을

헬레네의 납치라 부르겠어요.

파우스트   납치라니!

내가 괜히 이 자리에 있는 게 아니야!

열쇠는 내 손에 있지 않나!

이 열쇠가 고독의 공포와 파도를 넘어

나를 이 굳건한 해안으로 데려다주었다.

이 두 발로 여기 서 있다! 이곳은 현실이다!

여기서는 정신이 유령을 상대할 수 있고,

이곳에 바로 위대한 이중의 세계가 있느니라.

멀리 있던 그녀가 이렇게 가까이 있지 않은가!

내 그녀를 구할 테니, 그녀는 이중의 내 것이 되리라.

가자! 어머니들이여! 어머니들이여! 내게 허락해주소서!

그녀를 알게 된 사람이라면

그 누구라도 그녀를 포기하지 못할 테니.

점성술사   도대체 무슨 짓이오, 파우스트! 파우스트!

억지로 헬레네를 잡으니 형체가 벌써 흐릿해지는군.

열쇠를 가지고 젊은이 쪽으로 다가가네.

열쇠로 그를 건드린다!

이럴 수가, 큰일 났다! 순식간에!

(폭발, 파우스트는 바닥에 쓰러져 있다. 유령들은 안개 속으로 모습을 감춘다.)

메피스토펠레스   (파우스트를 어깨 위에 들쳐 업고서)

이제는 그 여자까지 갖겠다 이거군 그래!

이 멍청이 때문에 번거로운 일만 생기다 보니

계속 악마만 손해 보지 뭐야.

(어둠, 소란)

제2막

높은 아치형 천장의 좁은 고딕식 방

(파우스트가 쓰던 방 모습 그대로이다.)

메피스토펠레스　(장막 뒤에 있다가 등장한다. 장막을 살짝 올리고 뒤를
　　　　돌아보자 그 사이로 파우스트의 모습이 보인다. 고풍스러운 침
　　　　대에 누워 있다.)
　　　　여기 불행한 인간이 누워 있다!
　　　　풀기 어려운 사랑의 굴레에 묶이더니만!
　　　　헬레네에게 정신을 잃은 자
　　　　다시 정신을 차리기가 쉽지 않다지.

여기저기 사방을 둘러봐도 변한 것 하나 없군.

모두 옛날 그대로야.

단지 채색 유리창이 좀 흐릿해진 것 같고

거미줄이 그새 더 늘었군.

잉크는 마르고 종이는 누렇게 바랬지만

모두 그 자리에 그대로 놓여 있어.

파우스트가 악마에게 영혼을 팔 때 썼던 그 펜도

여전히 그대로 여기 있군.

그래! 깃펜 안쪽에 그의 핏줄에서

내가 옭아맨 피 한 방울이 들어 있을 거야.

그런 특별한 물건이라면

명품수집가의 수중에 들어가도 괜찮을 거야.

낡은 모피 옷도 옛 옷걸이에 걸려 있고,

저 모피를 보니 그 장난이 떠오르는군.

예전에 내가 저걸 걸치고 아이를 가르쳤어.

그 아이는 아마 아직도 그 강의를 되새기겠지.

자꾸만 이런 생각이 드는구나,

따뜻한 모피야, 너를 한 번 더 걸치고

자기 말만 옳다고 우기는 교수로 변장하여

스스로 으스대며 뻐기고 싶다고.

학자들이야 이런 짓을 어찌하면 되는지 잘 알지만

악마에게는 그저 지나간 일이로구나.

(옷걸이에서 모피를 내려서 턴다. 귀뚜라미, 풍뎅이, 나방 같은 것들
이 튀어나온다.)

곤충들의 합창 환영해요! 환영해요!
　　　　당신, 우리의 옛 수호자여!
　　　　윙윙대며 날면서 우리는
　　　　당신의 모습을 알아봤어요.
　　　　씨 몇 개 아무도 몰래 뿌려
　　　　당신은 우릴 만드셨지만
　　　　우리는 이제 수천으로 늘어났어요.
　　　　아버지여, 춤추며 나와요.
　　　　가슴속에 익살꾼은 잘도 숨어 있는데
　　　　모피 속의 이들은 금세 들키고 말지요.

메피스토펠레스 내가 만든 어린 내 새끼들이
　　　　이리 나를 반기니 참으로 놀랍구나!
　　　　씨를 뿌려라. 시간이 되면 수확할 테니.
　　　　이 낡은 외투를 다시 한 번 털어보리라.
　　　　여기저기서 한 마리씩 튀어나오는구나.

앞으로! 사방팔방으로!

수많은 귀퉁이로 어서 숨어들어라.

사랑스러운 내 새끼들아.

낡은 상자가 있던 그곳에 여기 누런 양피지들 사이에,

낡은 단지들 사금파리 틈에,

저기 해골들의 휑한 눈구멍 속에

곰팡이로 가득한 잡동사니가 늘어서 있는 저곳엔

당연히 귀뚜라미들이 있어야 하느니.

(모피를 몸에 걸치면서)

어서 이리와 다시 내 어깨를 덮거라!

오늘 나, 다시 교수가 되니.

하지만 그렇게 날 부른다 한들 무슨 소용이람.

나를 인정해줄 사람들은 대체 어디에 있단 말이냐?

(그가 종을 울리자 귀청을 찢을 정도로 날카로운 소리가 울리며 방들
이 흔들리고 문들이 덜컥 열린다.)

조교   (어두운 긴 복도를 따라)

이게 무슨 소리지! 왜 이리 흔들려!

계단이 흔들리고 벽이 움직이는군.

창유리가 알록달록 흔들리고

그 사이로 번갯불이 번쩍하는 게 보인다.

바닥이 솟아오르고, 천장에선 석회와 파편이 떨어진다.

빗장이 견고하게 걸려 있던 문들이

무슨 문인지 모두 풀려버렸어.

저기 좀 봐! 정말 무섭군!

웬 거인 하나가 파우스트 교수님의

낡은 모피를 입고 서 있잖아!

저자의 눈길과 손짓에 자꾸 무릎을 꿇고 싶구나.

도망칠까? 서 있을까? 아! 어찌해야 한단 말인가!

메피스토펠레스   이보게, 이리 좀 오게!

자네 이름이 니코데무스지.

조교   존경하는 선생님! 제 이름이 맞습니다.

기도합시다.

메피스토펠레스   그건 그만두게!

조교   제 이름을 아시다니 정말 이렇게 기쁠 때가!

메피스토펠레스   물론 잘 알고말고.

나이가 지긋한데도 여전히 대학생인 만년 대학생 양반!

학식이 많아도 계속 학교에 다니지.

뭐 딱히 할 게 없으니 말이야.

그러면서 그저 그런 카드 집을 짓지.

아무리 뛰어난 정신을 지녔다 해도

집을 완성할 수는 없어.

하지만 자네 스승은 진정 정통한 분이야.

그 누가 고귀한 바그너 박사를 모른단 말인가.

현재 학계에서 가장 잘 나가는 최고가 아니던가!

지금 그가 학계를 혼자서 떠받들고 있지.

지혜가 날마다 늘어나고 있어.

지식욕에 불타는 청중과 학생들이

그 주위로 떼를 지어 모여든다네.

그는 강단에서 유일하게 빛나는 사람일세.

성 베드로 성당의 것과 같은 열쇠를 지녀

지상이든 천상이든 모든 문을 열 수 있어.

이 세상의 모두 앞에서 빛나는 사람이라

그 어떤 이름도, 그 어떤 명성도 대적할 수 없어.

파우스트의 이름마저도 희미해진다네.

그야말로 유일하게 새로운 것을 발견하지.

조교   존경하는 선생님!

도중에 이런 말씀드려 죄송합니다.

방금 하신 말은 아무것도 아닙니다.

무엇보다 겸손이야말로 그분의 가장 훌륭한 부분이거든요.

그분은 존경하는 스승의 납득하기 어려운 실종이

도저히 이해가 되지 않는 것 같습니다.

스승의 귀환만이 그의 유일한 희망이자 위안이죠.

이 방도 파우스트 박사가 쓰시던 그대로입니다.

그분이 떠나신 뒤에도 그대로,

그저 옛 주인이 돌아오기만을 기다리고 있어요.

저는 이 방에 감히 들어올 수가 없어요.

지금 별자리 모양은 대체 어떻지요?

낡은 벽들은 겁에 질렸고,

문기둥들은 요동치고 빗장은 열려버렸어요.

안 그랬으면 선생님께서도 못 들어오셨을 거랍니다.

메피스토펠레스 네 스승은 지금 어디에 있지?

그분에게 나를 인도하거나 모셔오도록 해라.

조교 아이고! 그건 스승님께서

아주 강력히 금하셨어요.

제가 감히 그걸 어겨도 될지 확신이 서지 않는군요.

벌써 몇 달째 위대한 작업 중이시라

고요한 적막 상태로 홀로 일을 하고 계십니다.

학자들 중에 최고로 멋진 분이시지만

지금은 그저 숯 굽는 사람처럼 보일 겁니다.

귀에서 코까지 온통 검댕이 칠을 하고

불을 불어대느라 눈은 붉게 충혈됐어요.

그래서인지 자꾸 기침을 하세요.

부젓가락 부딪히는 소리가

유일한 음악 소리처럼 들립니다.

메피스토펠레스   네 스승이 날 거부할 거란 말이냐?

나는 그에게 성공을 가져다줄 사람이다.

(조교 퇴장. 메피스토펠레스는 근엄한 표정으로 자리에 앉는다.)

여기 이렇게 자리 잡자마자

저 뒤편에서 눈에 익은 손님이 찾아오는군.

저 녀석도 이제 진보 세력에 들었다고

꽤 대담하게 행동하겠어.

학사   (복도를 따라 달려오며)

대문, 방문 모두 열려 있잖아!

이제야 드디어 희망이 생겼어.

여태까지 그랬던 것처럼 산 사람이

곰팡이 속에 파묻혀 죽은 사람처럼

자꾸 오그라들며 썩어 문드러져

사는 게 죽는 것처럼 되지 않을 거야.

이 담벼락들, 이 사방의 벽들

기울어지다 결국엔 쓰러지겠지.

어서 몸을 피하지 않으면
우리 위로도 떨어지겠어.
나야 배짱이 두둑하지만
어느 누구도 날 안으로 들이지 못하리라.

그러나 여기서 뭘 배운다는 거지!
여기가 아니었던가,
수년 전에 주눅이 든 가슴을 두근대며
신입생으로 왔었던 그곳이?
그 늙은 선생들을 신뢰하며
그들의 허튼소리에 감동했지.

그들은 낡은 책으로 나를 속이며
그들이 알고 있는 그것을 지식이라 했지.
그들이 알고 있던 지식을
스스로도 믿지 못하면서,
자기들과 내 인생을 빼앗아갔다니까.

저게 뭐야? 저 서재 안쪽에
웬 남자가 어두운 곳에 여전히 앉아 있잖아!
좀 더 가까이서 보니 참 놀랄 일일세.

옛날 그 누런 모피를 입고 있어!

그때는 꽤나 학식이 높은 것만 같았지.

당시만 해도 난 아무것도 이해하지 못했으니까.

오늘은 그런 일은 없을 거야!

그래, 어디 다시 한번 붙어보자고!

이보시오, 늙은 양반, 레테의 강물이

벗겨진 당신 대머리를 적시지 않았다면

여기 이 학생이 누군지 알 거요.

대학의 매질이야 이미 끝냈지요.

내 당신을 보니, 예전 그대로군요.

하지만 난 완전히 다른 사람이지요.

메피스토펠레스 여기서 자네를 다시 만나다니

정말 기쁘군 그래.

당시에도 자네를 우습게 보지 않았다네.

애벌레나 번데기 역시

미래의 멋진 나비를 떠올리게 하니까.

곱슬머리에 레이스 옷깃을 한 모습이

어려 보이면서도 정겨워 보였지.

머리를 땋아 내려본 적은 없지?

오늘은 그대를 보니 스웨덴식 머리를 했군.

인상이 아주 강해 보이는구나.

그렇다고 그런 절대적 모습을 하고

집으로 돌아가지는 말게나.

학사 노인장! 아무리 우리가

예전 그 장소에 있다지만

지금은 그때가 아닌 새로운 시대라는 것을

깊이 생각하셔야지요.

그리고 그런 이중적인 의미를 지닌

애매모호한 말일랑 집어치워요.

이제 우리는 아주 다르니까 말이죠.

당신은 순진한 젊은이를 제대로 놀렸어요.

그것도 아무런 힘도 들이지 않고 아주 손쉽게 말입니다.

그렇지만 이제는 그런 술수로는 전혀 통하지 않아요.

메피스토펠레스 젊은이들에게

순수한 진실을 말해줘 봐도,

그 샛노란 부리들은 좋아하는 경우가 없단 말이야.

그러다 수년이 흐르고 나서

모든 걸 직접 피부로 실감하지.

그러면서 그 모든 게

자기 머리에서 나왔다고 생각을 해.

그러고는 자신의 스승이 바보였다 말하지.

학사   사기꾼이겠지요!

우리 면전에 직접적으로 그 진실을 말해주는

스승이 어디 있단 말이오?

늘리거나 줄이기나 할 줄 알지,

순진한 애들에게 진지한 척 때론 똑똑한 척이나 하면서.

메피스토펠레스   배우는 것도 물론 시기가 다 있지.

내 보아하니 자넨 가르칠 준비도 된 것 같군.

그때 이후로 벌써 달과 해가 여러 번 지났으니,

그새 충분히 경험을 쌓았나 보군.

학사   경험이라니요! 그저 거품과 먼지일 뿐입니다!

정신에 비하면 정말 아무것도 아닙니다. 시인하세요!

이미 오랜 세월에 걸쳐 알고 있었던 것들이

전혀 알 만한 가치가 없는 것들이죠.

메피스토펠레스   (잠시 틈을 두었다가)

나도 오래전부터 그런 생각을 하긴 했지.

난 어리석었네. 그저 껍질만 아는 멍청이었어.

학사   그거 기쁘군요!

그리 이성적인 말을 하시다니요.

제가 이성적이라 생각한 노인은 처음이에요!

메피스토펠레스   난 숨겨진 황금을 찾아다녔지.

그렇지만 하찮은 석탄만을 날랐어.

학사　이제 말해보세요.

당신의 빛나는 대머리 두개골이

저기 있는 속빈 해골보다 더 가치가 있긴 한 건가요?

메피스토펠레스　(친근한 눈빛으로)

이보게, 자네는 자신이 얼마나 거친지 모르나 보군.

학사　독일어로 말할 때

예의 바른 소리란 곧 거짓말을 뜻하죠.

메피스토펠레스　(바퀴 달린 의자를 타고서 무대 앞쪽으로 점점 다가와

일층 관람석을 향해)

여기 위에 있으니 빛 때문에

눈도 아프고 공기도 탁하군.

이보시오들, 나도 그 아래 앉을 자리가 있을까요?

학사　아주 오만하군요.

더 이상 자기 시대는 이제 없는데

계속 주장하고 바라기만 하는 게 말입니다.

사람의 생명은 피에 의존합니다.

그런 피가 흐르는 곳은 젊은이입니다.

그렇지 않나요?

살아 있는 피는 신선한 힘을 취해

인생에서 새로운 삶을 만들어냅니다.

모든 것이 살아 움직이고 행동으로 이어지죠.

약점은 사라지고 강점이 그 자리를 대신합니다.

우리가 세계의 절반을 정복하는 동안

그래, 당신들은 무얼 하셨나요?

그저 고개나 끄덕이고 궁상이나 떨다가

꿈꾸고, 궁리만하고, 계획

그리고 항상 계획만을 세웁니다.

분명! 늙음이란 망상적인 곤경에 빠져

추위에 덜덜 떨기만 하는 학질이나 다름없어요.

나이가 서른이 넘으면 차라리 죽은 거나 다름없죠.

당신 같은 사람들을 시기를 봐서 없애버리는 게

최고가 아닐까요.

메피스토펠레스 악마라도 여기서 뭐라 할 말이 없겠어.

학사 내가 바라지 않는다면

악마 따위도 존재할 수 없습니다.

메피스토펠레스 (좀 떨어져서)

다음에 분명 악마가 네놈의 다리를 걸 것이다.

학사 그거야말로 젊은이에게 주어진

가장 숭고한 사명이지요!

세계란 내가 창조하기 전에 존재하지도 않습니다.

태양도 내가 바다에서 끌어올리죠.

그리고 달도 나로 인해 차고 기울기 시작해요.

낮은 내가 가는 길을 꽃단장하고

대지는 푸르고 내 주변으로 꽃을 피웁니다.

그 첫날밤 내 신호에 따라

하늘엔 별들이 빛났던 것이오.

나를 제외하고, 그 누가

속물근성에 빠져 있는 당신들을 해방해주던가요?

하지만 난 내 정신이 일러주는 대로 자유롭게

그리고 내 내면의 빛을 기쁜 마음으로 따를 뿐입니다.

그리고 내 자신만의 희열을 느끼며

잽싸게 어둠을 등지고 내 앞을 비추는 빛을 좇지요.

(퇴장)

메피스토펠레스　정말 특이한 놈이로군.

어디 네 영광의 길을 가 봐라!

하지만 그 깨달음이 너를 곧 심히 힘들게 할 테니.

어리석은 것이든, 현명한 것이든

옛 세계에는 생각할 줄 아는 사람이 없었던 줄 아냐?

그래도 이런 놈은 그리 위험할 게 전혀 없어.

몇 년 지나지 않아 달라질 테니 말이야.

포도즙이 아주 이상한 모습을 지닌다 한들

결국 포도주에 지나지 않지.

(박수를 치지 않는 일 층 객석의 젊은이들을 향해)

내가 말하는데 너희들은

그리 무미건조하게 있을 것이냐?

그렇다면 너희들은 착한 녀석들이니,

내 그냥 봐주도록 하지.

하지만 잘 생각해보라, 악마는 나이가 매우 많다.

그러니 악마를 이해하려면 너희도 늙어야 해!

실험실

(중세풍의 실험실. 취급이 힘든 커다란 기구들, 환상적인 목적에 쓰일
만하다.)

바그너 (화덕 앞에서)

종이 울린다. 아주 소름 끼치게.

그 소리에 그을음으로 뒤덮인 벽들마저 몸을 떠는구나.

이제 이런 막연함도 얼마 남지 않았어.

벌써 암흑은 점점 밝아지고,

시험관 가장 안쪽에서

뭔가가 살아 있는 숯처럼 빛이 난다.

마치 불타는 홍옥처럼 빛나는 광채가

어둠을 뚫고 번개처럼 번진다.

밝고 눈부신 하얀 빛이 비춰온다!

아, 이번만큼은 정말 실수하면 안 돼!

아아, 이런 세상에! 누가 문을 저리 흔든단 말인가?

메피스토펠레스 (안으로 들어오면서)

안녕하세요! 좋은 뜻으로 한 말이에요.

바그너 (걱정스런 표정으로)

어서 와요! 별자리가 좋은 때에 왔군요!

(낮은 목소리로)

하지만 아무 말도 하지 말고 숨소리도 내지 마요.

곧 엄청난 일이 벌어질 테니까.

메피스토펠레스 (작은 목소리로)

도대체 뭔데 그러시죠?

바그너 (더 작은 목소리로)

인간을 만드는 중이라오.

메피스토펠레스 인간이요?

사랑에 빠진 남녀를 연기로 가득한

굴뚝 속에 가뒀단 말인가요?

바그너 신이시여 우리를 보호해주소서,

무슨 그런 말씀을!

지금까지 내려온 아기를 만드는 법은

구닥다리 방식일 뿐이오.

숭고한 힘을 지닌 한 점의

연약한 생명의 씨앗이 튀어 나와

그 안에 주어진 제 모습을 그려가면서

먼저 가까운 것을 그리고

낯선 것을 받아들이며 주고 받던

옛 방식은 이제 별로 가치가 없습니다.

짐승이야 앞으로도 여전히

그런 식으로 즐거움을 찾겠지만

인간이라면 자신이 지닌 위대한 재능에 걸맞게

좀 더 높고 원대한 근원을 가져야 합니다.

(화덕을 향해)

빛나고 있어요! 보세요! 소망이 이뤄지길 기원해봅시다!

이제 수백 가지의 물질이 섞인 이 혼합물로

인간을 형성하는 물질을 만듭니다.

이 물질을 플라스크에 넣고 적절히 증류합니다.

이렇게 해서 이 작업이 은밀히 끝나는 겁니다.

(화덕 쪽으로 몸을 돌리며)

오오, 된다! 물질들이 움직이며 투명해지고 있어!

갈수록 내 확신은 현실이 되어가고 있어요.

자연의 신비라 높이 칭송하던 것을 감히

우리가 과학의 힘으로 증명한 것이지요.

자연이 유기적 과정을 통해 만들던 것을

우리는 결정체로 만듭니다.

메피스토펠레스 오래 살다 보니 별걸 다 겪는군!

그런 사람에게 이 세상의 모든 현상은

전혀 새로울 게 없지요.

예전에 방랑하며 떠돌던 도중에

결정체로 만들어진 인간들을 본 적이 있소.

바그너 (움직이지 않고 시험관을 주시하고 있다가) 부풀어 올라요.

번쩍하고 빛이 나면서 형태를 갖추고 있어요.

눈앞에서 소망이 현실로 이뤄지고 있어요.

위대한 계획도 처음엔 그저 미친 짓처럼 보이지요.

그렇지만 앞으로는 우연이 조롱받을 겁니다.

사유해야 하는 두뇌마저도 앞으로는

사유하는 인간이 인공적으로 만들어낼 것입니다.

(황홀한 눈빛으로 시험관을 바라보며)

사랑의 힘을 받아 유리용기가 울립니다.

흐릿했던 것이 맑아지고 있어요.

다 된 것 같아요! 귀엽고 작은 인간의 모습이 보이네요.

이 세상에 더 이상 바랄 게 뭐가 있겠어요?

이제 신비의 비밀이 모두 밝혀졌어요.

이 소리를 잘 들어보세요.

처음에는 목소리가 되더니 곧 언어가 될 거예요.

호문쿨루스 (시험관 속에서 바그너에게 말을 건네며)

아빠! 어때요? 장난이 아니었어요.

어서 와서, 품에 절 살며시 안아주세요.

하지만 너무 세면 안 돼요.

시험관이 깨질지도 모르니까요.

사물의 이치가 그렇지요.

자연스러운 것은 우주공간으로도 충분하지 못하지만

인공적인 것은 제한된 공간을 요구하죠.

(메피스토펠레스를 향해)

당신, 이런 악동 아저씨도 여기 이 자리에 있었군요?

아저씨한테도 감사드려요.

이렇게 우리를 찾아주시다니

정말 행운이 아닐 수 없어요.

제가 살아 있는 동안 뭔가를 해야죠.

당장이라도 일에 집념하고 싶어요.

아저씨는 뛰어나시니, 제게 그 지름길을 알려주시겠죠.

바그너 한마디만 더! 이제껏 나는 부끄러웠어요.

노인도 젊은이들도 내게 몰려와 질문했어요.

예컨대, 이런 거죠.

영혼과 육체가 서로 떨어지지 않을 정도로

굳건하게 하나가 되어 붙어 있는데,

그런데 왜 날마다 서로 상처를 주고, 그리고 또······.

메피스토펠레스 잠깐만요!

차라리 이런 질문을 던지겠소.

왜 남자와 여자는 서로 사이가 좋지 못한 걸까?

이보시오, 당신은

이 문제를 절대로 해결하지 못할 것이오.

그 문제를 해결하는 것이 바로

이 꼬마가 바라는 그 일이 될 것이오.

호문쿨루스 할 일이라는 게 뭐죠?

메피스토펠레스 (옆방 문을 손으로 가리키며)

저기서 네 재주를 보여주렴!

바그너 (계속 시험관 속을 들여다보며)

정말로 넌 모두에게 사랑받을 만한 아이야!

(옆방 문이 열리자 침대에 누워 있는 파우스트가 보인다.)

호문쿨루스 (놀라는 표정으로) 정말 대단해요!

(시험관이 바그너의 손에서 빠져나와 파우스트 몸 위에서 떠다니며
빛을 발한다.)

주변 경관이 정말 아름답군요.

깊은 숲속 투명한 맑은 물가라니!

거기에서 옷을 벗는 저 여인들은 매우 사랑스러워요!

갈수록 더 예뻐지네요.

그중 한 여인이 단연 빛나네요.

최고 영웅이나 신의 혈통이 틀림없어요.

그녀는 속이 훤히 보이는 밝은 냇가에 발을 담그고,

고상한 육체에 깃든 다정한 생명의 불꽃을

수정처럼 맑고 잔잔한 물결로 식히고 있어요.

그런데 갑자기 웬 날갯소리가 이리 요란한가요?

잔잔한 수면에서 첨벙거리는 이 소리는 뭐죠?

다른 처녀들은 황급히 도망치네요.

그렇지만 여왕은 홀로 남아 침착한 표정으로

그곳을 응시하고 있어요.

그리고 여성스럽지만 당당한 표정으로 바라봐요.

백조의 왕이 그녀의 품을 파고들어요.

매우 집요하게. 아주 익숙한가 봐요.

그때 갑자기 안개가 피어올라

촘촘히 짜인 베일로 덮으며

이 사랑스러운 광경을 가리네요.

메피스토펠레스   어허, 요놈 얘기하는 것 좀 보게!

몸집은 작지만, 네 상상력만큼은 거대하구나.

난 아무것도 보이지 않는데.

호문쿨루스   그렇겠죠. 아저씨는 북방 출신으로,

안개의 시절에 젊은 시절을 보냈잖아요.

기사와 승려가 날뛰던 혼동의 시절,

그러니 어찌 눈길이 자유로울 수 있겠어요!

아저씨의 고향이 안갯속인데요.

(사방을 둘러보며)

누렇게 뜬 벽돌들, 곰팡이 슬고 지저분하며

이런 고딕식 천장까지.

허식적이고 아주 보잘것없어요!

이 사람이 깨어나면 새로운 골칫거리가 시작되겠죠.

이런 장소라면 그 자리에서 죽어버리려 들겠죠.

숲속의 샘, 백조들, 나신의 미녀들.

이런 꿈을 꾸고 있었는데

어찌 이런 형편없는 곳에 익숙해지겠어요!

저처럼 변죽이 아주 좋아도 이리 견디기 힘든데.

이제, 이 사람을 데리고 가요!

메피스토펠레스   그거 참 좋은 묘안이로구나.

호문쿨루스   전사들은 전쟁터로,

　　　　여인들은 무도회장으로 보내요.

　　　　그렇게 하면 만사형통이지요.

　　　　때마침 지금 막 생각이 났어요,

　　　　오늘은 고전적 발푸르기스의 밤이랍니다.

　　　　아주 잘 됐어요.

　　　　이 사람을 자신의 본바닥으로 데려가요.

메피스토펠레스   그런 얘기는 난생처음인걸.

호문쿨루스   어찌 아저씨의 귀에 들릴 턱이 있겠어요?

　　　　아저씨는 그저 낭만적인 유령만 알 뿐인데.

　　　　진정한 유령이라면 고전적인 기질도 지녀야 하죠.

메피스토펠레스   하지만 어디로 가야 한단 말이냐?

　　　　나는 고전적인 친구들은 쳐다만 봐도 역겨운데.

호문쿨루스   북서쪽이 아저씨 관할이잖아요.

　　　　사탄 아저씨. 그러니 이번은 동남쪽으로 떠나요.

　　　　넓은 대지에 페네이오스 강이 유유히 흐르고,

　　　　주변으로 수풀이 우거지고 고요한 만들이 있어요.

　　　　평야는 산의 협곡까지 펼쳐져 있고,

　　　　그 위로 신, 구, 파르살루스 시가지가 있답니다.

메피스토펠레스   오! 제발 그만!

독재와 노예제의 싸움 이야기라면 집어치우라고.

그런 얘기라면 아주 지긋지긋하니까.

끝났나 하면 처음부터 또다시 시작하고,

게다가 아무도 알아차리지 못해.

아스모데우스가 뒤에 숨어 조종하고 있는데도 말이야.

언제나 자유를 위해서라 말하며 싸우지만

자세히 들여다보면 노예와 노예 사이의 싸움일 뿐이지.

호문쿨루스 인간이란 자고로 반항적 기질을 지녔죠.

누구나 자기만의 방식으로 자신을 지킨답니다.

어려서부터 그렇게 하다 보면

결국 어른이 되지 않던가요.

지금 여기서 우리가 고민해야 하는 건

사람을 치유하는 방법이죠.

묘안이 있으면 여기서 한번 시도해봐요.

만약 없다면 내게 맡겨줘요.

메피스토펠레스 브로켄 산에서 썼던

마법을 쓰고 싶지만

이교도의 빗장은 이미 굳게 걸려 있어.

그리스 종족이란 아무짝에도 쓸데가 없다니까!

이들은 방탕한 관능의 유희로 눈을 멀게 하고

사람들의 마음을 유쾌한 죄악으로 유혹해.

우리의 죄악은 항상 흐릿해지기만 하지.

하여튼 이제 어찌해야 한담?

호문쿨루스   아저씨는 얼굴이 두꺼우니까

테살리아의 마녀들이라는 말만 꺼내도

내가 무슨 말을 하려는지 알아들을 것 같군요.

메피스토펠레스   테살리아의 마녀들이라!

좋아! 내가 정말 전부터 궁금했지.

그녀들과 여러 밤을 함께 보내는 건

그리 생각해보고 싶지 않네만,

그저 한 번 방문하는 거라면! 좋아, 해보자고!

호문쿨루스   여기 있는 이 외투를 가져다가

이 기사를 둘러싸요!

이 넝마가 지금까지 그래왔던 것처럼

당신들을 태워줄 거예요. 제가 앞장서 불을 밝히지요.

바그너 (걱정스레)

그럼 나는?

호문쿨루스   아, 선생님. 선생님은 집에 계세요.

중요한 일이 있어요.

낡은 양피지를 펼쳐놓고 생명의 요소들을 잘 배열해서

그것들을 서로 배합해보세요.

'무엇'도 심사숙고해야 하지만

'어떻게'를 더 고민하셔야 해요.

그 사이 전 세상을 돌아다니며

'i'자 위의 반점을 찾아볼게요.

그러면 위대한 목적이 이뤄질 거랍니다.

이리 수고를 했는데

그에 합당한 보상이 있어야 하잖아요.

황금, 명예, 명성, 무병장수,

그리고 어쩌면 학문과 덕망까지도 생기겠죠.

그럼 안녕히 계세요!

바그너 (침울하게)

잘 다녀와라! 가슴이 무너진다.

널 다시 볼 수 없을까 벌써 겁이 난다.

메피스토펠레스 이제 페네이오스 강으로 어서 가자!

거, 사촌 녀석, 정말 무시할 수 없다니까.

결국 모든 것이 우리가 만든 피조물에 의존하는구나.

고전적 발푸르기스의 밤

(파르살루스의 들판)

(암흑)

에리히토　이 밤 공포의 축제에,

항상 그랬듯이 나 불길한 여자,

에리히토가 등장합니다.

심술궂은 시인들이 나를 흉보듯

그리 끔찍하지 않답니다…….

욕이든 칭찬이든 시인들은 끝을 모르지요…….

잿빛 천막의 물결이 계곡 저편까지 이어지고 있어요.

근심으로 가득했던 그 무서운 날 밤의 유령 같아요.

벌써 얼마나 반복했던가요?

앞으로도 영원히 반복되겠죠…….

아무도 왕국을 타인에게 넘겨주지 않아요.

힘으로 빼앗아 강압적으로 지배하는 사람에게

어느 누구도 주지 않지요.

자기 자신을 다스릴 줄 모르는 사람은

주변 사람들의 희망에 반응하지 않아요.

오로지 자신만을 위하죠.

오늘 여기에는 전쟁에서 얻은 중요한 사례가 있어요.

폭력이 더 큰 폭력에 맞서는 방법이라든지,

어떻게 자유의 고귀한 수천 송이 화환이 찢기는지,

어떻게 뻣뻣한 월계관이

승자의 머리에 씌워지는지 말이죠.

여기서 마그누스는 이미 지나간
대단했던 전성기를 꿈꾸고,
저기서 카이사르는 흔들리는 저울 바늘을 주시했죠.
결국 저울 위에서 그 힘과 힘의 무게가 재어지고,
누가 이겼는지 온 세상이 다 알죠.

모닥불이 붉은 화염을 일으키며 활활 타오르고,
흩뿌려진 피에 어리는 빛을 땅은 다시 마시고
그리고 한밤중의 야릇한 빛에 매혹되어,
그리스 전설 속 수많은 인물들이 모여듭니다.
모닥불마다 옛날 전설 속의 인물들이
불안한 얼굴로 그 주위를 맴돌거나
아주 편안하게 앉아 있어요…….
달은 비록 보름달은 아니지만
그 빛이 매우 밝고 높이 떠올라
부드러운 달빛을 곳곳에 뿌립니다.
천막의 신기루가 사라지고 불은 파랗게 타오릅니다.
아니, 저 위 좀 봐!
기대도 하지 않은 웬 유성이 이리 쏟아지지!
저기 저 유성이 빛을 내며 둥근 몸을 비춥니다.
살아 있는 생명들이 다가오고 있어요.

그들은 내게 해롭지요.

내 명성만 나빠지지, 내게 이로울 게 전혀 없어요.

그새 내려오고 있어요. 어서 피해야겠군요!

(퇴장)

(하늘 위를 나는 자들)

호문쿨루스   다시 한 바퀴를 더 돌아볼까요.

저기 불빛과 섬뜩한 것들 위로.

계곡이나 들판, 전부 곳곳마다

귀신을 볼 수 있을 것 같아요.

메피스토펠레스   황량하고 끔찍한 북방에 있을 때처럼

그 낡은 창문 너머로 봤던 것처럼

여기서도 매우 추악한 유령들을 또 보는구나.

여기나 거기나 모두 집이나 마찬가지로군!

호문쿨루스   저기 좀 봐요!

저 앞에 키 큰 여자가 성큼성큼

우리 앞을 걸어가고 있어요.

메피스토펠레스   흡사 겁에 질린 것만 같군.

우리가 하늘을 나는 것을 봤나 봐.

호문쿨루스   가게 둬요! 어서 그 사람을 내려놔요.

당신의 기사를요.

그리고 곧 생명은 다시 돌아올 거랍니다.

그분은 생명을 신화의 나라에서 찾고 있으니까요

파우스트 (땅을 밟자)

그녀는 어디 있나?

호문쿨루스 뭐라 말해야 할지 모르겠지만,

아마 여기서 물어볼 수 있을 듯해요.

날이 밝기 전에 어서 서둘러요.

모닥불마다 다니며 찾아봐요.

어머니들 나라까지 갔다 온 사람인데

극복하지 못할 일이 뭐가 있겠어요.

메피스토펠레스   나 역시도 이 일에 관심이 크다고.

하지만 더 나은 법이 딱히 떠오르지 않아.

그러니 어서 각자 모닥불을 뒤져

자신만의 모험을 해보는 수밖에.

그러고 나서 다시 만나도록 하지.

빛을 발하렴, 꼬마야. 소리도 좀 내고.

호문쿨루스 그럼 불빛은 이렇게, 소리는 이렇게 낼게요.

(유리병이 요란하게 울리고 강렬하게 빛난다.)

그럼 이제 불가사의한 모험을 찾아봐요!

파우스트 (혼잣말로)

그녀는 어디에 있단 말인가?

더는 묻지 않겠어…….

그녀가 밟았던 흙이 여기 없어도,

그녀를 향해 몰려왔던 물결이 없어도,

이 공기는 그녀의 말을 전했던 것이다.

여기! 기적처럼 나는 이곳 그리스에 있다!

내가 서 있는 이 땅을 밟는 순간 느낄 수 있었지.

잠에서 깨어나 새로운 정신에 불타오르며

안타이오스 같은 기분으로 여기 이렇게 서 있다.

그리고 여기서 해괴한 것들과 마주한다 해도

이 화염의 미로를 진심을 다해 찾아보리라.

(퇴장)

메피스토펠레스　(주위를 둘러보며)

모닥불들 사이를 돌아다니다 보니

참으로 낯선 느낌이 드는군.

거의 벌거벗었거나, 겨우 속옷만 입은 차림새.

스핑크스는 철면피에, 그라이프는 뻔뻔하네.

앞이나 뒤나 오로지 눈에 보이는 건

곱슬머리에 날개 달린 것들뿐이니…….

솔직히 우리도 그리 점잖은 것만은 아니지만,

이 고대 것들이란 지나치게 발랄하네.

새로운 정신에 맞춰 손을 좀 봐야지.

가릴 곳은 좀 가려야 하잖아.

정말 저질 족속들이로군!

하지만 짜증은 금물이야.

손님의 품위를 지키면서 인사해야겠어……

안녕하세요! 아름다운 여인들! 지혜로운 노인분들!

그라이프 노인이라니! 그라이프일세.

자신을 노인이라 부르는 걸 달가워하는 사람은 없소.

낱말마다 그것이 어디서 왔는지

그 근원의 울림이 남아 있지.

그라우, 그램리히, 그리스그람,

그로일리히, 그래버, 그 리미히

어원상 뿌리가 모두 그라이프와 동일하오만

우리는 이 말들이 아주 듣기 싫소.

메피스토펠레스 그렇지만 별 차이가 없어 보이는군요.

그럼 존칭과 함께 부른다면

그라이펜의 그라이는 마음에 드시나요?

그라이프 (좀 전과 동일한 목소리로)

물론이오! 그 인척관계라면 벌써 입증되었소.

욕도 먹었지만 칭찬이 더 많았지.

이제 처녀든, 왕관이든, 황금이든 손에 움켜쥐어야 하지.

행운의 여신은 그것을 손에 넣는 자에게

사랑스런 미소를 지으니까.

개미   (거대한 종족이다.)

황금에 대해 말하시는 거라면

우리는 이미 많은 황금을 모았답니다.

바위틈과 동굴에 은밀하게 모아두었죠.

그런데 아리마스펜 종족이 눈치를 챘어요.

훔쳐서 멀리 도망치고는 거기서 우리를 비웃고 있어요.

그라이프들   우리가 그들의 자백을 받아주지.

아리마스펜   이 신나는 잔칫날 그러면 안 돼요.

그들은 내일까지 모두 써버릴 거랍니다.

진짜 그럴 것 같아요.

메피스토펠레스   여기는 금세 적응이 되는구나.

누구 말이든 모두 다 이해하겠어.

스핑크스   우리가 유령의 음성으로 한숨을 내쉬면

당신들은 거기에 형체를 만드는군.

당신 이름을 말해야 이제 당신을 알 수 있소.

메피스토펠레스   사람들은 나를 여러 이름으로 불렀소.

여기 영국인들이 있나?

그들은 아주 여행을 많이 하지.

전쟁터나, 폭포수, 무너진 성곽 등

고풍스럽고 칙칙한 장소를 즐기지.

이곳은 그런 그들에게 아주 적절한 여행지가 되겠어.

그들이라면 나에 대해 증언도 해주겠지.

옛 연극에서 나를 악덕쟁이 노인으로 묘사하더군.

스핑크스　어쩌다 그리 된 거요?

메피스토펠레스　나 역시도 모르지요.

스핑크스　그럴 수도 있지!

별자리에서 새로운 소식을 읽을 수 있소?

지금 이 시간 별자리는 좀 어떻소?

메피스토펠레스　별들이 쏟아져 내리고,

초승달이 매우 밝군요.

그리고 나는 이 장소가 매우 아늑하게 느껴지오.

당신의 사자 털로 내 몸을 따뜻하게 하고 싶군요.

저 하늘 위로 올라봤자 그리 좋을 것 하나 없소.

그러니 수수께끼나 글자 맞히기를 합시다.

스핑크스　당신에 대해서 말하는 것만으로도

이미 수수께끼라오.

자신의 깊은 본성이 뭔지 풀어봐요.

'착한 사람이나 악한 사람에게도 필요하며,

착한 사람에게 금욕의 흉갑이 되어주고

악한 사람에게는 미친 짓을 함께 해줄 동료가 되어준다.

그리고 이는 모두 결국 제우스를 즐겁게 해줄 뿐이다.'

첫 번째 그라이프 (그르렁대며)

저놈이 마음에 들지 않는다니까!

두 번째 그라이프 (더욱 그르렁대며)

우리한테 뭘 원하는 거야?

둘이 함께 더러운 놈, 여기서 꺼져버려!

메피스토펠레스 (험악한 표정으로)

네놈들은 손님의 발톱이

네놈들의 날카로운 발톱만 못하다 생각하는 게냐?

그럼 어디 한번 덤벼봐라!

스핑크스 (점잖게)

원한다면 있고 싶은 만큼 있어도 돼요.

하지만 당신 스스로 이 장소에서 도망치게 될 것이오.

당신 나라에서야 당신 마음이 내키는 대로 했겠지만

내가 틀리지 않는다면 이곳에서는

그렇게 되지 않을 거요.

메피스토펠레스 당신은 위만 보면 구미가 당기는데,

아래를 보면 짐승이라 정말 소름 끼치네요.

스핑크스 이 사기꾼, 그러다가

진짜 쓴맛을 제대로 볼 것이오.

이 앞발은 매우 건강하지요.

쭈글쭈글한 말발굽을 가진 당신은

우리 사이에서 창피만 당할 것이오.

(세이렌들이 머리 위에서 전주곡을 부른다.)

메피스토펠레스 강가의 포플러 나뭇가지에서

일렁대고 있는 저 새들은 뭐요?

스핑크스 조심하시오! 저 노랫소리는

최고의 사람들도 이겨내지 못했으니.

세이렌들 아아, 왜 당신은 그 추하고

해괴한 것을 상대하시나요!

보세요, 우리 이렇게 힘껏 날아와

아름다운 목소리로 노래 불러요.

이 정도는 해야 세이렌이라 할 수 있지요.

스핑크스 (세이렌들의 노래를 따라하며 조롱하는 투로)

저것들을 이리 끌어내려요!

나뭇가지에 끔찍한 매 발톱을 숨기고 있다가

당신이 그들의 노래에 귀 기울이는 순간

기회를 포착해 당신을 해칠 거예요.

세이렌들 미움은 버려요! 시기심도 버려요!

하늘 아래 흩뿌려져 있는

해맑은 기쁨을 우리 함께 모아요!

물에서도, 땅에서도

우리 쾌활한 몸짓으로

손님을 반기며 인사하지요.

메피스토펠레스　거참 정말 그런 소식은 처음이로군.

목구멍에서, 현에서 흘러나와

서로 얽히며 나는 소리구나.

저 떨리는 소리로는 내게 아무 소용이 없다.

내 귓가에 재잘대기는 하지만

내 가슴까지 파고들지는 못하는구나.

스핑크스　가슴이라니 그런 말 하지 마요!

그건 헛소리요!

쭈글쭈글한 가죽 주머니면 모를까

당신 낯짝에는 그게 더 어울리지요.

파우스트　(가까이 다가오며)

놀랍도다! 바라만 봐도 기분이 좋구나.

역겨운 것마저 위대하고 고상한 기상이 서렸어.

아무래도 일이 잘 풀릴 것 같은 예감이 들어.

이 숭고한 광경을 뒤로 내 시선을 어디로 옮겨야 하나?

(스핑크스들을 가리키면서)

저들 앞에 한때 오이디푸스가 서 있었지.

(세이렌들을 가리키면서)

저들 앞에서 오디세우스가

밧줄에 묶인 채 발버둥을 쳤지.

(개미들을 가리키면서)

이들은 가장 값진 보물을 잘 보관해두었고,

(그라이프들을 향해)

이들은 그 보물을 한 치의 오차도 없이

굳건히 지켜냈어.

새로운 정신이 내 몸 안에 서리는 것 같구나.

인물이 위대하니, 그 기억도 위대하다.

메피스토펠레스 평소라면 저런 것들을

박살 냈을 텐데,

하지만 지금은 이런 것들도 소중한가 보죠?

사랑하는 여인을 찾으러 왔는데

괴물들이라고 안 반갑겠소?

파우스트 (스핑크스들에게)

여자의 모습을 한 그대들이여, 나와 얘기 좀 해요.

당신들 중 누구라도 헬레네를 보았나요?

스핑크스들 우리는 그녀가 살던 시대까지는 못 미쳐요.

헤라클레스가 우리 종족의 마지막을 죽였거든요.

케이론한테 한번 물어보시죠.

오늘 같은 유령의 밤이라면

이 주변을 마구 뛰어다니니까요.

그가 당신 앞에 멈춰 서면 당신이 원하는 답을 줄 거요.

세이렌들 우리의 말을 잘 들으면 실패란 없어요!

오디세우스가 우리에게 와서 지낸 것처럼.

그는 욕하며 우리를 지나쳐버리지 않았어요.

그때 그는 많은 얘기를 해주었죠.

당신에게 모두 들려드리지요.

만약 당신이 우리의 은신처가 있는

푸른 바닷가로 찾아온다면요.

스핑크스 고귀한 분이여, 저들에게 속지 마요.

오디세우스처럼 밧줄로 묶는 대신

우리의 훌륭한 충고로 묶어요.

위대한 케이론을 만나면

내 말이 무슨 뜻인지 알게 될 거랍니다.

(파우스트 퇴장)

메피스토펠레스 (짜증을 내며)

날갯짓하며 꽥꽥대는 저것은 뭐요?

너무 빨라 제대로 볼 수도 없군.

일렬로 줄지어 날아가네. 사냥꾼도 피곤하겠어.

스핑크스 세찬 겨울바람이 몰아치는 폭풍과 같지요.

헤라클레스의 화살도 미치지 못해요.

저것들은 스팀팔리드라는 새들이죠.

꽥꽥대는 소리는 반갑다는 인사랍니다.

독수리 부리에 거위 발을 가졌지요.

저것들은 우리 집단에 끼어들고 싶어 해요.

마치 우리와 동족처럼 보이고 싶어 한다니까요.

메피스토펠레스 그 사이로 뭔가

다른 것의 소리가 들리는군.

스핑크스 그놈들은 걱정하지 마요!

이것들은 레르나의 뱀 머리들인데,

몸통에서 잘려나가서도 자기들이 살아 있다 생각하지요.

하여튼 말해봐요. 뭘 원해요?

왜 그리 초초해 하나요? 어디로 가려는 거요?

어서 떠나시오!

내 이리 보니, 저쪽 합창단을 흘깃 보며

시기를 엿보는 기회주의자로 만드는 것 같은데,

참지 말고 어서 가요!

매력적인 저것들에게 어서 인사해요!

저들 라미에는 욕정만 밝히는 매음부들이지요.

사티로스 종족들이 사족을 못 쓰지요.

염소의 발을 지닌 자는 그곳에서 뭐든지 할 수 있지요.

메피스토펠레스 당신들은 여기 계속 있을 건가요?

그럼 다시 만나요.

스핑크스들 그래요!

가서 저 경박한 여자들 사이에 끼어요.

우리야 이집트가 생긴 뒤로 수천 년간

이 자리를 지키는 데 익숙하답니다.

그렇게 우리의 위치를 지키려 노력하죠.

우리가 달과 해의 움직임을 결정하거든요.

피라미드 앞에 앉아

백성들의 심판관이 됩니다.

홍수, 전쟁과 평화 등

이 때문에 얼굴 찡그리는 법이 없어요.

페네이우스

(물과 요정들에 둘러싸여 있다.)

페네이우스 갈대여, 속삭여라!

조용히 숨 쉬어라,

갈대의 누이여, 실버들아, 흔들려라,

떨리는 포플러 가지여, 속삭여라.

끊어져버린 꿈들 사이로⋯⋯!

우레와 같은 천둥소리와 은밀히 떨려오는 오한이

이 물결의 고요한 흐름에서 나를 깨우는구나.

파우스트 (강가로 다가가면서)

분명 무슨 소리가 들리지 않았나.

저 덤불 우거지고 나뭇가지들이 서로 얽혀 있는 저곳,

저 안쪽으로부터 분명 사람 소리가 들렸다.

물결이 중얼거리고, 바람도 살랑대며 희롱하는구나.

님프들 (파우스트에게)

어서 이리 와서

여기 이곳에 누워요.

시원한 이곳에서

지쳐버린 당신의 몸을

쉬게 하세요.

당신을 피하기만 하던

안식을 누려보아요.

우리가 살랑대고, 졸졸대며

당신의 귀에 속삭여줄게요.

파우스트　그래, 난 깨어 있지!

그래 너희는 마음대로 행동하라.

이 무엇과도 비교할 수 없는 앙큼한 것들아.

내 눈길이 닿는 그곳에서.

신비로운 느낌이 나를 채운다.

이게 바로 꿈인 걸까?

아니면 옛 기억인가?

한때 나, 이렇게 행복했지.

잔가지들 부드럽게 움직이는

우거진 덤불 사이로 강물이 흐른다.

숨죽여 흐르는 강물은 졸졸 소리마저 내지 않는구나.

사방에서 솟는 수백의 샘물들이

순수한 맑은 물빛을 뿜어내며

편편하고 깊은 웅덩이에 목욕을 위해 한데 모여든다.

젊고 건강한 여인들의 육체가

거울 같은 수면에 비추니 눈이 즐겁지 않을 수 없구나!

기분 좋게 어울리고 기쁜 마음으로 목욕을 하며

대담하게 헤엄도 치고,

두려운 마음으로 물을 건너보기도 하고

마침내 소리치며 물싸움을 한다.

이들을 보며 만족하고

여기에 내 눈길이 머무른다면 좋겠지만
내 마음은 계속 다른 곳을 향하는구나,
눈길이 덤불숲을 꿰뚫는다.
초록으로 가득한 풍성한 저 잎사귀들이
고귀한 여왕을 숨긴 걸까.

놀랍구나! 백조들도 움푹 파인 만에서
이쪽을 향해 헤엄쳐온다.
움직이는 모습에 위엄과 품위가 서려 있다.
고요히 떠돌며, 부드럽게 함께 어울린다.
그러나 자랑스레 자아도취에 빠져
머리와 부리를 높이 쳐드는 저 모습을 보라…….
그중 단연 돋보이는 한 마리가
제 스스로 우쭐대듯 당당히 가슴을 펴고
우아한 모습을 뽐내며 모두를 앞서간다.
깃털을 잔뜩 부풀리고는
성스러운 그곳을 향해 간다…….
다른 백조들은 이리저리 헤엄치며
깃털의 은은한 빛을 내뿜는다.
그러다 멋지게 싸움을 벌이기도 한다.
그러면 마음 여린 하녀들은

그 광경을 보며 기분 전환을 하다가

소임마저 잊어버리고는

그저 자신의 안위만 생각하는구나.

님프들 자매들아, 너희들의 귀를

물가 푸른 언덕에 기울여보라.

내가 제대로 들은 것이라면

말발굽 소리가 우리 곁으로 다가온다.

이 한밤중에 저리 급히

소식을 가져오는 자는 누굴까?

파우스트 질주하는 세찬 말발굽 소리에

땅이 울리는 것만 같구나.

그곳을 바라보니!

큰 행복이 내게 벌써 오는 것인가?

오, 비길 데 없는 기적이로구나!

웬 남자가 말을 타고 달려온다.

그 모습에 용기와 기백이 서려 있고,

눈부신 백마를 타고 온다……

내가 틀리지 않았다면 분명 내가 알고 있는 사람이다.

필라라의 그 유명한 아들 아닌가!

멈춰요, 케이론! 멈춰! 내 당신에게 할 말이 있소……

케이론 왜 그러오? 뭣 때문에 그러오?

파우스트　잠깐만 멈추시오!

케이론　난 쉬지 않는다오!

파우스트　그렇다면 부탁하건대, 나를 좀 데려가시오!

케이론　올라타요! 그럼 내 편히 좀 물어볼 테니.

　　　　어디로 가는 길이오?

　　　　당신은 여기 강가에 서 있으니,

　　　　내가 당신을 강 건너로 데려다주겠소.

파우스트　(말에 올라타면서)

　　　　당신이 원하는 곳 어디든지 가시죠.

　　　　정말 뭐라 감사를 드려야 할지…….

　　　　고귀한 스승이자 위대하신 분,

　　　　영웅의 종족을 가르쳐 그 명성이 높은 분,

　　　　고귀한 아르고 선원들 무리와 더불어

　　　　시인들의 세상을 장식한

　　　　모든 영웅들을 키워내신 분 아니십니까.

케이론　이 자리에서 그런 얘기는 그만두시오!

　　　　팔라스마도 스승에 적합한 존경을 받지 못했다오.

　　　　끝내 제자들이란

　　　　교육은 전혀 받지 못한 이들처럼

　　　　제멋대로 행동할 뿐이오.

파우스트　모든 약초의 이름을 알고,

약초의 뿌리까지 훤히 꿰뚫고 계신 분,

병자를 치유하고 상처를 낫게 해주신 분.

그런 당신을 내 이 자리에서 심신을 다해 반깁니다.

케이론 내 곁에 있던 영웅이 상처 입으면

어떻게든 돕고 조언을 했지요.

그렇지만 결국에는 내 의술을

약초 캐는 마녀들과 중들에게 물려줬다오.

파우스트 당신이야말로 진정한 성인이시지요.

그런데도 찬사는 전혀 들으시지도 않지요.

되도록 그런 말은 피하려 노력하고

누구나 그 정도는 한다는 식으로 행동하시지요.

케이론 당신, 아첨하는 데 재주가 있는가 보오.

왕이나 백성의 마음을 흡족하게 하겠군요.

파우스트 그래도 부디 말해주세요.

당신은 당대의 가장 위대한 사람들을 보았고,

가장 고귀한 행동을 본받고자 노력했으며,

인생을 반신처럼 진지하게 사셨어요.

그렇다면 이들 영웅들 중

누가 가장 위대했다고 보십니까?

케이론 아르고흐의 고귀한 대원들은

모두가 각자만의 뛰어난 뭔가가 있었소.

따라서 자신의 영혼 속에 간직한 힘으로

남에게 없는 부분을 충족시킬 수 있었어요.

아름다움과 젊음의 매력이 우위를 점할 때는

디오스쿠로이 형제가 늘 승리했지.

과감한 결단과 다른 이를 구할 때

신속하게 행동으로 옮기는 건 보레아스의 아들들이었소.

사려가 깊고 힘이 세며

지혜로움과 수완이 있었던 아이손은

여자들을 편안하게 대했지.

그리고 오르페우스는 조용하고 매우 신중했지만

그가 칠현금을 뜯기 시작하면 모두가 압도되었지요.

혜안을 지닌 렌케우스는 밤낮으로

암초와 모래를 헤치고 성스러운 배를 인도했소…….

함께 힘을 모아야만 위험을 뛰어넘을 수 있지요.

누군가 뭔가 해내면 모두 인정해야 하오.

파우스트   헤라클레스는 언급하시지 않나요?

케이론   아! 가슴 아프군.

내 그리움을 자극하지 마오…….

나는 아폴로도 본 적 없고

아레스나 헤르메스도 보지 못했다오.

그렇지만 모든 사람들이 신처럼 받드는 사람이

내 눈앞에 서 있는 것을 본 적이 있소.

그는 태어날 때부터 타고난 왕이었소.

청년 시절 그 외모도 수려했지.

형님 앞에서는 순종했고,

모든 사랑스러운 여인을 대할 때도 그랬소.

가이아는 다시 그런 인물을 키우지 못할 거요.

헤베는 다시는 하늘로 그를 데려갈 수 없소.

노래로 아무리 불러봤자 헛수고이고,

돌로 아무리 괴롭혀봤자 소용없는 일이오.

파우스트 조각가 자신의 솜씨를 자랑해본다 한들

조각으로 그 화려했던 본모습을 살려낼 수 없지요.

가장 아름다운 남자에 대해서 이야기하셨으니

이제 최고로 아름다운 여인에 대해 들려주세요!

케이론 글쎄! 여자의 아름다움이라,

그건 그저 하찮은 거라오.

대부분 굳어버린 모습을 일컬을 뿐이오.

행복하고 삶의 즐거움으로 가득 찬 존재라면

칭송할 의향이 있소.

아름다움이란 자기 자신을 행복하게 하지만

우아함은 떨쳐낼 수 없는 매력을 지녔소.

내가 태워준 헬레네처럼 말이오.

파우스트 당신이 헬레네를 태워다주셨단 말입니까?

케이론 그렇소. 이 등에 태웠지.

파우스트 지난일로 정신이 충분히 혼미하지 않던가?

이런 자리에 앉는 행복이 내게 오다니!

케이론 그녀도 내 머리채를 쥐었지요.

당신이 그러하듯이.

파우스트 이러다 정신을 잃어버리겠군!

어찌 된 일인지 이야기를 좀 해주세요.

그녀야말로 나의 유일한 열정입니다!

아아, 어디에서 어디로 그녀를 태워주신 거죠?

케이론 그 질문에 대답하는 건 어렵지 않소.

디오스쿠로이 형제가 그 당시에

그들의 여동생을 도둑의 손에서 구했답니다.

그런데 이 도둑들이 쉽게 물러나지 않고

맹렬하게 뒤를 쫓기 시작했지요.

그때 엘로이시스의 늪이 남매의 도주를 가로막았답니다.

형제들은 걸어서, 나는 첨벙대며 헤엄쳐 건넜지요.

그녀는 껑충 뛰어내려

젖은 내 갈기를 부드럽게 어루만져주었소.

그러면서 고맙다고 인사를 하는데

사랑스럽고 똑똑하며 자의식이 강한 모습이었어요.

그 모습이 어찌나 사랑스럽던지!

젊고 사랑스러운 모습은, 노년의 기쁨이었지!

파우스트 겨우 일곱 살짜리를……!

케이론 그러니까 문헌학자라는 사람들이

당신도 속이고 자신들도 속인 거요.

신화 속의 여인은 어떻게 해도 상관없소.

시인은 그저 자신의 기분에 따라 묘사할 뿐이오.

나이를 먹지 않고, 늙지도 않지요.

항상 입맛이 당기는 모습이오.

젊어서는 유괴당하고 나이 들어서는 구애를 받지요.

한마디로, 시인은 시간에 묶여 있지 않답니다.

파우스트 그러면 그녀도

시간에 제약이 되면 안 되죠!

아킬레스가 페레에서 그녀를 발견한 것도

시간을 초월하지 않았던가요. 그건 굉장한 행복이에요.

운명을 거슬러 사랑을 쟁취했으니!

그렇다면 나라고 연모의 힘으로

단 하나뿐인 그녀를 얻지 못할 게 뭔가요?

여신이나 다름없는 영원한 여인을 말입니다.

위대하면서도 섬세하고,

고귀하면서도 사랑스럽지 않나요?

당신은 예전에 그녀를 봤지만 난 오늘 밤 보았죠.

매혹적으로 아름다웠고 사무치게 아름다웠소.

내 마음과 내 존재가 그녀에게 단단히 사로잡혀버렸소.

그녀를 얻을 수 없다면 이제 난 살 수 없어요.

케이론 나그네 양반!

인간적 관점으로 당신은 매료되었다 하지만

유령들에겐 당신은 미친 사람으로 보이오.

당신에게 딱 맞아떨어지는 것이 있소.

운이 좋군. 난 해마다 잠시나마 만토의 집에 들른다오.

아클레피오스의 딸이지요.

고요히 기도를 드리며 아버지에게 빌지요.

그의 명예를 위해 의사들의 마음을 정화시켜

무책임한 살인에 등을 돌리게 해달라고…….

난 무녀들 중 그녀를 가장 좋아하오.

외모도 얼굴이 찌푸려지지 않을 정도에

성격도 온화하지.

한동안 그곳에 머무는 것이 당신에게 좋을 듯해요.

약초의 힘으로 그녀가 당신을 제대로 치료해줄 거요.

파우스트 치료를 받으려는 게 아니에요.

내 정신은 굳건합니다.

그랬다가는 나도 다른 이들처럼 멍청이가 되겠지요.

케이론 이 고귀한 샘을 그냥 지나쳐버리지 마시오.

어서 내려요! 이제 다 왔소.

파우스트 말해봐요!

도대체 이 끔찍한 밤에

자갈밭 강을 건너 어디로 나를 데려온 거죠?

케이론 이곳은 로마와 그리스의 전쟁터요.

페네이오스 강이 오른편에

그리고 올림푸스 산이 왼편에 있죠.

가장 강대했던 제국이었지만

이제 모래 속으로 사라졌다오.

왕은 도망치고, 국민은 만세를 외쳤지.

저기를 봐요! 이곳에 말이오.

그것도 아주 가까운 곳에 영원한 달빛 신전이 있으니.

만토 (꿈을 꾸는 듯한 목소리로)

말발굽 소리가 성스러운 계단에 울려 퍼진다.

반신들이 여기로 오시나보군.

케이론 그렇다! 어서 눈을 떠라!

만토 (잠에서 깨어나며)

어서 오세요! 한 번도 그냥 지나치지 않으시는군요.

케이론 신전에 네가 있는 동안은 그렇겠지!

만토   그렇게 돌아다니시는데 지치시지도 않으세요?

케이론 네가 조용히 평화롭게 사는 것을 선호하듯,

      나는 세상을 배회하는 것이 즐겁단다.

만토   나는 그저 가만히 있고,

      시간이 내 주변을 돌지요.

      이 사람은 누구인가요?

케이론 이 불길한 밤이 소용돌이치며

      그를 이곳으로 데려왔다.

      헬레네에게 마음을 빼앗겨서,

      그녀를 얻고 싶어 하지만

      어디서 어떻게 시작해야 할지 전혀 모른단다.

      그 무엇보다 네 치료가 필요할 것 같구나.

만토   전 불가능한 것을 갈망하는 사람을 좋아하죠.

(케이론은 이미 저 멀리 가버렸다.)

만토   들어와요, 용감한 자여.

      기뻐하세요! 저 어두운 통로를 따라가면

      페르세포네에게 당도하지요.

      올림포스 산 밑 지하 동굴에서

      그녀는 은밀하게 금지된 인사말에

귀를 기울이고 있답니다.

예전에 오르페우스도 제가 여기서 하계로 보냈었지요.

이 기회에 잘 해봐요! 어서 가요! 겁내지 마요!

(두 사람은 밑으로 내려간다.)

세이렌들   (페이네오스 강의 상류에서)

어서 페이네오스 강에 뛰어들어요!

첨벙대며 여기서 함께 헤엄쳐요.

노래 부르고 또 노래 부르며

불행한 사람들을 위로해요!

물이 없으면 위안도 없지요!

밝은 무리를 이끌고,

어서 에게 해로 향하면

우리 함께 즐거움을 누릴 거예요.

(지진)

세이렌들   거품을 뿜어대며 파도는 되돌아오고,

강바닥에는 더 이상 물도 흐르지 않네.

땅이 흔들리고, 물길은 막히고,

자갈밭과 강가에 연기만 가득하지.

어서 도망쳐야 해요, 빨리!

어서요! 귀하고 유쾌한 손님들이여,

즐거운 바다의 축제로 갑시다!

잔물결이 반짝반짝 빛을 내고,

기슭을 적시며 잔잔한 물결이 이는 그곳으로.

저기, 달이 두 개가 되어 빛나고,

성스러운 이슬로 우리를 씻어주는 곳.

그곳에는 자유로이 활동하는 삶이 있지만

이곳에는 지진만이 있을 뿐이죠.

현명한 사람은 서둘러 떠나지요!

이곳은 갈수록 공포만 가득합니다.

자이스모스 (깊은 땅속에서 으르렁대고 쿵쾅대며)

한 번 더 힘껏 밀어라.

이 두 어깨로 들어 올리세!

이렇게 해서 땅 위까지 닿을 때까지,

모두가 우리를 피하겠지.

스핑크스들 좋지 못한 기운이 흐르며

이리 진동하다니.

끔찍하고 공포로 가득하구나!

땅이 어지럽게 흔들리고

앞으로 갔다, 뒤로 갔다 흔들린다!

참을 수 없을 정도로 불쾌하구나!

그래도 우리는 이곳을 떠나지 않을 테다.

모든 것이 파괴되고 지옥이나 다름없어진다 해도.

갑자기 둥근 아치 지붕이 솟아오른다.

참으로 묘하구나.

그런데 백발의 저 노인이

바로 델로스 섬을 만든 그로구나.

산통을 겪는 한 여인을 위해

파도를 헤치며 밀어 올렸지.

낑낑대고 밀고 누르며,

양 팔은 쭉 뻗고 등을 구부려

아틀라스 같은 자세로 들어 올린다.

땅, 잔디, 흙, 자갈, 잔돌, 모래 그리고 점토를,

고요한 우리 강의 바닥으로부터.

그렇게 계곡을 따라

고요한 표면을 대각선 모양으로 찢어버린다.

그렇게 애를 쓰면서도 결코 지치지 않아,

마치 거대한 기둥에 새겨진 여전사 같구나.

아직 가슴을 땅바닥에 묻고

엄청난 돌무더기를 이고 있네.

그렇지만 그 이상은 할 수 없을 것이다.

이미 스핑크스들이 자리를 차지했으니.

자이모스   이게 전부 내가 혼자서 해낸 거야.

이 정도면 모두 내 힘을 인정하리라.

내가 흔들고 뒤집어놓지 않았더라면

이 세상이 이렇게나 아름다웠을까?

저기 너희들 산이 어떻게

푸른 하늘 위로 우뚝 솟아오르고,

내가 힘껏 밀어내지 않았더라면

어떻게 그림처럼 황홀한 모습을 했겠어?

옛날, 태고의 신들이 지켜보는 앞에서

밤과 혼돈을 상대로 힘껏 힘을 겨루고,

티탄 종족들과 함께 어울려

공을 던지듯 펠레온과 오사 산을 들어 올렸지.

젊은 혈기에 우리는 계속 날뛰었지.

싫증이 날 때까지, 그렇지만 마지막으로

파르나스 산에다 산봉우리 두 개를

광대의 모자처럼 짓궂게 올려놓았어.

아폴론이 멋진 뮤즈의 합창단과 함께

그곳에서 지금 즐겁게 머물고 있다네.

그리고 번개를 다루는 제우스를 위해

높은 안락의자를 솟아나게 했지.

내 이렇게나 엄청나게 공을 들여

심연에서 솟아 올라왔으니,

큰 소리로 요구하노라.

행복한 주민들아, 이곳에서 새로운 삶을 시작하라.

스핑크스들   솔직히 말해 여기 우뚝 솟아오른 산들은

태고 시절부터 있었소.

땅을 뚫고 솟아오르는 것을

우리 두 눈으로 직접 보지 못했으니 말이오.

울창한 숲이 산을 뒤덮었는데도

바윗돌이 서로 부딪치며 굴러다니네요.

스핑크스는 그런 거 전혀 신경 쓰지 않는다오.

성스러운 장소에서

어느 누구에게도 방해받고 싶지 않아요.

그라이프들   황금 조각들, 황금 박편들,

바위틈 사이로 반짝이는 모습이 보인다.

저 보물을 훔치도록 용납하지 마라.

개미들아 가라! 어서 모아라!

개미들의 합창   거인족들이 저 산을

높이 밀어 올려놓았네.

그러니 어서 위로 올라가자!

잽싸게 올라가자!

저런 바위틈 사이

작은 조각 하나라도

소중하게 모아라.

어서 빨리 작은 알갱이라도

구석구석마다

샅샅이 훑어 모두 찾아라.

모두 부지런해야만 하느니,

너희 우글대는 무리들아.

황금만 찾아오너라!

잡석은 그냥 놔두고.

그라이프들 이리로! 이리로! 여기에 황금을 쌓아라!

그 위에 우리 발톱을 올려놓을 테다.

이것은 세상의 제일가는 빗장, 값진 보물들은 안전하다.

피그미들 어쩌다 여기에 터를 잡았는지는

우리도 잘 모릅니다.

우리가 어디서 왔는지도

묻지 마세요.

그냥 이곳에 있었으니까요!

어느 땅덩어리라도 있어

살다 보면 즐겁기 마련이니까요.

바위 틈새라도 보이면

이미 난쟁이 손에 넘어가버린답니다.

남녀 난쟁이 모두 부지런하고

부부가 다 모범이 됩니다.

에덴동산에서도

이와 같을지는 잘 모르지만,

우리에게는 이곳의 삶이 최고입니다.

우리가 사는 이 별에 감사하지요.

동쪽에서나 서쪽에서나

어머니 대지가 계속하여

생명을 만들어내니까요.

엄지족들 어머니 대지가 하룻밤 사이에

난쟁이들을 낳았지요.

그리고 더 작은 난쟁이들도

낳을 것이고,

그들과 같은 짝들도

찾아줄 거예요.

원로 피그미들 서둘러라,

어서 좋은 자리를 차지해라!

어서 서둘러 일하라!
신속함이 최선이다!
아직은 평화롭지만
어서 대장간을 지어라,
군인들에게 줄
갑옷과 무기를 만들어라.

너희 개미들아,
모두 벌 떼처럼 달려들어
우리에게 쇠를 가져와라!
그리고 너희 엄지족,
수많은 난쟁이들아,
너희에게 명령하노니
장작을 대령하라!
층층이 쌓아올리고
아궁이에 불을 떼서
숯을 만들어다오.

총사령관　활과 화살을 챙겨
어서 전진하라!
저 연못가의
왜가리를 쏘아라!

수도 없이 둥지를 트고

잘난 체 뻐기는 놈들을,

단번에 쓰러트려라.

그것도 한 번에 여러 놈을!

그러면 우리는 그 깃털로

투구를 장식할 테니.

개미족들과 엄지족들   누가 우리를 구해줄 것인가?

쇠를 만들어주었더니,

저들은 쇠사슬을 만드네.

우리가 풀려나기에는

아직 때가 이르지 않았으니,

계속 고분고분해야 한다.

이비코스의 학들   살인의 비명 소리와

죽어가며 내뱉는 저 신음 소리!

두려움에 파닥이는 날갯소리!

웬 신음 소리와 웬 탄식 소리가

높은 이곳까지 들리는 걸까!

이미 저들 모두가 살해당했고,

연못은 그들의 피로 붉게 물들었다.

잔인무도한 자들의 욕망이

왜가리의 고귀한 장식을 훔쳐간다.

불룩한 배에 구부정한 다리를 한

군대의 투구에는 벌써부터

왜가리 깃털이 날리는구나.

너희 우리 부대의 동지들아,

바다 위를 날아가는 동지들아,

우리의 친족이 이리 당했으니

우리 모두 복수에 나서자.

피와 힘을 아끼지 말고,

이 악당들과 영원한 적이 되자.

(거친 울음소리를 지르며 허공으로 흩어진다.)

메피스토펠레스   (들판에서)

북방의 마녀들이야 어찌 다뤄야 할지 분명 잘 알지만

이 새로운 유령들을 어찌해야 할지

전혀 감이 잡히지 않는군.

이 낯선 유령들은 정말 으스스하다.

블로켄 산은 늘 편안한 공간이었지.

어디를 가든 말이야.

일제 부인은 바위에 앉아 우리를 지켜주고,

하인리히는 언덕에 올라 즐기려 하겠지.

코골이 바위는 엘렌트에 대고 호통치지만,

지난 천 년은 늘 그래 왔다.

여기서는 자신이 어디로 가는지

그리고 어디에 있는지,

또는 발밑의 땅이 불쑥 솟아오를지,

도무지 아는 이가 있긴 하단 말인가?

심란한 마음으로 평평한 계곡을 거니는데,

내 등 뒤에서 갑자기 산이 하나 솟았지.

뭐 꼭 산이라고 할 정도는 아니어도

스핑크스와 나를 가리기에는 충분히 높았어.

이곳에 골짜기를 따라가며

불꽃들이 여기저기 타오르며

모험 주변을 밝히는군…….

그리고 춤추고 둥실 떠다니며 나를 유혹하네.

마치 음탕한 계집들처럼…….

천천히 걷자고!

군것질하는 데 매우 익숙하다 해도

자기가 있는 곳에서

제대로 먹을 만한 것을 찾아야 하니까.

라미에들   (메피스토펠레스를 끌어당기며)

빨리요, 어서 가요!

그리고 계속 가요!

그러다 주저하며

수다도 떨어요.

이 늙은 죄인을 유혹해서

더 무거운 대가를

치르게 하려면요.

뻣뻣한 발로

넘어질 듯 걸어와요.

한쪽 다리를 절뚝이며

우리가 가는 대로 쫓아오네요.

메피스토펠레스　(발걸음을 멈추고)

이런 저주받을 운명!

남자란 속기만 하지!

아담 때부터 늘 유혹당했어!

나이가 든다고 뭐 지혜로워지나?

어리석은 짓은 이미

충분히 하지 않았느냔 말이야!

허리를 질끈 동여매고

얼굴에 화장을 한 그 족속들은

근본부터 아무짝에도 쓸데가 없어.

이들은 건강한 건 내놓지도 못하고

어디를 만져도 물컹하기만 하니까.

눈으로 직접 보아

잘 알고 파악할 수 있으면서도

색골들이 휘파람으로 유혹하면

또 그 장단에 춤을 추다니!

라미에들 (멈추어서)

그가 멈췄어요! 저자가 무슨 뜻을 품었는지 멈춰 섰어요.

어서 그의 앞을 가로막고 어디로 가지 못하게 해요!

메피스토펠레스 (가던 길을 다시 가며)

그래, 가자! 의심 따위가 몸 안으로 스며들지 않게 하라.

마녀들이 없으면 대체 누가 악마를 필요로 하겠는가!

라미에 (온갖 아양을 떨며)

우리 이 왕자님을 주변으로 둘러서자!

그러면 분명 그의 심장에 핀 사랑이

우리들 중 어느 하나에게 피어오를 거야.

메피스토펠레스 불빛이 비록 희미하지만

아름다운 여인들인 것 같으오.

게다가 난 그대들을 흠잡고 싶지 않소.

엠푸제 (안으로 끼어들며)

저도 그렇죠! 저도 딱 그러하니,

당신의 무리에 받아줘요.

라미에들 저 아이는 우리 패거리에 안 맞아요.

그저 판만 깨버릴 거예요.

엠푸제 (메피스토펠레스에게)

    사촌 여동생 엠푸제가 인사드려요.

    당나귀 발을 가진 친척이지요.

    당신 발은 말발굽이지만 그래도,

    사촌 오라버니, 이렇게 인사드려요!

메피스토펠레스   이곳에서는 전혀 모르는 자만

    만날 거라 생각했는데

    가까운 친척을 만나게 되다니.

    옛날 책이라도 뒤져봐야겠군,

    하르츠에서 헬라스까지 죄다 친척이라니!

엠푸제   전 마음먹으면 곧바로 행동으로 옮겨요.

    가지각색 다양한 모습으로 둔갑할 수 있지요.

    그렇지만 이번엔 당신을 존경하는 뜻으로

    당나귀 머리로 변신했어요.

메피스토펠레스   이곳에서는 친인척관계가

    매우 중요한 의미를 지니나 보군.

    어떤 모습이던 그리 상관은 없지만

    당나귀 머리만큼은 거절하고 싶군.

라미에들   추한 그 여자, 그 애를 상대하지 마요.

    예쁘고 사랑스러운 것은

    그리고 예쁘고 사랑스러웠던 것도

그 애가 오면 사라져버리죠!

메피스토펠레스 이 조카들도 여리고 가냘프지만

다들 뭔가 미심쩍단 말이야.

장미처럼 불그스레한 저 뺨 뒤로

뭐가 숨어 있을지 겁나는군.

라미에들 그러지 말고 한번 해봐요!

우리는 수가 많아요. 어서 잡아보세요!

행운이 따른다면 최고의 미녀를 붙잡을 수 있답니다.

음담패설이나 하면 뭐해요?

아주 가련한 바람둥이로군요.

여기서 그리 거만하게 으스대고 잘난 척하더니만!

이제 우리 무리에 끼어들었네요.

이제 가면을 하나씩 벗고 당신의 본모습을 보여줘요.

메피스토펠레스 내 가장 아름다운

미녀를 잡았어…….

(그녀를 끌어안으며)

이런 젠장! 말라빠진 빗자루 같잖아!

(또 다른 여자를 붙잡으며)

그럼 이 여잔……. 이런, 얼굴이 추악해!

라미에들 당신은 그보다 나은가요? 꿈도 크셔라.

메피스토펠레스 저 작은 걸 잡아야겠어…….

이건 도마뱀처럼 손에서 빠져나가는군!

매끄럽게 땋은 머리가 꼭 뱀 같아.

이번엔 저 여자를 잡아야겠어…….

이건 디오니소스의 지팡이가 아닌가!

지팡이 끝이 솔방울 머리네. 뭐가 이렇지?

뚱뚱한 여자를 붙잡으면 재미나 좀 보려나.

이제 마지막이야! 자! 해보자고!

뒤룩뒤룩, 출출하네.

동양인들이라면 높은 값을 치르겠지만…….

아아, 세상에! 말불버섯이 두 동강이 났네!

라미에들 서로 흩어져라,

이리저리 움직여 번개처럼 날아서

이곳을 침입한 마녀의 자식을 에워싸라!

정신없이 돌아라, 혼이 쏙 빠지도록!

소리 없이 날갯짓하는 박쥐처럼!

이런, 저 녀석이 저리 쉽게 빠져나가다니.

메피스토펠레스 (몸을 부르르 떨며)

나도 전보다 똑똑해진 게 하나도 없어.

여기서도 엉망이고, 북방도 엉망이야.

유령들은 거기나 이곳이나 모두 기승을 부리는군.

시민들이나 시인들도 모두 어리석다고.

여기서 이제 막 가면무도회가 시작되었는데

여기저기 관능의 춤이 기승이구만.

가면이 사랑스러워 손으로 한 번 잡았더니,

이런 아주 끔찍하군…….

물론 나도 속아주고 싶은 마음이야 있지.

단지 그 모습이 오래 지속된다면야.

(바위들 사이에서 왔다 갔다 하며)

그런데 도대체 여기가 어디지?

어디가 나가는 길이야?

분명 오솔길이었는데 온통 자갈길뿐이로군.

아까 평평한 길로 왔는데,

그런데 이제 내 앞에는 자갈돌들만 있네.

바위들 위로 아래로

올라갔다 내려갔다 했지만 소용이 없군.

어디로 가야 스핑크스들을 만날 수 있지?

내 미처 생각하지도 못했다.

이런 산이 하룻밤 사이에 생길 줄이야!

이걸 '마녀들의 빗자루 타기'라 불러야겠어.

브로켄 산을 이리로 옮겨오다니.

오레아스 (자연적으로 생긴 암벽 요새에서)

여기로 와요! 내 산은 오래됐어요.

태고 때부터 내려오던 그 모습이지요.

바위투성이 벼랑길에 예의를 표하세요.

핀두스 산맥의 마지막 자락이랍니다!

폼페이우스가 나를 넘어 도망칠 때에도

이런 자세로 흔들림 없이 있었지요.

그 옆의 망상 같은 모습은

이른 아침 닭의 울음소리와 함께 사라져버리지요.

저런 동화들이 생겨났다가

어느새 사라지는 것을 자주 목격했답니다.

메피스토펠레스   당신을 존경합니다.

명예로운 머리님!

고귀한 참나무 잎을 머리에 두르셨네요!

제아무리 청명한 달빛이라도

이 안의 어두움을 뚫지 못하는군.

그런데 덤불 옆으로 불빛 하나가 아주 희미하게 빛나네.

어찌 된 일이지?

그렇군, 저건 호문쿨루스야!

꼬마 친구야, 어디서 오는 길이냐?

호문쿨루스   이곳저곳 떠돌아다니고 있어요.

정말 제대로 태어나고 싶답니다.

이 초초한 마음에 제 유리병마저

박살 내고 싶을 지경이에요.

하지만 지금까지 나 혼자서 본 것들을

다시 겪고 싶지 않아요.

아저씨를 믿으니 살짝 알려드리죠.

두 명의 철학자를 뒤쫓고 있었어요.

이 사람들이 자연! 자연! 하는 말을 들었지요.

전 이 사람들과 떨어지지 않으려 해요.

이 사람들이라면 분명

이 지상의 생명에 대해 잘 알 테니까요.

결국에는 제가 어느 방향으로 가는 게

가장 현명한 선택인지 알게 되겠죠.

메피스토펠레스   그건 네 손으로 직접 해결하게나.

유령들이 있는 곳이라면 분명 철학자도 환영받겠지.

철학자들이란 자기의 재능과 솜씨로

기쁨을 얻으려 새로운 유령을

금세 한 다스씩 만들어내니 말이야.

네 스스로 헤매지 않으면 깨달음을 얻지 못해.

생명을 원한다면 직접 자기 손으로 얻도록 해!

호문쿨루스   좋은 충고, 꼭 명심하도록 하지요.

메피스토펠레스   그럼 어서 가봐! 나중에 보자꾸나.

(헤어진다.)

아낙사고라스 (탈레스에게)

　　자네 고집은 어떻게든 꺾이지 않는군.

　　자네를 설득하려면 도대체 어떤 증거가 필요하단 말인가?

탈레스　바람이 불 때는 물결이 늘 몸을 숙이지만,

　　가파른 바위가 보이면 멀리 피해간다네.

아낙사고라스　화염에서 이 바위가 만들어졌지.

탈레스　모든 생명체는 물에서 태어났다네.

호문쿨루스 (두 사람 사이에서)

　　선생님들 곁으로 갈 수 있도록 허락해주세요.

　　저도 진심으로 다시 태어나고 싶어요!

아낙사고라스　탈레스, 자넨 하룻밤 사이에

　　진흙으로 저런 산을 만든 적이 한 번이라도 있었나?

탈레스　자연과 살아 움직이는 그 흐름은

　　낮과 밤 그리고 시간에 구애받지 않네.

　　자연은 규칙에 따라 모든 형상을 만들지.

　　큰 것을 만들 때에도 무력을 쓰지 않아.

아낙사고라스　하지만 여기는 그랬다네!

　　플로토의 엄청난 화염과

　　아이올로스의 어마한 가스 폭발력이

　　평평한 땅의 낡은 껍질을 뚫고 나오면서

　　동시에 새로운 산이 생겨났지.

탈레스 그래서 뭘 어쩌겠다는 건가?

그래, 산은 거기 생겨났어.

그리고 결국 모든 것이 다 된 거 아닌가.

이런 식으로 싸워봤자 그저 시간만 허비할 뿐이네.

사람들을 밧줄에 묶는 셈이지.

아낙사고라스 산은 미르미돈들에게 금세 장악되었지.

바위틈에 자리를 잡고 피그미들, 개미족, 엄지족

그리고 그 밖의 움직이고 있는 작은 것들 말이야.

(호문쿨루스에게)

자넨 위대한 것을 해보려 노력한 적이 없었지.

은둔자처럼 제한적인 삶을 살았어.

어디 한 번 제대로 다스려볼 수 있다면

내 자네에게 왕의 자리를 부여해주지.

호문쿨루스 탈레스 선생님의 생각은 어떠세요?

탈레스 나라면 그리 조언하지 않겠네.

작은 것들은 작은 행동밖에 모르지.

위대한 사람과 함께해야 작은 것들도 크게 된다네.

저기를 보게! 검은 구름 떼 같은 학들을!

저들은 흥분한 피그미족들을 위협하고 있네.

그리고 왕한테도 저렇게 위협하겠지.

날카로운 부리와 옹골진 발톱으로

작은 것들을 쪼아 죽이고 있어.

재앙이 가득한 날씨로군.

언젠가 평화로운 연못을 포위하고

왜가리들을 죽인 범죄의 대가야.

결국 살육의 화살들로 인해 피로 물든

끔찍한 복수가 시작되었군.

가까운 인척인 학의 분노를 일으키더니

이제 그들은 피그미들의 사악한 피를 원하는 거야.

방패와 투구, 창이 다 무슨 소용인가?

반짝이는 왜가리의 깃털이 다 무슨 소용인가?

엄지족들과 개미족들이 숨는 저 모습을 보라!

이미 군대는 동요하더니 도망치며 쓰러지고 있어.

아낙사고라스 (잠시 틈을 두었다가 엄숙한 말투로)

내 지금까지 지하의 힘을 칭송하건만

이제 하늘의 힘으로 눈을 돌려야겠군…….

저 하늘에서 영원히 늙지 않는 그대여,

세 개의 이름, 세 개의 모습을 지닌 그대여,

내 민족에게 덮친 고통으로 이리 당신께 간청합니다.

디아나여, 루나여, 헤카테여!

가슴속을 넓혀주고 마음이 깊은 그대여!

조용해 보이지만 내면이 강한 그대여!

무서운 당신의 입을 열고 태고의 힘을,
주문 없이, 보여주오!

(사이)

혹시 내가 성급했나?
내 기도가 하늘에 도달해
자연의 질서를 어지럽혔단 말인가?

커지고, 점점 더 커지며
여신의 둥근 옥좌가 다가온다.
이 두 눈에 공포가 서린다.
거대하구나! 어둠을 불꽃으로 붉게 물들이며…….
더 이상 다가오지 마오!
무섭게 위협해오는 둥근 달이여,
그러다 우리와 나라, 바다까지
모두 파멸시키겠소!

그게 사실이란 말이오?
테살리아의 마녀들이 잘난 체하며
자신들의 주문만 믿고

노래로 당신을 궤도에서 끌어내렸나요?

그런 참혹한 재앙이 당신에게 일어난 건가요?

빛나는 원반이 빛을 잃더니

갑자기 찢어지며 불꽃이 일어나는구나!

쾅쾅 소리! 쉿쉿 소리!

그 사이로 천둥이 치고 돌풍이 몰아치네!

옥좌 앞에 이리 엎드립니다!

용서해주옵소서! 모두 제가 원흉입니다.

(엎드려 얼굴을 땅에 댄다.)

탈레스 이 사람은 도대체

제대로 듣고 보기는 하는 건가?

우리에게 무슨 일이 일어난 건지 정확히 모르겠지만

그의 생각에 절대 동의할 수 없군.

솔직히 말해 뭔가 비정상인 때였던 거야.

그리고 달은 여전히 그 자리에 편안히 걸려 있는걸.

예전처럼.

호문쿨루스 피그미족들이 있던 저곳을 좀 보세요!

둥글던 산이 이제 뾰족해졌어요.

뭔가 엄청난 충돌이 느껴져요.

바위가 달에서 떨어졌어요.

동시에 바위는 물어볼 틈도 없이

친구든 적이든 짓밟아버리고 죽여버리네요.

그렇지만 저 솜씨만큼은 대단하군요.

단 하룻밤 사이에 창조적으로 땅속으로부터

그리고 하늘로부터 이런 산을 만들어내다니.

탈레스 진정하게! 그건 그저 상상일 뿐이야.

그 추한 패거리들은 이제 놔두게.

자네가 녀석들의 왕이 되지 않은 게 정말 다행일세.

이제 신나는 바다의 축제나 가보자고.

그곳에서는 특별손님을

제대로 환영하고 대접할 줄 알지.

(퇴장)

메피스토펠레스 (반대쪽에서 오르며)

내가 이리 가파른 바위벼랑에,

늙은 참나무들의 거친 뿌리까지

이렇게 힘들게 지나야 하다니!

하르츠 산에서는 송진 냄새에서 역청 냄새가 풍겼지.

참 좋았는데. 그리고 유황 냄새도……

여기 그리스에서는 그런 냄새라고는

흔적조차도 맡을 수 없군.

하지만 궁금하긴 해.

이들이 뭘 가지고

지옥의 고통과 불길을 지피는지 말이야.

드리아스   고향에서야 내 집처럼

모든 걸 똑똑하게 해냈겠지만

낯선 곳에 오니 마음처럼 신속하게 되지 않지요?

그렇다고 고향에 돌아갈 생각일랑 접어둬요.

여기 성스러운 참나무가 이리 우뚝 서 있는데요.

메피스토펠레스   사람들은 떠나온 것을

생각하곤 하지요.

자기가 살았던 그곳이 천국이 되지요.

좀 말해보시오.

저기 흐릿한 불빛이 있는 저 동굴에

세 겹으로 웅크리고 있는 건 뭐요?

드리아스   포르키아스들이에요!

용기가 있다면 가서 말을 걸어봐요.

메피스토펠레스   못할 것도 없죠!

내 이리 보니, 참 놀랍게도 생겼네요!

솔직히 내가 자존심이 매우 세지만

고백컨대 저런 건 처음 봐요.

알라우네보다 더 심하군…….

그 어떤 사악한 죄악도

이 세 겹의 괴물과 함께 보면

덜 추악해 보이지 않는가?

우리 지옥의 가장 끔찍한 문턱에도

저런 괴물은 두지 않겠어.

저런 괴물이 아름다운 이 땅에

자리 잡고 있으니

고대의 명성이라 불리겠지…….

저기 박쥐 흡혈귀들이 움직인다.

내 낌새를 눈치챘나 보군.

서로 찍찍대며 지저귀는구나.

포르키아스 자매여, 눈 좀 이리 줘봐.

웬 놈이 감히 우리 신전에 가까이 다가오고 있어.

메피스토펠레스 존경하는 여러분!

제가 가까이 가게 허락해주시지요.

그리하여 여러분의 은총을 세 겹으로 누리게 해주시오.

나 이리 나그네로 갑자기 나타났지만

내 생각이 틀리지 않는다면,

분명 난 그대들의 먼 친척이라오.

존경하는 어르신 신들도 이미 뵈었고

오프스와 레아께도 이미 허리를 숙여 인사를 드렸소.

여러분의 자매이자 카오스의 친척인 파르카마저도

어제인가 그제 보았소.

그렇지만 여러분은 오늘 처음 뵙지요.

입이 떨어지지 않을 정도로

할 말도 잃고 마냥 황홀하군요.

포르키아스들 이 유령이 뭘 제대로

알긴 아는가 보군.

메피스토펠레스 그저 지금껏 왜 여러분을

칭송하는 시인이 없었는지 그것이 궁금할 뿐이오.

얘기 좀 해봐요.

어쩌다, 그리고 어찌 그리될 수 있었던 거요?

그림에서조차 여러분들만큼

고귀한 모습을 보지 못했어요.

조각가의 끌이 여러분의 모습을

완성하도록 새겨야 해요.

유노, 팔라스, 비너스 같은 신들이 아니라요.

포르키아스들 늘 고독과 고요한 밤 속에 갇혀 있어

우리 셋 다 그런 생각은 못했어요!

메피스토펠레스 어찌 그럴 수가 있소?

당신들이 이렇게 세상과 등지고 사니,

어느 누구도 만나지 못하고

아무도 여러분을 보지 못한 거라오.

그대들은 그런 장소에 있어야 해요.

영화와 예술이 한 옥좌에서 통치하고,

매일 큰 걸음으로 성큼성큼

대리석이 영웅이 되어 새 생명을 얻고, 또……

포르키아스들 이제 그만해요!

더 이상 우리를 충동하지 마요!

세상을 좀 더 제대로 안다 한들 무슨 소용인가요?

어두운 밤에서 태어나 밤의 것들과 친하고,

우리 자신조차도 모르고, 아무도 우릴 모르는데요.

메피스토펠레스 그렇다면 할 말이 별로 없지요.

그런데 남에게 자신을 넘겨줄 수도 있다오.

그대들 셋은 눈 하나, 이빨 하나면 충분하니,

이렇게 해도 신화적으로 문제가 없을 것 같소.

그러니 둘이서 셋의 노릇을 하고

세 번째 모습을 저한테 넘겨주는 겁니다.

그것도 아주 잠시만.

포르키아스 너희들 생각은 어때? 그렇게 해볼까?

다른 포르키아스들 한번 해보지 뭐!

그렇지만 눈과 이빨은 빼고.

메피스토펠레스 가장 중요한 것을 가져가버리면

어떻게 가장 강력한 모습을 만든단 말이오!

포르키아스 당신 눈 한쪽을 감아요.

그건 아주 쉬운 일이죠.

그리고 곧바로 앞니 하나를 드러내봐요.

옆모습을 보면 당신은

우리 남매와 완전히 똑같을 거예요.

메피스토펠레스 그거 정말 영광이로군요!

그렇게 하지요!

포르키아스들 좋아요, 그렇게 해요!

메피스토펠레스 (포르키아스의 옆얼굴을 하고)

나 이렇게 서 있다. 카오스가 사랑하는 아들의 모습으로!

포르키아스들 카오스가 사랑하는 딸들은

논쟁의 여지도 없이 물론 우리죠.

메피스토펠레스 이제 자웅동체라 나를 욕하겠지.

정말 치욕이 따로 없어.

포르키아스들 새로 생긴 우리 자매 예쁘기도 해라!

우리는 이제 눈도 둘, 이빨도 둘이 됐어.

메피스토펠레스 모든 이들의 눈으로부터

어디 숨어버리든지 해야지.

지옥의 늪에 있던 악마들마저 경악하겠어.

(퇴장)

에게 해의 암벽에 자리한 만

(달이 중천에 떠 있다.)

세이렌들   (바위 절벽에 걸터앉아 피리를 불며 노래한다.)

　　어느 암울한 밤

　　테살리아의 마녀들이

　　겁도 없이 당신을

　　이곳으로 끌어내렸죠.

　　이제 당신의 밤의

　　둥근 천정에서 잔물결을,

　　부드럽게 반짝이는

　　빛의 무리를 조용히 바라보세요.

　　그리고 파도를 헤치고 올라온

　　저 혼잡스러운 무리를 비춰요!

　　우리가 당신에게 무슨 봉사든 할 테니,

　　아름다룬 루나여, 자비를 베푸소서!

네이레덴과 트리톤들   (바다의 놀라운 존재로서)

　　큰 목소리로 불러라,

　　이 넓은 바다에 울려 퍼지도록,

　　저 깊은 곳에 있는 무리를 불러내라!

매섭게 몰아치는 폭풍우 앞에서
고요한 곳으로 피했건만,
사랑스러운 노랫소리가
우리를 끌어올리네.

봐요! 황홀한 마음에
황금 목걸이로 치장하고
왕관을 쓰고 보석으로 장식하고
팔찌와 장식 띠까지 했어요.
이게 모두 당신들이
수확할 것들이랍니다.
이곳에 난파되어 수장된 보물들을
당신들이 노래로 불러주었어요.
그대들, 우리 만의 악마들이여.

세이렌들 신선한 바닷속에서
물고기들은 안락함을 누리고
고통 없는 삶을 편히 누리지요.
그렇지만, 축제처럼
한껏 치장한 그대들이여,
그대들이 물고기보다 멋지다는 걸
오늘 우리는 깨닫고 싶답니다.

네레이덴과 트리톤들 이곳으로 오기 전에

우리는 결심했지요.

형제자매들아, 어서 서둘러라!

오늘은 짧은 여행을 해야만 하니.

우리가 물고기보다 멋지다는 걸

확실히 증명해야 해.

(사라진다.)

세이렌들 아주 빨리 가버렸어요!

사모트라케 섬을 향해

순풍을 타고 사라졌네요.

위대한 카베이로이의 왕국에서

이들은 뭘 하려는 생각일까요?

그들은 신이에요!

정말 불가사의한 신들이죠.

그들끼리 서로 자꾸 낳아,

자기가 누군지도 모르지요.

중천에 그냥 그대로 머물러요.

사랑스런 루나여,

자비롭게 그 자리에 머물러

밤이 지속되게 해주세요.

낮이 우리를 쫓지 않도록!

탈레스 (바닷가에서 호문쿨루스에게)

자네를 네레우스 노인에게 데려다주겠네.

그가 사는 동굴이 여기서 그리 멀지 않지.

단지 그는 매우 고집이 세다네.

정말 어쩔 수 없는 고집불통이야.

그 까다로운 영감이 인간 족속을 받아들일 리가 없어.

그렇지만 그는 미래를 볼 수 있다네.

그 때문에 모두가 그를 존경하고

그의 지위와 위치에 경의를 표하지.

또 일부에게는 은혜를 베풀기도 했어.

호문쿨루스 우리 한번 시험해봐요.

어서 문을 두드려요!

그렇다고 해서 당장 제 유리병과 불꽃을

그 대가로 잃는 건 아니잖아요.

네레우스 내 귓가에 들리는 이 소리는

인간들의 목소리인가? 갑자기 마음에 분노가 이는구나!

신처럼 되려고 교육도 받고 무진장 노력하지만

항상 그 모습 그대로인 그 녀석들 말이지.

오래전부터 난 신들처럼 편안히 쉴 수도 있었지만

최고인 놈들은 도와주려 노력했지.

그런데 결국 끝에 가서 보면

차라리 아무 충고도 하지 않았으면 하고

늘 후회만 한다.

탈레스 그래도, 바다의 어르신인 당신을

모두가 신뢰합니다. 당신은 현자시지요.

부디 이곳에서 우리를 내쫓지 마세요!

이 불꽃을 좀 보세요.

비록 인간처럼 보이기는 하지만

당신의 충고라면 뭐든 할 겁니다.

네레우스 충고라니!

언제 인간들이 충고를 듣기나 했단 말이오?

아무리 지혜로운 말도 고집불통인

귀에는 먹히지도 않았소.

항상 자신의 행동을 스스로 욕하고 깨달아봤자

이 족속들은 항상 예전처럼

자신이 원하는 대로만 행동할 뿐이지.

파리스한테도 그 아비한테처럼 경고했소.

그가 이방의 여인을 탐하기 전의 얘기요.

그리스 해안에 당당한 모습으로 서 있는 그에게

난 내 마음으로 본 것을 전했다오.

대기를 채운 연기, 폭풍처럼 몰아치던 화염,

불타는 들보들, 그 아래 벌어지던 살육과 죽음 등,

트로이의 심판의 날은 시의 리듬을 타고
수천 년 동안이나 그 끔찍했던 순간을
전하게 될 거라고.
이 늙은이의 말을
그 거만한 놈은 그저 장난으로 여겼고,
결국 자기 욕망만을 좇았지.
그리고 트로이는 멸망했소.
오랜 고통 후에 뻣뻣해진 거대한 시체는
핀두스의 독수리들이 아주 반기는
먹잇감으로 전락해버렸지.
오디세이도 그랬지!
내 그에게도 키르케의 간계와
키클롭스의 잔혹함을 미리 알려주지 않았던가?
그의 망설임과 부하들의 경솔함에 대해 말이오.
풍랑에 아주 많이 시달리고 나서
그것도 매우 한참 뒤에서야
파도에 밀려 호의적인 사람들의 해안에 도착했지.

탈레스 현자의 입장에서
그런 일 모두가 고통이겠지요.
그렇지만 선인이라면 한 번은 다시 시도해볼 거예요.
아주 작은 감사에도 매우 기뻐하고,

그걸로 여러 번의 무례함을 완전히 잊어버리지요.

작지 않은 부탁이 하나 있어서 그래요.

이 아이가 진정으로 생성되길 원해요.

네레우스   그런 이상한 말로 간만에

좋은 내 기분을 망치지 마시오!

오늘 나는 다른 일이 있어요.

내 딸들을 모두 불렀다오.

바다의 여신인 도리덴들이지.

올림포스 산에도, 당신들의 지상에도

이렇게 사랑스럽고 아름다운 모습은 없을 거요.

아이들이 해룡을 타고 오다가

아주 고상하게 던져버리고

넵투누스의 말로 갈아타는군요.

더 없이 부드러운 요소인 물과 일체가 되니

물거품마저도 아이들을 살며시 들어 올리는 것만 같소.

그중에서도 가장 아름다운 갈라테이아는

비너스의 화려한 조게 수레를 타고 옵니다.

그 아이는 키프리스가 떠난 뒤로

파포스에서 여신의 자리를 지키고 있지요.

이 우아한 아이는 이미 오랫동안 후계자로서

신전의 도시와 옥좌 수레를 차지하고 있어요.

돌아가요! 아버지의 기쁨을 누리는 이 자리에서

가슴에 미움을 담고, 입에 욕설을 올려서는 안 돼요.

프로테우스에게 가버려요! 그 마법사에게 물어요.

어떻게 생성되고, 어떻게 변신하는지 말이오.

(바다 쪽으로 모습을 감춘다.)

탈레스 이번 발걸음은 아무 성과도 없군.

프로테오스를 만난다 해도 그 즉시 녹아 사라질 거야.

자네 앞에 있다 해도

그는 결국 알아들을 수 없는 말로 혼란만 가중시키겠지.

그래도 자네한테는 그의 조언이 필요하니

우선 한 번 시도해보자고. 어서 가보세나!

(멀어져간다.)

세이렌들 (암벽 꼭대기에서)

파도가 몰려오며

저 멀리 보이는 저것은 무엇이냐?

바람이 부는 대로

흰 돛이 휘날리듯

저 환한 모습들,

해맑은 바다의 요정들,

이제 우리 암벽을 내려가서,

요정들의 목소리를 들어봐요.

네레이덴과 트리톤들   우리가 손에 들고 있는 이것이,

여러분 모두를 기쁘게 할 거예요.

이 클레온 거북의 거대한 등에서

강력한 모습이 빛을 냅니다.

우리가 모시러 가려는 그들은

바로 신들이랍니다.

그러니 신을 찬양하는

노래를 불러야만 해요.

세이렌들   모습은 작지만

그 힘은 크답니다.

난파선의 구원자이자,

태고로부터

존경받아온 신들이지요.

네레이덴과 트리톤들   카베이로이를 모셔왔어요.

평화의 축제가 시작될 거예요.

신성한 이 신들이 다스리면,

넵투누스도 친절히 대해주니까요.

세이렌들   우리는 당신들에게 못 미치지요.

배가 난파하면 당신들은

저항할 수 없는 굉장한 힘으로

선원들을 보호하니까요.

네레이덴과 트리톤들   세 분의 신들을 데려왔어요.

　　　　네 번째 신은

　　　　오고 싶어 하지 않으셔서요.

　　　　그분이 말하길,

　　　　자기가 진정한 신이라네요.

　　　　당신 생각이 모두의 생각이라더군요.

세이렌들   어떤 신 한 분이

　　　　다른 신들을 조롱하나 보군요.

　　　　그분들이 주는

　　　　모든 은총을 존경하고

　　　　그분들이 내리는

　　　　재앙을 두려워하세요.

네레이덴과 트리톤들   본래 그분들은 일곱 분이죠.

세이렌들   다른 세 분은 어디에 있어요?

네레이덴과 트리톤들   우리는 모른답니다.

　　　　올림포스 산에 가서 물어봐요.

　　　　그곳에는 어쩌면

　　　　여덟 번째 신도 있을지 몰라요.

　　　　아마 어느 누구도

　　　　생각하지 못했겠지요!

　　　　우리에게 베푸는 은총은

전혀 망설임이 없고,

아직도 끊임없이 씨를 뿌리지요.

그 누구와도

비교할 수 없는 이분들은

언제나 항상 도달할 수 없는 곳을 향한

굶주림에 사무친 분들이랍니다.

세이렌들　우리가 어디에 살든,

신들의 옥좌가 어디에 있든,

태양에 있든 달에 있든,

우리는 기도드립니다.

그럴 만한 가치가 있으니까요.

네레이덴과 트리톤들　어찌 우리의 명성이

드높아지지 않을 수 있겠어!

이런 잔치를 여는데 말이야!

세이렌들　고대의 영웅들조차도

이런 명예는 얻지 못했어요,

어디서든 그리고 어떻게든

이름을 날렸더라도,

그들이 황금 모피를 가져왔다면,

여러분은 카베이로이 신들을

모셔왔으니까요.

(모두 함께 합창으로 반복한다.)

그들이 황금 모피를 가져왔다면,

여러분은 카베이로이 신들을 모셔왔어요.

네레이덴과 트리톤들   (앞으로 지나친다.)

호문쿨루스   저 흉측한 녀석들은

내가 보기엔 그저 졸렬한 질기 그릇들 같군요.

저런 것에 현명한 사람들이 빠져

단단한 머리를 부숴버리다니.

탈레스 그거야말로 사람들이 탐내는 거거든.

녹이 생겨야 동전은 제 값어치를 하지.

프로테우스   (보이지 않는 곳에서)

그런 거야말로 나 같은 늙은 이야기꾼을 즐겁게 하지!

기이한 것일수록 존경스럽거든.

탈레스 프로테우스, 당신은 어디에 있는 게요?

프로테우스   (복화술을 써서, 때론 가까이, 때론 멀게) 여기! 여기야!

탈레스 그런 구닥다리 장난은 내 참아주지.

하지만 친구에게 허황된 말일랑 하지 말게!

내 자네가 엉뚱한 장소에서

말하고 있다는 거 다 알고 있어.

프로테우스   (멀리서 말하듯이)

잘 있으라고!

탈레스 (호문쿨루스에게 조용히)

그가 아주 가까운 곳에 있구나.

어서 밝게 빛을 내거라!

그는 물고기처럼 호기심이 많지.

어떤 모습으로 숨어 있든 이 빛을 보면

이리로 나올 걸세.

호문쿨루스 빛이야 얼마든지 뿜어낼 수 있지만,

유리병을 깨트리지 않게 주의해야 하지요.

프로테우스 (거대한 거북이 모습으로)

도대체 뭐가 이렇게 우아한 빛을 내는 건가?

탈레스 좋아! 원한다면 가까이 와서 보게나.

하지만 약간의 수고를 좀 하더라도

두발의 인간의 모습으로 나타나보게.

우리가 숨긴 걸 보고 싶다면

우리가 바라는 대로 해야 하지 않겠나.

프로테우스 (고귀한 모습으로)

자네 궤변만큼은 아직도 이 세상에서 알아주겠어.

탈레스 자네는 아직도 둔갑하는 걸 즐기나 보군.

(호문쿨루스를 가렸던 천을 벗겨낸다.)

프로테우스 (깜짝 놀라며)

빛을 내는 난쟁이라니! 이런 건 내 생전 처음 보는군!

탈레스 그는 조언을 구하고 있어.

그리고 생성되고 싶어 하지.

이 친구 말에 따르면 자기는

반밖에 태어나지 않았다는 거야.

정신적인 면은 부족하지는 않는데,

물질적, 현실적인 면이 온전하지 못하다는 거지.

지금은 유리병만이 무게가 나간다네.

그래서 우선 육체를 얻고 싶어 하지.

프로테우스 넌 정말 진정한 숫처녀의 자식이로구나.

아직 태어날 때가 아닌데 태어났으니 말이야!

탈레스 (나지막한 소리로)

그리고 다른 쪽에도 문제가 있다네.

내 생각에 그는 자웅동체라네.

프로테우스 그 때문에 성공할 수도 있다네.

살다 보면 거기에 맞게 순응하게 될 거야.

그러니 그 때문에 많이 생각할 필요는 없어.

넌 넓은 바다에서 시작해야 해!

그곳에서 작은 바다 생물로 시작해서,

더 작은 놈들을 삼키는 것부터 즐겨야 하지.

그렇게 해서 점점 커가는 거야.

더 고귀한 완전체로 성장하는 거라네.

호문쿨루스 이곳은 아주 부드러운 바람이 부네요.

풀 냄새에도 기분이 좋아져요!

프로테우스 그래, 꼬마야. 아마 그렇겠지!

그리고 갈수록 점점 더 좋아질 거란다.

이 좁은 해변을 따라가면 향기가 훨씬 더 향긋하단다.

저기 헤엄쳐오는 것들이 보이네.

충분히 가까워졌군. 저쪽으로 가보자꾸나!

탈레스 나도 함께 가겠네.

호문쿨루스 이렇게 유령 셋이 걷는 것도

참 희한한 일이죠!

(로도스 섬의 텔히네족)

(해마와 해룡을 타고, 포세이돈이 삼지창을 흔들며 등장)

합창 우리는 넵투누스에게 삼지창을 만들어주었지.

그는 이 창으로 성난 파도를 진정시키네.

천둥의 신이 하늘을 온통 먹구름으로 가득 채우면

넵투누스는 무시무시한 천둥소리에 맞선다네.

하늘에서는 번쩍이며 날카로운 번개가 치고,

밑에서는 파도가 계속해서 몰아친다네.

그 사이에서 불안에 떨며 목숨을 부지했던 것들은,

길게 던져져 깊은 바다가 삼켜버리지.

그 때문에 넵투누스는 오늘

우리에게 왕홀을 주었다네.

이제 축제를 즐겨보자.

마음 편안히 그리고 가볍게.

세이렌들　그대들, 헬리오스를 숭배하는 이들이여,

해맑은 날의 축복을 받은 이들이여,

달의 여신 루나를 찬양하러 모인 이 시간에

여러분께 이리 인사 올립니다!

텔히네족　저편 둥근 하늘에 떠 있는

사랑스러운 여신이여,

황홀한 목소리로 당신의 오빠를 찬양하는

저 소리가 들리지요.

축복의 섬 로도스에 한쪽 귀를 빌려줘요.

그곳에서는 그분을 위한 찬가가

영원히 울려 퍼진답니다.

하루가 시작되거나 끝이 났을 때,

그분은 이글대는 눈빛으로 우리를 바라보지요.

그럴 때는 산, 도시, 강가, 파도 등

모든 것이 밝고 평화로워 신들은 이를 보고 좋아합니다.

안개도 우리를 가리지 못하고,

안개가 끼면 햇살과 바람 한 줄기가 들어와

섬을 다시 맑게 합니다!

높으신 그분은 그곳에서

수백의 모습으로 자신을 바라봅니다.

젊은이, 거인, 위인, 온유한 사람 등.

신의 힘을 품격 있는 인간의 형상으로 만든 것은

우리가 처음이었으니까요.

프로테우스   저들이 노래하고 잘난 척하게 그냥 두게!

살아 있는 태양의 성스러운 햇살에 비하면

죽은 조각품 따위야 그저 장난에 불과하니까.

저들은 끊임없이 뭔가를 녹이고 만들지.

청동을 녹여 뭔가를 만들어놓고는

그게 뭔가 대단한 것처럼 생각한다니까.

그런 그들의 자랑거리들은 어찌 되었나?

신의 형상들은 매우 거대했지만,

지진이 일어났을 때 모두 부서지고 말았지.

그리고 이미 오래전에 다시 녹여버렸어.

그게 무엇이든 이 지상에서 노력하는 것은

그저 고생뿐이야.

물결이 좀 더 나은 삶을 선사한다.

이제 너를 영원한 바다로 데려다주겠다.

이 프로테우스, 돌고래의 모습으로.

(돌고래로 둔갑한다.)

이제 됐어! 그곳에서는 네가 바랐던

가장 큰 소망이 이뤄질 거란다.

내 등에 널 태우고 가마. 넌 바다와 결혼하는 거야.

탈레스 그의 말을 따르도록 해라.

창조를 처음부터 다시 시작하는 거야!

신속히 진행되도록 어서 준비하라고!

이제 영원한 법칙에 따라 수천수만의 형태를 거쳐

시간이 걸리겠지만 결국 인간이 될 거야.

호문쿨루스 (프로테우스 돌고래 등에 탄다.)

프로테우스 정신의 모습으로 넓은 바다로 가자꾸나.

그곳에서 마음대로 살 수 있을 거다.

원하는 대로 움직이며.

하지만 더 높은 단계를 바라지 말게.

네가 인간이 되는 순간

너의 발전은 모두 끝나버리는 것이니.

탈레스 그거야 상황에 따라 다르지.

당대의 영웅이 되는 것도 멋지다고.

프로테우스　(탈레스를 바라보며)

자네 같은 부류 중 하나겠지!

오랫동안 지겹게 버티는 족속들 말이네.

내 창백한 유령들과 함께 있는 자네를

이미 수백 년째 보고 있으니.

세이렌들　(암벽 꼭대기에서)

구름 띠처럼 둥글게

달 주변을 감싸는 것은 무엇이람?

비둘기 떼로군.

사랑에 굶주렸어.

날개는 빛처럼 새하얗구나.

파포스에서 여신이 이리로 보냈대,

사랑에 불타는 이 새 떼를.

우리의 축제가 이렇게 끝나버리니

더 할 나위 없는 이 기쁨은

충만하고 찬란하다!

네레우스　(탈레스 쪽으로 다가서며)

밤길을 가는 방랑자라면

저 달무리를 대기현상이라 부르겠지만

우리 유령 생각은 전혀 다르다네.

그리고 유일한 정답이지.

저것들은 비둘기 떼야.

내 딸이 탄 조개 수레를 동행하는 거라네.

매우 기묘한 방식으로 날아간다네.

고대로부터 익혀온 솜씨야.

탈레스 용감한 사람의 마음에 드는 그것이

나도 가장 좋은 것이라 생각한다네.

조용하고 따듯한 둥지에 성스러운 것이

아직 살고 있다면.

프실렌족과 마르겐족 (바다황소와 바다송아지, 숫양을 타고)

키프로스의 험준한 동굴 안에,

바다의 신도 어떻게 하지 못하는 그곳,

지진의 신도 부수지 못하는 그곳,

영원한 바람을 맞으며 태곳적 그 모습 그대로,

은근히 기쁜 마음으로 우리는

키프로스의 수레를 지켜왔지.

그러다가 밤바람이 불어오면,

사랑스러운 파도를 타고,

새로운 족속의 눈에 보이지 않게

가장 사랑스러운 따님을 모셔오지.

묵묵히 일하는 우리는

독수리도 날개 달린 사자도

십자가도 달도 두렵지 않다네.

저 위에 누가 살든, 그리고 누가 군림하든

그리고 어떻게 바뀌고 흥하든,

서로 쫓기고 죽이든,

곡식과 도시가 폐허가 되든,

우리는, 늘 그랬던 것처럼,

사랑스러운 여주인을 모실 뿐이지.

세이렌들   가볍고 신속하게 수레를 겹겹이 에워싸기도 하고,

곧 바로 다시 뒤엉켜 줄을 지어 뱀처럼 구불거리며

그대들이 다가오네요,

굳센 네레이덴들이여.

거칠고 당당한 여인들이여,

우아한 도리덴이여,

어서 어머니와 똑같은 형상인

갈라테이아를 모셔와요.

솔직히, 여신들처럼 보이는 모습에,

불멸의 품위가 풍기지만

사랑스러운 인간의 여인처럼

부드러운 우아함도 지녔군요.

도리덴 (모두 돌고래를 타고 네레우스 옆을 지나며 합창으로)

우리에게 빛과 그림자를 빌려주오, 루나여.

꽃다운 이 젊은이들을 빛나게 해주오.

사랑하는 우리 신랑감들을

아버지께 소개하려 하거든요.

(네레우스에게)

이 젊은이들을 부서지는 성난 파도의

무시무시한 이빨로부터 우리가 구해냈어요.

갈대와 이끼 위에 뉘어 놓고,

따스하게 빛으로 온기를 찾아주었죠.

이제 그들이 우리에게

진심 어린 뜨거운 키스로 보답해야만 해요.

이 사랑스러운 이들을 어여삐 봐주세요!

네레우스   그거 참, 님도 보고 뽕도 따는 상황이로군.

선한 일도 하고 동시에 기쁨도 얻었으니.

도리덴 아버지, 우리가 한 일을 칭찬하시는 거라면,

우리가 진정 바라는 청을 하나 들어주세요.

이들을 불사로 만들어

영원한 젊은 가슴에 품도록 해주세요.

네레우스   너희들의 아름다운 포획물과 즐기고 싶다면

젊은이를 남자로 키워라.

나 혼자서 그들을 불사로 만들지 못해.

그건 제우스만이 할 수 있는 일이지.

출렁이며 너희를 흔드는 물결은

사랑이 영원하게 두지 않는다.

그러니 애정이 식어버리면 그들을 뭍으로 보내주어라.

도리덴 젊은 그대들은 사랑스럽고 매우 소중하지만

슬프게도 헤어질 수밖에 없군요.

영원한 사랑을 갈망했지만 신들이 허락하지 않네요.

젊은이들 그저 용맹할 뿐인

우리 젊은 뱃사람들에게

너무 많은 것을 베풀어주셨어요.

지금껏 이런 대접은 처음이었고

앞으로도 이 이상 좋을 수 없을 거예요.

(갈라테이아. 조개 수레를 타고 다가온다.)

네레우스 너로구나, 내 사랑하는 딸아!

갈라테이아 오, 아버지! 너무 기뻐요!

잠깐 멈춰라, 돌고래들아!

너희들이 내 시선을 사로잡는구나.

네레우스 가버렸군.

원을 그리며 뛰어오르더니 벌써 저 멀리 가버렸네.

내 마음이 이리 뛰는 것을 돌고래들이 알 턱이 없지!

아아, 나도 저리로 데려가주었으면!

그래도 한 번이라도 보았으니,

그 기쁨으로 일 년은 버틸 수 있어.

탈레스 만세! 만세! 새로운 것에 만세!

이 피어오르는 즐거움을 어찌 표현해야 한단 말이냐,

아름다움과 진실이 내 마음을 가득 채운다…….

만물이 물에서 태어났다!

모든 것이 물로 유지가 된다!

대양아, 네 활동을 영원히 지속하라.

네가 구름을 보내지 않는다면,

네가 시냇물을 주지 않는다면,

굽이굽이 강물을 흐르게 하지 않았더라면,

강물들을 잘 마무리하지 않았더라면,

산과 들과 이 세상은 어찌 됐을까?

너로 인해 신선한 생명이 깨어난다.

메아리 (등장인물이 모두 함께)

너는 신선한 생명의 원천이다.

네레우스 그들은 저 멀리 흐릿하게 멀어지며

더 이상 모습이 보이지 않는구나.

둥근 사슬의 고리를 넓혀가며

축제의 분위기를 보여주려

수많은 무리가 빙빙 돌아간다.

그런데도 갈라테이아의 조개 옥좌는 잘 보이는구나.

아주 잘 보여. 저 무리 중에서 별처럼 빛난다.

사랑의 빛은 저런 무리 속에서도 빛나는 법이니!

더 멀리 있다 해도 밝고 투명하게 빛난다.

영원히 가깝게 그리고 진심 어린 빛을 뿜어낸다.

호문쿨루스 이 사랑스런 물에

내가 무엇을 비추던지

모든 것이 너무 아름답구나.

프로테우스 이 생명의 물속에서

너의 불빛은 빛나고

소리 역시 장엄하게

울려 퍼지겠지.

네레우스 저 무리 한가운데서

또 어떤 새로운 비밀이

우리 눈앞에 펼쳐지려 하는 건가?

갈라테이아의 발과 조개 주변에 이는 불빛은 뭐지?

활활 타오르다 또 사랑스럽게 타오르고,

또 달콤하게 사랑의 맥박을 따라 움직이는 것 같군.

탈레스 호문쿨루스라네.

프로테우스가 끌어들였지…….

저건 주인의 갈망이 담긴 증상이지.

이제 걱정했던 종말의 신음 소리가 날걸세.

저 빛나는 왕자에 부딪쳐 깨져버리겠지.

이제 불빛이 타오르더니, 번쩍이며, 막 쏟아져나오는군.

세이렌 웬 불의 기적이 물결을 이리 맑게 하는 거죠?

물결이 서로 부딪쳐 번쩍이며 부서져요.

그렇게 빛을 내며 흔들리고 튀어 올라요.

흐르는 밤 속에서 빛을 내는 물체 주변으로

불길에 휩싸여 있어요.

모든 것을 시작한 에로스여, 만세!

바다여, 만세! 파도여 만세!

신성한 불길에 휩싸여 만세!

물이여 만세! 불이여 만세!

진귀한 모험이여 만세!

모두 함께 부드럽게 부는 바람이여 만세!

신비로 가득한 동굴이여 만세!

너희 모두를 높이 찬양한다.

너희 4대 원소여!

제3막

스파르타, 메넬라오스 왕의 궁전 앞

(헬레네가 등장하고, 이어 포로로 잡힌 트로이 여인 합창단이 등장한
다. 판틸리스 선창)

헬레네 칭송도 많이 받고,

　　　비난도 많이 받은 나, 헬레네,

　　　막 도착한 해안으로부터 오는 길이지요.

　　　요동치던 파도에 아직 취해 있어요.

　　　프리기아 평야에서 이곳까지

　　　줄곧 몰아치던 파도가 거대한 등에 태우고

포세이돈의 호의와 동남풍을 받아

조국의 항만에 내려주었지요.

저 아래쪽에서는 지금 멜라네오스 왕이

용맹한 전사들과 함께 귀환을 축하하고 있어요.

높은 궁전아, 너의 존재만으로도 나를 반기는 것 같네.

내 아버지 틴다레오스 왕께서

팔라스에서 귀국하여 언덕 옆에 널 지었지.

나는 여기서 여동생 클리타임네스트라와

남동생 카스트로스와 폴룩스와 뛰어놀며 자랐어.

스파르타에서 가장 멋진 장식이 돋보인 집이었어.

청동의 대문아! 너희도 나를 반기는 거지?

한때 활짝 열린 문으로 수많은 구혼자들 중 선택된

메넬라오스가 환한 신랑의 모습으로 나에게 다가왔지.

그 문을 다시 내게 열어다오,

내가 왕비로서 왕의 분부를 충실히 받들 수 있도록.

들어가게 해다오!

지금까지 내 주위로 휘몰아쳤던 불행한

나의 숙명을 모두 내 등 뒤로 남겨다오.

그때만 해도 아무런 걱정 없이 문지방을 넘어

신성한 의무감으로 키테라 신전에 들렀다가

프리기아의 강도에게 납치를 당했어.

그 후로 정말 많은 일들이 일어났지.

사람들은 갈수록 그 이야기를 떠들어댔어.

하지만 그런 얘기를 별로 좋아하지 않는다 해도

갈수록 점점 부풀려져 아예 동화처럼 퍼져만 가던걸.

합창 오, 아름다운 여인이여,

당신이 가진 명예로운 그 재산을 버리지 마요!

당신에게는 최고의 행복이 주어졌지요.

아름다움의 명성은 무엇보다 돋보인답니다.

영웅은 자신의 이름이 가장 중요하지요.

그 이름이 그의 걸음을 당당하게 해주지요.

그러나 그렇게 위풍당당한 영웅이라도

최고의 아름다움 앞에서는 그 즉시 몸을 숙인답니다.

헬레네 그만해! 나는 내 남편과 함께 배를 타고 왔고

그를 따라 그의 도시로 먼저 왔을 뿐이야.

그분이 무슨 생각을 하고 있는지는 알 수 없어.

나는 아내로 온 건가? 왕비로 온 건가?

왕이 겪은 고통의 희생물로,

그리스인들이 참아내야만 했던

불행의 희생물로 온 건가?

난 정복당한건지, 볼모가 된 건지, 전혀 모르겠어!

신들은 내게 명성과 운명을 불분명하게 주었지.

아름다운 모습과 함께 위험이 동행하게 했지.

이 어두운 동반자들은 이 문지방에서도

내 옆에서 위협적인 어둔 표정으로 서 있어.

배 안에 있을 때조차도 남편은

날 거의 쳐다보지도 않았지.

그리고 상냥한 말도 하지 않았어.

내 반대편에 앉았을 때

그는 재앙이 닥친 듯한 표정이었어.

그러다가 오이로타스 강 깊은 만곡에 이르러

앞선 배들의 뱃머리가 뭍에 닿자,

마치 신의 뜻인 것처럼 말을 꺼냈지.

"여기서 내 병사들은 질서를 맞추어 하선할 것이오.

강가에 정렬시켜놓고 내 그들을 지휘할 것이니,

당신은 여정을 계속하시오.

이 성스러운 오이로타스 강의

비옥한 땅을 따라 올라가요.

말을 타고 꽃과 수풀 우거진 초원을 지나면

아름대운 평야가 펼쳐질 거라오.

높은 산으로 둘러싸인 그곳을

예전에 라케다이몬이 비옥한 광야로 가꾸었지.

우뚝 솟은 궁전으로 들어가

내가 두고 온 시녀들과

늙었지만 지혜로운 집사들을 모으시오.

그녀들이 모아둔 화려한 보물들을 보여줄 거요.

당신 아버지가 남긴 것과

내가 전시나 평화의 시절에도 계속해서 불러 모아왔소.

모든 것이 제자리에 있는지 당신이 확인하시오.

집에 돌아왔을 때 모든 것이 떠날 때처럼

제자리에 있는 걸 확인하는 것, 그것이 왕의 특권이오.

뭔가를 바꾸는 건 하인의 권한 밖이기 때문이오."

합창 갈수록 불어나는 눈부신 보물로

눈과 가슴에 기쁨을 채워요.

사슬 장식과 왕관의 보석들,

자기가 뭐라도 되는 것처럼 잘난 체해요.

하지만 그저 들어가서 당당히 요구해요.

아마 그들도 잽싸게 무장할 거예요.

금, 진주, 보석에 맞서는

아름다움을 보는 것이 매우 즐겁답니다.

헬레네 그러고 난 뒤 왕은 계속 명령했어요.

"모든 게 제자리에 있는 것을 확인한 뒤,

당신이 필요하다고 생각하는 만큼의 삼발이 향로와

신성한 예식을 맡아 주재하는 사람들이

요구하는 만큼의 제기들을 준비해요.

솥과 접시 그리고 납작한 쟁반까지.

신성한 샘물에서 가장 맑은 물을 떠서

키 큰 항아리에 담고,

불이 잘 붙는 마른 장작도 준비해요.

날카로운 칼도 잊어서는 안 되오.

그 밖의 것은 당신이 알아서 하시오."

그렇게 말하고는 내게 어서 떠나라 재촉했지.

그렇지만 올림포스 신들을 경배할 때

도살하려는 가축을 준비하라는 말은

한마디도 하지 않았어.

걱정스러웠지만 그 이상은 신경 쓰지 않겠어.

그리고 모든 건

높으신 신들의 뜻을 따라야 하니 말이야.

신들은 그저 뜻대로 모든 일을 끝내시지.

인간이 좋아하든 그렇지 않든.

우리 같은 인간이야 그저 받아들일 수밖에.

무거운 도끼를 높이 들어

땅에 몸을 구부린 제물을 내리치려다

끝내지 못한 적도 여러 차례였어.

왜냐하면 근처의 적이나 신의 개입 때문이었지.

합창 앞으로 일어날 일을 당신은 알 수 없어요.

왕비시여, 어서 그곳으로 가세요.

용기를 내어서!

좋은 일도 나쁜 일도 사람에게 예기치 않게 오지요.

미리 알려준다 해도 사람들은 믿지 않아요.

트로이가 화염에 휩싸였을 때도 우리는 봤어요.

눈앞의 죽음, 치욕스러운 죽음을.

그래도 우리는 여기 있지 않나요.

당신 곁에서, 즐겁게 시중들면서

눈부신 태양이 밝게 비추는 하늘을 바라봐요.

그리고 지상에서 가장 아름다운 당신,

우리의 행복, 당신을 바라봅니다.

헬레네 될 대로 되라!

앞으로 무슨 일이 생기든

나 망설이지 않고 왕궁으로 올라가리라.

아쉬움으로 애잔함으로
그리고 거의 놓칠 뻔했던 그 왕궁이
이제 내 눈앞에 있으나
어찌해야 할 바를 모르겠어.
내가 어릴 때 우습게 뛰어오르던 저 높은 계단,
이 발이 나를 힘차게 올려주지 못하는구나.

(퇴장)

합창 모두 내던져라, 자매들아,
너희 가련하게 잡혀 온 여인들이여,
모든 고통을 저 멀리로,
왕비님의 행복을 나누고,
헬레네의 행복을 함께 나누자.
아버지 집의 아궁이로
돌아오는 발걸음이 비록 늦었지만
그만큼 당당한 발걸음으로
기쁘게 다가온다.

신성한 신들을 찬양하라,
행복을 찾아주고
집으로 되돌아오게 해주는 신들을!

풀려난 사람이야
마치 작은 날개라도 단 듯
가혹한 운명 위로도 날아가지만,
그렇지 못한 잡힌 사람은
그리움에 감옥의 울타리를 향해
양팔을 벌리고 여위어만 간다네.

그러나 어느 신이 잡혀간 왕비를 되찾아왔다네.
그리고 트로이의 폐허에서 이곳으로 다시 데려왔지,
새롭게 꾸민 옛 아버지 집에서
말로 다하지 못할 행복과 고통을 맛보고
옛 어린 시절을 떠올려보려 하네.

판탈리스 (선창자로서)

기쁨으로 둘러싸인 노래의 길을 이제 벗어나
저 대문 주변으로 시선을 돌려보시오!
내가 무엇을 보고 있는 건가, 자매들이여?
왕비께서 무거운 발걸음으로
다시 돌아오고 있는 것이 아니더냐?
왜 그러신가요.
위대한 왕비님, 혹시 왕궁에서

인사 대신 당황스러운 일이라도 겪으신 건가요?

숨기지 마세요.

이미 이마에 나타난 불쾌함이 보이는걸요.

고귀한 분노와 놀라움이 서로 싸우고 있네요.

헬레네 (대문을 활짝 열며, 흥분한 모습으로)

제우스의 딸에게 두려움이란 없어.

은밀히 스치는 공포의 손길도 나를 건들지 못해.

그렇지만 공포가 태곳적부터 어둠을 박차고 생성되어

산의 불구덩이에서 이글대는 구름처럼

변모하여 나타난다면

영웅이라도 가슴이 조마조마할 수밖에.

바로 그렇게 하계의 끔찍한 귀신들이

내가 왕궁 안으로 들어오려는 순간

문가에 나타나서 내가 자주 드나들던,

그 그립던 문지방에 보이니,

난 마치 쫓겨난 손님마냥 떠날 수밖에.

아니야! 난 그저 빛을 찾았던 거야.

귀신들아 너희가 누구든,

더 이상 나를 쫓아내지 못해.

제사를 드려야겠어. 아궁이를 정화해야 해.

그래야 왕비도 왕처럼 환영을 받지.

합창단 선창자   고귀한 왕비시여,

당신을 존경하며 곁에 있는 이 하녀들에게

무슨 일인지 알려주세요.

헬레네 내가 본 걸 너희도 직접 두 눈으로 봐야 해.

태고의 어둠이 그 귀신들을 곧바로

그 깊숙한 주둥이로 다시 삼키지 말아야 할 텐데.

그래도 너희가 잘 알아듣게 내 친히 말해주겠어.

앞으로 해야 할 일들을 생각하며

왕궁의 엄숙한 내실에 발을 들여 놓은 순간

황량한 복도의 침묵에 놀라고 말았지.

부지런히 오가는 발소리도 들리지 않았고,

바쁘게 움직이는 모습도 보이지 않았어.

그리고 하녀도, 집사도 그 모습을 찾아볼 수 없었지.

평소라면 모든 방문객을 반갑게 맞이했는데 말이야.

그런데 큰 아궁이를 향해 다가갔더니,

잿더미에 남은 희미한 불빛으로

몸을 웅크리고 있는 덩치 큰 여자를 보았어.

자는 건 아닌 것 같았고

뭔가 곰곰이 생각하는 것 같았지.

나는 엄숙한 목소리로 일하라 명령했지.

남편이 신중하게 골라 고용한 집사라고 생각했거든.

그렇지만 그 여자는 옷을 뒤집어쓴 채

움직이지도 않았어.

내가 다그치자 결국 오른팔을 천천히 올렸어.

날 화덕이 있는 홀에서 쫓아내려는 것처럼.

화가 치민 난 그녀를 놔두고 즉시 계단으로 달려갔지.

계단 위의 방에는 화려한 침대가 있고

그 옆방은 보물창고거든.

그때 그 괴물이 갑자기 바닥에서 일어서더니,

내 길을 막아섰어.

마르고 키가 큰 것이 눈은 휑하고 핏발이 섰더라고.

얼마나 그 모습이 괴기했는지

내 눈과 마음이 어지러울 정도였지.

이건 그저 헛소리에 불과해.

내가 어찌 말로 그 모습을

창조적으로 표현할 수 있겠어.

저기 그 여자를 직접 보라고! 아예 밖으로 나왔구나!

여기서는 우리가 주인이야. 왕께서 오시기 전엔.

저런 끔찍한 밤의 자식은 아름다움의 친구인 아폴론이

저 멀리 동굴로 몰아넣든지 추방해버릴 거야.

(포르키아스, 문의 양 기둥 사이 문지방에 등장한다.)

합창　난 많은 걸 겪었어요,

곱슬머리가 아직 젊은이처럼 관자놀이에 출렁대지만!

끔찍한 것을 많이도 보았죠.

참혹한 전쟁, 트로이가 멸망하던 트로이의 밤.

먼지가 구름처럼 일고 군사들이 몰려올 때 난 들었죠.

신들의 끔찍한 외침을.

에리스의 목소리가 들판을 지나

성벽을 향해 울려 퍼졌어요.

아, 트로이의 성벽들은 그대로 서 있지만,

불길은 이웃에서 이웃으로 이미 번져

어느새 여기저기 확산되어 거센 폭풍을 일으키며

어둠 속의 도시를 덮쳐버렸어요.

도망치며 난 연기와 화염 사이로 보았어요.

날름대는 불꽃 사이로 분노에 찬 신들이 다가왔어요.

거인처럼 놀라운 형상들이

불꽃이 튀어 오르는 검은 연기 사이로 걸어왔어요.

내가 본 것일까요?

아니면 겁에 질린 마음에 환상을 만들어낸 걸까요?

뭐라 딱히 말할 수 없지만,

여기서 이 끔찍한 것을

내 눈으로 보고 있는 것은 분명해요.

두 손으로 만질 수도 있어요.

두려움이 이 위험한 것으로부터

나를 막지 않는다면요.

너는 포르키아스의 딸들 중 하나인 거냐?

내 보아하니 넌 그 일족 중 하나인 듯하구나.

태어날 때부터 백발에, 눈 하나, 이빨 하나를

서로 돌아가며 함께 사용하는

그 늙은 노파들 중 하나가 아니더냐?

흉물 주제에 어디서 감히 아폴론의 예리한 눈앞에서

아름다움과 나란히 하겠다는 거지?

그래도 앞으로 나서겠다면 나와 봐라.

그분은 추악한 것은 쳐다보지도 않으니까.

그분의 신성한 눈은 여태껏 그림자도 본 적이 없으니.

하지만 우리 인간은,

아아, 슬픈 운명 때문에 이루 말할 수 없는

눈의 고통을 당하는구나.

혐오스럽고 영원히 불행한 것들이
아름다움을 사랑하는 이에게 고통을 준다.

그래, 들어라, 너희 뻔뻔한 것들이 우리와 마주치면,
저주를 들으리라.
천둥 치듯 몰아치는 저주를 들어라.
신들이 형상을 부여한 행복한 이들의 거친 입에서
쏟아지는 욕과 저주를 들으리라.

포르키아스   이 말은 오래됐지만
그 뜻은 숭고하고 참되도다.
'부끄러움과 아름다움은 함께 손잡고
지상의 푸르른 오솔길을 함께 걷지 않는다.'
둘 사이에는 오래된 미움이 깊숙이 뿌리 박혀서
길을 가다 어디서 마주쳐도 서로 등을 돌려버린다고.
그러고는 각자 자기 갈 길을 서둘러 가는 거야.
부끄러움은 서글프게, 아름다움은 하지만 뻔뻔스레,
지옥의 텅 빈 밤에 포위될 때까지.
나이란 굴레에 채워지기 전까지 계속 그래.
이 뻔뻔한 것들, 타지에서 와서
감히 겁도 없이 쉰 목소리로

시끄럽게 울어대는 두루미 같군.

우리 머리 위 긴 구름처럼 길게 떼 지어 날아가며

그 울음소리를 아래로 내려보내

조용히 길을 가던 나그네가

하늘 위를 바라보게 유혹하지,

그러고선 그냥 자기 갈 길로 날아가버리지.

나그네는 자기 갈 길을 가고, 우리가 그런 상황이야.

너희는 도대체 누구야?

이 왕의 고귀한 궁정에 미친 사람처럼,

술 취한 것들처럼 미쳐 날뛰는 것이냐?

너희가 뭔데 이 궁정의 집사에게 대들고

달을 보고 짖는 개 떼처럼 구는 게냐?

너희들이 어떤 놈들인지

나한테 감출 수 있다고 생각하느냐,

이 전쟁이 만들어내고 전쟁이 키운 젊은것들아?

남자에 미치고, 유혹하고 또 유혹에 빠져,

군인이나 시민들의 힘을 모두 빼놓는 것들이 아닌가!

너희를 이렇게 무더기로 보니

꼭 메뚜기 떼가 몰려와

들판의 푸른 곡식을 덮어버린 것 같구나.

타인의 노력을 갉아먹는 것들!

행복의 싹을 모조리 망쳐버리는 것들아!

넌 헐값에 시장바닥에서 팔리는 물건이다!

헬레네 안주인 앞에서 시녀들을 꾸짖는 사람은

집안일에 대한 내 권한을 침범하는 거야.

잘한 일을 칭찬하거나 벌주는 처분을 직접 하는 건

비난받아 마땅한 일이니 말이야.

게다가 난 시녀들에게 매우 만족해.

강력한 트로이가 포위당해 몰락했을 때에도

나를 잘 대해주었지.

게다가 바닷길에서 고통스럽게 고생할 때도 그랬어.

서로 곁에 서 있기도 힘들던 그때도 우린 잘 해냈지.

이 쾌활한 것들이 여기서도 똑같이 해주기를 기대한다.

시종이 뭐냐가 아니라 뭘 하느냐고 왕께서 물으시니까.

그러니 넌 당장 입 닥치고

시녀들에게 더 이상 으르렁대지 마라.

지금까지 안주인 대신에 네가 왕궁을

잘 보살펴왔다면 그건 매우 칭찬받을 일이다.

그러나 이제 안주인이 왔으니, 한 발 뒤로 물러나라.

받아 마땅한 상 대신 벌을 받지 않으려면.

포르키아스 시녀들을 야단치는 것은

분명 큰 권리이지요.

신에게 은총을 받은 왕과 그 높으신 부인께서

오랫동안 현명하게 잘 이끌어왔기 때문이기도 하고요.

이제 왕비이자 안주인으로 다시 돌아오셨으니,

그동안 느슨해진 고삐를 다시 잡고 이제 다스려주세요.

보물과 우리 모두를 다 보살펴주세요.

무엇보다 이 늙은 나를 지켜주세요.

백조처럼 아름다운 당신의 곁에서

그저 꽥꽥대는 거위 같은 무리들로부터.

합창단 선창자　아름다움 곁에서는

추한 게 훨씬 더 추악해 보인다네!

포르키아스　현명함 곁에서는

무식이 더 도드라지는구나!

(이 대목에서부터 합창대에서 합창 단원이 한 명씩 나와 응대한다.)

합창단 여인1　아버지 에르부스와

어머니 밤에 대해 말해보라.

포르키아스　그렇다면 네 조카딸인

스킬라에 대해 말해봐.

합창단 여인2　너희 집안에서는 괴물이

여럿 나타났잖아.

포르키아스 지옥에나 가라!

거기서 네 혈족이나 찾아보라고.

합창단 여인3 지옥에 사는 이들을 알기에

넌 너무 젊은데.

포르키아스 티레시아스 그 영감한테나 가서

사랑을 구걸해봐.

합창단 여인4 오리온의 유모가

네놈의 증손녀의 증손녀지.

포르키아스 괴조 하르피이아가

널 오물에서 길렀을 것이다.

합창단 여인5 뭘 먹고 살기에 그리 마를 수가 있지?

포르키아스 네가 그리 환장하는 피는 아니다.

합창단 여인6 시체나 욕심내는

자기 스스로도 시체나 다름없으면서!

포르키아스 네놈 주둥이에서

흡혈귀의 이빨이 번쩍인다.

합창단 선창자 네놈이 누구인지

네 정체를 밝힌다면 주둥이를 닥쳐야 할 게다.

포르키아스 그럼 네 이름부터 밝혀라.

그러면 수수께끼가 풀릴 것이다.

헬레네 지금 화가 나는 것이 아니라

슬프기 그지없으니 내 너희들 사이에 개입해

서로 주고받는 말싸움을 말려야겠다!

충직한 하인들 사이에서

은밀하게 곪아가는 분쟁만큼이나

주인에게 손해가 되는 것도 없기 때문이다.

그렇게 되면 명령을 내려도

그 메아리가 말하는 그 즉시

행동으로 울려 퍼지지 않고,

아니, 제멋대로 그 주변을 날뛰다

스스로 길을 잃고 헛된 꾸중만 퍼붓게 된다.

그것뿐만이 아니야.

너희는 격한 나머지 무례하게도

저주받은 추악한 형상들을 소환했어.

나를 덮쳐오는 이들 때문에

꼭 스스로 지옥에 끌려가는 것 같아.

이게 다 옛 기억인가?

아니면 망상에 사로잡혔단 말인가?

이게 다 나였단 말인가? 내가 아직도 그런가?

앞으로 나는 도시를 파괴하는

끔찍한 모습의 형상으로 남을까?

시녀들은 몸서리를 치는데,

늙은 노파인 너, 너만은 태연하구나.

어서 내게 사실대로 고하거라.

포르키아스 오랜 시간 동안 누렸던 행복을

떠올려보는 이라면 신들이 내려준 최고의 은총도

결국 꿈처럼 느껴지지요.

그러나 엄청난 신의 은총을 받은 당신은

살면서 늘 사랑에 눈이 멀어

제정신이 아닌 사람들만 보았지요.

대담한 모험에도 서슴지 않고 돌진하던 이들이요.

탐욕에 정신이 나간 테세우스가 당신을 납치했죠.

헤라클레스처럼 힘세고

아름다운 외모를 지닌 남자였어요.

헬레네 날씬한 사슴 같은 열세 살짜리 나를 납치해서,

아티카의 아피드누스 성에 가둬버렸지.

포르키아스 그러나 곧 카스토르와

폴룩스에 구출되어,

온갖 영웅 무리들로부터 구애를 받았지요.

헬레네 솔직히 고백하자면 그들 중

내가 좋아했던 사람은

아킬레우스를 닮은 파트로클로스였어.

포르키아스   하지만 아버지의 뜻에 따라

메넬라스를 선택했지요.

용감한 바다의 용사면서 집안도 잘 보살피는 그를요.

헬레네   아버지는 그에게 딸을 주면서

왕국의 통치권도 함께 주었지.

우리 사이에서 헤르미오네가 태어났어.

포르키아스   그렇지만 저 멀리 크레타에서

유산 문제로 싸울 때 외로운 당신 앞에

너무나 아름다운 손님이 나타났어요.

헬레네   거의 생과부나 다름없던 그때를

왜 떠올리는 거야?

그때 나의 고통이 얼마나 끔찍했는지 아느냐?

포르키아스   그 원정으로 크레타에서 태어난 나는

포로로 끌려와 오랫동안 노예로 전락해버렸어요.

헬레네   왕은 너를 그 즉시 집사로 임명했고,

성과 용감하게 얻어낸 보물 등 많은 걸 네게 맡겼다.

포르키아스   그래 봤자 다 당신이 떠나며

버린 것들이죠.

트로이와 마르지 않는 사랑의 환락에 빠져서.

헬레네   환락이란 생각은 하지 마!

끝없는 엄청난 고통이 내 가슴과

머리에 흘러넘쳤으니까.

포르키아스 그렇지만 사람들은

당신이 두 가지 모습을 지녔다 말해요.

트로이뿐만 아니라 이집트에서도 보았다 하더군요.

헬레네 그런 얼토당토않는 말로

날 어지럽게 하지 마.

지금 역시도 내가 누군지 모르겠으니까.

포르키아스 그리고 저 깊은 어둠의 왕국에서 온

아킬레우스가 당신과 열렬한 사랑에

빠졌다는 말도 하더군요.

예전에 당신을 사랑했기에

모든 운명을 거스르면서까지요.

헬레네 나 역시도, 그도

서로 숭배하는 우상으로 우린 엮인 거야.

그저 꿈이었어.

사람들이 하는 말들도 그렇잖아.

이러다 쓰러져 내 스스로도

숭배의 대상이 되어버리겠어.

(합창대 중 일부가 쓰러지는 그녀를 품에 안는다.)

합창 입을 다물어라! 입을 다물어!

끔찍하게 생겨, 끔찍한 말만 하는 놈아!

끔찍한 이빨 하나뿐인 그 입술에서

뭐가 나오겠느냐,

그런 불쾌한 목구멍에서

어떤 숨결이 나오겠느냐.

못된 것이 착한 척 행동하려

양의 탈을 쓴 늑대의 사악한 본심,

이런 놈이 머리 셋 달린 개의 아가리보다

훨씬 더 두렵구나.

걱정스레 우리는 엿듣는다.

언제, 어디서, 어떻게

지옥의 이 악마가

깊숙이 숨긴 음흉함이 나올지.

네놈은 위로의 상냥한 말이나

망각의 부드러운 말 대신에

지나간 모든 과거를 끄집어내

좋은 말보다는 나쁜 말만을 하며,

현재의 환한 빛도 그리고

미래의 은은히 빛나는 희망의 빛도
그 즉시 어둡게 만드는구나.

입 다물어라. 그 입 좀 다물어!
왕비의 영혼이 이미 떠나려 준비하지만
아직 꼭 부여잡고
태양이 여태껏 비춘 모든 형상들 중
최고의 형상인 왕비님을 붙잡아라.

(헬레네, 다시 몸을 추스르고 그들 가운데에 선다.)

포르키아스   오늘의 높은 태양아,

흐르는 구름들 사이로 나와라.

베일에 가려 있어도 매혹적이지만,

눈부신 환한 빛을 비출 때 장관이니.

네 앞에 펼쳐진 이 세상, 다정한 눈길로 바라보는구나.

나를 추악하다 욕해도 아름다움이 뭔지 나도 안다.

헬레네   현기증이 나를 덮친 어둠 속에서

비틀대며 나오니, 진정 쉬고 싶구나.

아, 온몸이 너무 피곤하다.

그렇지만 왕비라면, 모든 사람들이 그렇듯이,

두려운 일에도 마음을 다잡고, 용기를 내야 하는 법.

포르키아스 이제 숭고하고 아름다운 당신의 모습으로

다시 우리 앞에 섰군요.

분명 당신의 눈빛은 뭔가 하명하려는 것 같은데,

뭘 원해요? 어서 말해봐요.

헬레네 너희의 뻔뻔한 싸움 탓에

늦어진 것을 보충해야 한다. 어서 준비하라.

왕께서 내게 지시한 대로 제물을 받칠 준비를 하라.

포르키아스 이미 모든 것이 준비되었습니다.

접시, 세발향로, 날 서린 도끼, 정화수와 향까지.

이제 바칠 제물을 알려줘요.

헬레네 왕께서 그건 말하지 않으셨다.

포르키아스 말하지 않으셨다고요?

오, 이렇게 끔찍할 수가!

헬레네 뭐가 그렇게 끔찍하단 말이냐?

포르키아스 왕비님, 왕비님을 염두에 두신 거랍니다!

헬레네 나를?

포르키아스 그리고 이 시녀들도요!

합창 아, 애통하다!

포르키아스 도끼의 날에 쓰러질 제물은

바로 왕비님이세요.

헬레네 끔찍하구나, 미리 알았어야 했는데.

아, 가련한 나!

포르키아스 피하는 건 불가능해 보이군요.

합창 아아, 그럼 우리는?

우리는 무슨 일을 당하게 되려나요?

포르키아스 왕비님은 고귀한 죽음을 맞게 되겠지만,

너희는 지붕 박공을 받치고 있는 저 안쪽 높은 대들보의

그물에 걸린 지빠귀처럼 줄줄이 매달려 허우적대겠지.

헬레네와 합창대 (망연자실한 표정으로 서 있다. 놀라움을 잘 표현할 수

있는 대형을 만든다.)

포르키아스 이런 유령들을 봤나!

굳어버린 얼굴로 그 자리에 서 있군!

자신들의 것도 아닌 낮과 헤어지는 것이 그리 두려운가?

인간들이나, 유령들이나 전부 너희들 같지,

절대로 거룩한 햇빛을 포기하려 하지 않으니 말이야.

그러나 끝까지 어느 누구도

너희를 구하기를 부탁하거나 구하려는 이들은 없었어.

모두가 알고 있지.

하지만 그 사실이 마음에 들지 않을 뿐.

그만, 이제 너희는 모두 끝이야!

그러니 어서 일이나 시작하라고.

(손뼉을 치자, 복면을 한 난쟁이들이 문가에 나타나더니 방금 내려진
명령을 신속히 하기 시작한다.)

어서 이리 오거라, 둥글게 생긴 이 시커먼 괴물아!

이리로 굴러 나오라.

여기 너희들이 바라는 대로

망가뜨릴 것들이 잔뜩 있다.

황금의 뿔 손잡이가 달린 운반용 제단을 펼치고,

날이 은빛으로 번쩍이는 도끼를 놓아라.

물 항아리들을 가득 채우고,

검은 피로 얼룩진 더러운 것들을 모두 씻어내야 한다.

화려한 양탄자는 여기 흙먼지 위에 깔아라.

그래야 제물이 제왕처럼 무릎을 꿇을 수 있고,

참수된 몸뚱이를 그 즉시 둘둘 말아

온전히 장례를 치를 수 있다.

합창단 선창자 왕비는 한쪽에서

깊은 생각에 잠긴 채 서 있고,

시녀들은 베어놓은 잔디처럼 시들어가네요.

하지만 연장자인 내가 당신과 몇 마디 나누는 것이

나에게 주어진 신성한 의무라는 생각이 드네요.

태곳적부터 살아온 당신과.

당신은 경험도 많고 현명하며 우리에게 호감도 있지요.

좀 전에 우리 무리들이

당신에게 경솔하게 굴었다 하더라도,

혹시 살아남을 길을 알고 있다면 좀 말해주세요.

포르키아스 그거야 쉽게 대답할 수 있지.

모든 건 다 왕비의 마음에 달렸다네.

자기 자신도 구하고, 더불어 너희들까지 구하는 건.

결단이 필요하지, 그것도 최대한 아주 빨리.

합창 운명의 여신 중 가장 현명한 예언자여,

부디 황금 가위를 접으시고,

우리에게 낮과 구원을 베풀어주소서.

우리는 이미 흔들리고, 어지럽고 섬뜩함을 느낍니다.

우리의 팔다리는 춤이나 실컷 즐기다가

사랑하는 애인의 품에서 쉬면 그만이지요.

헬레네 그들은 그렇게 떨게 내버려둬!

난 고통스럽지만 두렵지 않다.

그렇지만 네가 구원할 방도를 안다면 어디 들어나보자.

미래를 멀리 내다보는 현자라면

때때로 불가능한 것을

가능하게 하는 법을 알려주기도 하지.

이제 말해보라.

합창   말해요, 어서 우리에게 말해줘요.

어떻게 하면 이 끔찍한 올가미에서 벗어날 수 있나요?

이것이 끔찍한 목걸이가 되어

우리의 목을 죄며 위협하네요.

불쌍한 우리들은 벌써 숨이 턱턱 막혀오며

죽을 것만 같아요.

모든 신들의 신성한 어머니이신 레아,

당신께서 우리를 구원해주시지 않는다면.

포르키아스   끝없이 계속 늘어질 이야기를

조용히 참고 들을 인내심이 있느냐?

특정 얘기는 좀 그렇거든.

합창   충분히 참을 수 있지요!

그 얘길 듣는 동안은 우리가 살 수 있으니까요.

포르키아스   집을 지키며 값진 보물을 간직하며

높은 궁궐의 담벼락에 생긴 틈을 메우고

빗물이 새지 않도록 지붕을 관리하는 사람은

평생을 복되게 살 수 있지만,

자기 집 문지방을 뛰어넘는 것을 너무 쉽게 생각하여

자주 나대는 사람이라면

다시 옛집으로 돌아왔을 때

모든 것이 변하고 황폐해진 것을 발견하리라.

헬레네 누구나 다 아는 격언을 왜 들먹이느냐?

말하고 싶거든 쓸데없는 얘기는 꺼내지 말거라.

포르키아스 그건 역사이지 결코 비난이 아닙니다.

메넬라오스는 만에서 만으로 다니며

배를 노략질했어요.

해안과 섬들을 모조리 적으로 휩쓸어버렸어요.

그렇게 싣고 온 약탈물들이 저 안에 있어요.

트로이 성 앞에서 십 년을 보냈고,

집으로 돌아오는 데 몇 년이 걸렸는지는 잘 모르겠네요.

당신 아버지 틴다레오스의 왕궁만 봐도 지금 어떤가요?

왕국은 또 어떻지요?

헬레네 너는 욕하는 게 아주 몸에 배어서

욕을 하지 않으면 아무 말도 할 수 없는 게냐?

포르키아스 그 오랜 세월 동안

산과 계곡은 버려졌어요.

스파르타의 북쪽 산은 하늘 높이 치솟고,

뒤편 타이게토스 산에선 오이로타스 강이 흘러 내려

우리 계곡을 지나며 흐르는 갈대밭 강가에서

당신의 백조들을 키웁니다.

그 뒤쪽 골짜기에는 대담한 종족이 사는데

깜깜한 밤이 찾아오면 몰려나왔어요.

그곳에 오를 수 없는 요새를 쌓아올렸죠.

그리고 그곳에서 내킬 때마다

나라와 사람들을 약탈하고 있어요.

헬레네 정말로 그렇단 말인가?

전혀 불가능해 보이는데.

포르키아스 그들에게는 시간이 충분했어요.

거의 이십 년 동안이니까요.

헬레네 우두머리는 있고?

도적질하는 그 수가 많고,

서로 협력하는 패거리라도 있나?

포르키아스 그들은 도적놈들이 아닙니다.

물론 우두머리는 있지요.

그가 이곳을 찾아왔을 때에도 그를 욕하지 않았어요.

전부 다 약탈해갈 수도 있었지만

그는 그냥 몇 가지 헌납품에 만족했어요.

그는 공물을 그렇게 부르더군요.

헬레네 그의 모습은 어떻던가?

포르키아스 나쁘지 않았어요! 내 마음에는 들던걸요.

성격도 쾌활하고 대담하고 당당하더군요.

그리스에서는 보기 드문 사려 깊은 남자였어요.

그 종족을 야만인이라 욕하는데

내 생각에는 몇몇 영웅들이 트로이 성문 앞에서 보인
식인종 같은 잔혹한 행동들이 훨씬 끔찍했죠.
난 그의 위대함을 존경했고 그를 신뢰했어요.
그리고 그의 성이란!
왕비님이 직접 두 눈으로 봐야 하는데!
조상들이 되는 대로 대충 쌓아올린
별 모양새 없는 성벽과는 아주 달라요.
당신들은 키클롭스가 하듯이
거친 돌을 거친 돌 위에 던지는 식이지요.
반면에 그곳은 모든 것이 수직에 수평
그리고 규칙적이에요.
그 성을 밖에서 보면! 저 하늘 높이까지 치솟아 있어요.
이음새가 아주 탄탄해서 강철처럼 매끈하답니다.
그곳을 기어오르려는 그 생각마저도
미끄러져 떨어질 거랍니다.
안에는 커다란 마당이 있고,
그 주변을 둘러가며 모든 용도와 종류의
다양한 건물들이 있어요.
거기엔 큰 기둥, 작은 기둥, 큰 아치, 작은 아치도 있고,
내부와 외부를 모두 볼 수 있는 발코니와 회랑도 있고,
문장도 있어요.

합창 문장이란 뭐죠?

포르키아스 아이아스는 방패에

따리를 튼 뱀을 그려 넣었다. 너희들 모두 본 것처럼.

테베를 공격한 일곱 전사들도

각자의 방패에 문양이 있지. 각각의 의미를 담은.

둥근 밤하늘의 달과 별, 여신,

영웅과 사다리, 칼, 횃불 등등,

훌륭한 도시들을 위협하는 그런 것들이.

그런 문장을 우리 영웅들도 지녔어.

선조 때부터 지녀온 화려한 문양을.

사자, 독수리, 발톱 그리고 부리, 들소의 뿔,

날개, 장미, 공작의 꼬리, 금빛, 검정,

은빛, 파랑, 빨강 줄무늬도 있다.

이런 것들이 줄지어 높이 걸려 있지.

홀들은 얼마나 넓은지 세상처럼 끝이 없었지.

그곳에서 너희들이 춤을 출 수도 있을걸!

합창 말해봐요. 거기에 춤을 출 사람도 있나요?

포르키아스 물론 최고지!

곱슬머리가 출렁이는 금발의 싱싱한 청년들이.

젊음의 향기가 피어오른다!

한때 파리스가 그랬지.

왕비님에게 다가왔을 때 말이야.

헬레네 네가 주제도 모르고 아주 막 나가는구나.

어서 마지막 말이나 해봐라!

포르키아스 마지막 말이란 왕비님이 하셔야죠.

진지하게 '그래'라고 말하면

당장 당신을 그 성으로 모셔다 드릴게요.

합창 어서 그 짧은 한마디를 하세요.

그리고 왕비님과 우리 모두를 구해주세요!

헬레네 뭐야? 내가 두려워한다고?

메넬라오스 왕이 나를 해치려

잔혹하게 나올 거란 말이냐?

포르키아스 메넬라오스가 전사한 파리스의 동생

데이포부스를, 미망인인 당신을 차지하고

기꺼이 첩으로 삼고도

그를 파렴치하게 훼손시켰는지 잊었나요?

코와 귀를 잘라버리고 계속해서 토막을 냈어요.

정말 쳐다보기 끔찍했어요.

헬레네 그건 모두 나 때문에 그런 거였어.

포르키아스 그런 식으로

이제 왕비님께 똑같은 짓을 할 거예요.

아름다움은 공유할 수 없어요.

그걸 혼자 차지했던 남자라면

누군가와 나누느니 차라리 망가뜨려 버리겠죠.

(멀리서 들리는 나팔 소리에 합창대가 소스라친다.)

요란한 저 나팔 소리가 귀와 창자를 찢어버릴 듯이,

그의 질투심이 그의 마음에 단단히 들어앉아

절대로 지워지지 않죠.

한때 그가 소유했지만

이제는 잃어버려 없어져버린 걸요.

합창   저 뿔피리 소리가 들리지 않나요?

번쩍이는 저 무기들이 안 보여요?

포르키아스   환영합니다. 왕이시여,

그간 있었던 일들을 아뢰지요.

합창   그럼 우리는?

포르키아스   잘 알겠지만,

왕비의 죽음이 너희 목전에 와 있다.

너희의 죽음도 그 안에 함께 있어.

이젠 어쩔 도리가 없어.

(사이)

헬레네 내가 뭘 해야 할지 이제 결심했어.

너는 악령 중의 악령이야. 이미 알고 있다.

그래서 좋은 것마저 나쁘게 만들어버릴까 봐 두렵구나.

하여튼 너를 따라 성으로 가겠어. 다른 건 다 알고 있어.

하지만 왕비가 가슴 깊숙이 숨겨놓은 것은

아무도 몰라야 하느니.

이 노파야, 어서 앞장서라!

합창 오, 우리도 기꺼이 따라가겠어요.

발걸음을 서두르죠.

뒤에는 죽음이 뒤따르지만

우리 앞에는 우뚝 솟은 성채,

어느 누구도 들어올 수 없는 성곽이 있어요.

이 성이 트로이의 성처럼 우리를 보호해주기를.

트로이 성은 비록 비열한 잔꾀에 함락되고 말았지만.

(안개로 배경을 덮고, 가까운 곳도 안개로 뒤덮인다.)

어찌 된 거지? 도대체 어찌 된 일이야?

자매들이여, 주변을 좀 둘러봐.

아까는 분명 환한 낮이었잖아?

성스러운 오이로타스 강물에서
안개가 너울대며 피어오르더니,
어여쁜 갈대의 화환으로 둘러싸인
강변이 눈앞에서 사라졌어.
우쭐대며 자유롭게 미끄러지듯
부드럽게 헤엄치던 백조들,
무리 지어 다니더니만
이제 그마저도 보이지 않아!

하지만 분명 백조들의 소리가 들린다,
저 멀리서 쉰 울음소리가!
그 소리가 죽음을 알리는 소리라 말하는군.
아, 저 소리는 아무래도 우리에게
구원의 소리가 아니라 죽음을 알리는 소리로구나.
백조처럼 길고 아름다운 목의 우리에게, 그리고 아아!
백조에게서 태어난 왕비님에게!
고통스럽다, 고통스러워! 어쩐단 말이냐!

사방이 온통 안개로 뒤덮여버렸다.
우리 얼굴도 보이지 않잖아! 어찌 된 일이야?
우리는 걷고 있나?

종종걸음으로 땅을 스치듯
우린 허공에 떠서 걷는 건가?
아무것도 보이지 않네.
혹시 저 앞에 있는 사람이 헤르메스가 아닌가?
황금지팡이가 우리에게 어서 돌아가라는 건가?
그 썰렁한, 잿빛 해가 뜨고
허깨비 같은 형상들로 가득 찬,
아니 넘쳐나는, 영원히 텅 빈 저승으로,

아니, 갑자기 어두워진다.
안개는 점점 흐려지며 흩어진다.
마치 진흙 같은 빛으로 담벼락 같은 빛으로.
성벽들이 눈앞에, 확 트인 눈앞에 견고하게 서 있네.
저건 마당인가. 구덩이인가? 어쨌든 섬뜩하다!
자매들이여, 아! 우리는 사로잡혔구나,
분명 사로잡힌 거야.

성채의 안마당

(중세의 화려한 환상적인 건물들이 둘러싸고 있다.)

합창단 선창자   본디 여자란 존재는

급하고 어리석기 그지없지!

눈앞의 것에 휘둘리기나 하고,

행복과 불행이라는 예감에 놀아나지!

어느 누구도 행복과 불행을 제대로 다룰 줄 몰라.

하나가 다른 이를 나무라면

다른 이들은 그 사람의 말을 잘라버리기나 하니.

기쁨과 고통으로 큰 소리 낼 때만

동일한 소리를 낸다네.

이제, 조용히! 그리고 왕비께서

숭고한 뜻으로 그분과 우리를 위해

어떤 결정을 내리셨는지 잘 들어보자.

헬레네   어디 있느냐, 마법사야?

네 이름이 무엇이든 간에,

이 음침한 성의 둥근 천장의 방에서 어서 나오라.

혹시 이 성의 멋진 주인에게

내가 온 것을 알리고 환영인사를 준비하러 간 거라면,

네게 고마워할 테니, 어서 나를 그에게 인도하라.

이 방랑을 끝내고 어서 쉬고 싶은 마음뿐이다.

합창단 선창자   왕비님,

주변을 그리 둘러봐도 모두 헛수고랍니다.

그 끔찍한 괴물이 사라졌어요.

혹시 저 안개 속에 남아 있는 건 아닐까요?

우리는 여기까지 어떻게 왔는지 모르겠지만

아주 빠른 걸음으로 왔지요.

어쩌면 건물들이 구조가 복잡한 성채 속의 미로 속을

고민하며 헤매고 있을지도 몰라요.

주인에게 제왕의 격식에 맞는

환영식을 물어야 할 테니까요.

저기 좀 보세요, 저 위에서 사람들이 오가네요,

회랑, 창가, 문가에 여기저기로

빠르게 여러 시종들이 움직이고 있어요.

굉장한 환영식을 예고하는 거 같아요.

합창 마음이 놓이네요! 오, 저기 좀 보세요.

예법에 맞춰 느린 걸음으로

젊고 사랑스러운 무리들이 질서정연하게 행진해요.

어쩌면 저럴까요?

누구의 명령에 따라 저렇게 줄과 열을 맞추어

아침 일찍 젊은이들 무리가 늠름하게 등장했을까요?

우선 뭣부터 놀라야 할까요?

우아한 걸음걸이? 빛나는 이마에 드리운 곱슬머리?

복숭아처럼 붉고 보송보송한 솜털이 있는 저 두 뺨?

한입 깨물어주고 싶지만, 두렵군요.

예전 그런 비슷한 상황에서

내 입속에 말하기도 끔찍하지만, 재만 잔뜩 씹혔거든요.

하지만 너무나도 아름다운 젊은이들,

그들이 이리로 오고 있어요.

뭘 들고 오는 걸까요?

옥좌의 계단, 양탄자와 연단,

휘장과 천 개의 장식들이 넘실대네요,

구름의 너울처럼 우리 왕비님 머리 위에서.

그새 왕비님은 초청받은 화려한 옥좌에 오르시네요.

우리도 다가가자.

한 계단 한 계단씩 엄숙히 줄을 지어 오르자.

영광 있으라, 오, 영광 있으라, 그 영광이 세 배로.

이런 환영은 정말 멋지구나!

(합창단이 묘사한 사항들이 하나씩 실행된다.)

파우스트 (젊은이와 시종들이 긴 행렬을 이루어 내려오고, 계단 꼭대기에 중세의 궁정 복장으로 등장하여 천천히 품위가 넘치는 자태로 계단을 내려온다.)

합창단 선창자   (그를 바라보면서)

　　만약 신들이, 그들이 자주 그리하듯,

　　이분께 저 놀라운 외모와 고상한 몸가짐,

　　사랑할 수밖에 없는 저 눈앞의 모습을

　　잠시나마 빌려준 것이 아니라면

　　이분은 무슨 일을 시작하든 다 이룰 것이라오.

　　남자들의 전쟁에서든,

　　아름다운 여인들과의 작은 전쟁에서든.

　　세상의 뛰어난 이들을 내 실제로 봐왔지만

　　단연 그들 중 가장 눈에 띄는 인물이네요.

　　위엄이 느껴지는 엄숙한 걸음걸이로

　　천천히 영주께서 다가오시네요.

　　오, 몸을 돌려보세요, 왕비님!

파우스트   (결박된 사내를 하나 데리고 다가오며)

　　이런 자리에 어울리는 멋진 인사말이나

　　진정한 환영 대신 내 당신에게

　　사슬에 묶인 이 머슴을 데려왔습니다.

　　이놈이 의무를 다하지 않은 탓에

　　저 역시도 제 도리를 못했지요.

　　여기 무릎을 꿇고, 이 아름답고 고귀한 부인께

　　네 잘못을 낱낱이 고하라!

이자는 말입니다, 나의 고귀하신 여왕님이여,

예리한 눈을 가져 높은 망루에서

사방을 살피는 일을 맡은 자랍니다.

그곳에서 하늘과 땅을 날카로운 시선으로 살펴보며,

뭔가 그곳에 나타나면 그 즉시 알려야 합니다.

언덕에서 계곡을 거쳐 이 굳건한 성까지

뭔가 움직이거나 그것이 가축 떼의 물결이든,

군대의 행렬이든,

가축 떼라면 보호하고, 적군은 맞서 싸웁니다.

그런데 오늘은 완전 엉망이었어요!

여왕께서 오시는데도 보고도 하지 않았고,

귀한 손님께 어울리는 정성스런 영접을

준비할 수 없었습니다.

이 수치스러운 일로 이자는 목숨을 잃은 겁니다.

죽어 피를 뒤집어쓰고 있어야 마땅하지만,

오로지 여왕님, 당신께서

당신의 뜻에 따라 벌을 줄지, 살릴지 결정하십시오.

헬레네 이런 무한한 영광을 당신께서 내려주시니,

설사 그것이 나를 시험하려는 것이라도

재판관으로서, 통치자로서 내려준 첫 의무를 행하니,

피고의 말을 들어보지요. 어서 말하라.

망루지기 린코이스   부디 무릎 꿇게 해주세요,

바라보게 해주세요,

나를 죽여주세요, 살려주세요.

이미 전 신이 보내신

여인께 받쳐진 몸이니까요.

아침의 무한한 기쁨을 기대하며

해의 궤적을 따라 동쪽을 살피는데

놀랍게도 남쪽에서 떠올랐어요.

그쪽으로 눈길을 돌려 바라보니,

계곡도, 언덕도, 대지나 하늘도

눈에 들어오지 않았고,

오로지 그 태양만 보였답니다.

저는 원래 저 높은 나무 위의 살쾡이처럼

예리한 시각을 지녔지만

암흑으로 뒤덮인 꿈에서

벗어나려 애써야만 했어요.

내가 어디에 있는지도 제대로 알 수 없었죠.

성가퀴는? 탑은? 닫힌 성문은 어디지?
안개가 넘실대더니 곧 사라지면서
여신 같으신 분이 눈앞에 나타났어요!

눈과 가슴을 여신께 향하고
그 부드러운 광채를 들이켰지요.
눈이 부실 정도로 빛나는 아름다움에
불쌍한 이놈의 눈이 완전 멀어버렸습니다.

망루지기의 의무를 잊어버렸어요.
뿔피리에 맺은 서약을 완전히 잊어버렸죠.
저를 죽이겠다고 으름장을 놓으신대도
아름다움은 모든 분노를 길들입니다.

헬레네 나로 인해 생긴 일을
내가 어찌 처벌할 수 있을까? 어쩌지, 난처하구나!
왜 이런 혹독한 운명이 나를 뒤쫓는지,
가는 곳마다 왜 자꾸 남자들의 마음을 뒤흔들어
그들 자신도 잃고 그들이 아끼는 것마저
잃어버리도록 만드는가.
지금은 강탈하고, 유혹하고,
대결하고, 이리저리 도망치고,

반신들이든, 영웅들이든, 신들이든,

심지어 악마마저도 어쩔 줄 모르고

나를 이리저리 끌고 다니더니.

먼저 그렇게 세상을 어지럽히더니,

그 두 번째를 넘어 이제는 세 번째,

네 번째까지 곤경에 빠트리는구나.

어서 이 선량한 사람을 풀어줘요.

신의 우롱을 받은 사람에게

더 이상 치욕을 주지 마요.

파우스트 놀랍네요. 여왕이시여,

내 여기서 쐈다 하면 항상 백발백중의 궁사와

그 화살에 맞는 이를 한자리에서 보다니!

내가 활을 보고 있는 순간 화살이 날아와

저 사람을 맞췄어요.

그리고 또 다른 화살이 날아와 나를 맞췄지요.

성과 성의 마당 할 것 없이

화살의 깃털이 소리를 내며 날아다녀요.

난 뭐지? 한순간에 당신은

내 충신들을 배신자로 만들고,

내 성벽들도 불안스레 만들어버립니다.

그래서 두렵습니다.

내 군대가 항상 백전백승 무패의 여인에게

순종할까 봐요. 그럼 나는 어찌해야 할까요?

내 자신과 내 것이라 여겼던 모든 것들을

당신에게 바쳐야만 하는 걸까요?

당신의 발치에서 충심으로 받쳐

당신을 여왕님으로 추종합니다.

나타나신 순간부터 모든 권력과 옥좌는

이제 당신의 것이 되었습니다.

린코이스   (상자를 들고 등장하고, 남자들이 다른 상자들을 들고 뒤따
른다.)

여왕님, 돌아와 이렇게 엎드립니다!

이 부자가 눈길 한 번 얻기 위해 이렇게 구걸합니다.

당신을 보는 순간 깨닫지요.

신이 왕 같은 부를 가진 걸인이라는걸.

여태껏 저는 뭐죠? 이제는 뭔가요?

무엇을 원하고, 무엇을 해야 하나요?

눈이 아무리 날카롭다 한들 무슨 소용이란 말입니까!

당신의 옥좌에 부딪히면 그저 튕기기만 할 뿐.

우리는 해 뜨는 동쪽에서 왔습니다,

그래서 서쪽은 곧 끝장이 났지요.
사람들의 행렬은 길고 폭이 넓어
맨 앞의 사람은 맨 끝의 사람을 알지 못했죠.

맨 앞의 사람이 쓰러지면
그다음 사람이 서 있고
세 번째 사람은 손에 창을 쥐었어요.
각개 병사는 백배로 강해졌어요.
천 명이 죽어 넘어져도 전혀 몰랐습니다.

우리는 몰려나갔어요, 폭풍처럼 전진했지요.
곳곳에서 승전보를 울리며 승리자가 되었어요.
오늘 내가 승리하여 명령을 내렸던 그곳이
그 이튿날이면 다른 약탈자의 손에 들어갔어요.

우리는 주위를 살폈죠. 재빨리 살폈어요.
최고의 미녀를 잡은 자도 있었고,
튼튼한 황소를 붙잡은 자도 있었죠.
말들은 모조리 끌고 가버렸어요.

그러나 내가 노렸던 그것은

사람들이 본 것들 중 가장 진귀한 것이었죠.
다른 사람들도 갖고 있는 것은
제게는 그저 말라비틀어진 풀이나 다름없었어요.

그런 보물들만 골라 찾아다녔지요.
예리한 제 눈을 의지하고 따랐어요.
주머니란 주머니는 다 꿰뚫어보고,
궤짝도 모두 그 안이 훤히 보였습니다.

그렇게 금 뭉치를 손에 넣었어요.
물론 가장 화려한 것은 보석이었어요.
당신의 가슴을 푸르게 장식해줄 것은
그중에서도 에메랄드밖에 없어요.

당신의 귀와 입가에서 흔들거릴 건
심해의 진주만 한 게 없죠. 루비는 저리 치워버려요.
당신의 붉은 **뺨** 앞에서는 빛을 잃어버릴 테니까요.

제가 가진 최고의 보물들을 여기
당신의 자리 앞에 내려놓습니다.
피비린내 나는 전투의 포획물을

당신의 발치에 바치겠습니다.

여기 들고 온 상자들만 해도 그 수가 많지만
보물을 가득 채운 철궤 상자는 더 많이 있습니다.
저를 당신 곁에 허락해주신다면
보물을 천장 높이까지 채워드리지요.

당신이 옥좌에 오르시니
이미 이성도 재산도 그리고 권력도
당신의 유일한 모습 앞에
허리를 굽혀 경의를 표합니다.

이 모든 것을 꼭 쥐고 내 것이라 했지만
이렇게 전부 내려놓으니,
이제 당신의 것이 될 거랍니다.
이 모든 것을 귀하고 소중하게 여겼는데
이제 보니 아무것도 아니군요.

내가 지녔던 모든 것들의 가치가 사라지고,
그저 베어져 시들어버린 풀이 되었습니다.
오, 부디 달콤한 눈길을 한 번 보내주시어

이들에게 새로운 가치를 부여해주시기를!

파우스트   어서 이 전장에서 획득한

노획물들을 치워버려라.

내 꾸짖진 않겠지만 잘했다고 칭찬할 수도 없으니.

이 성의 품 안에 있는 것들 모두 이미 이분의 것인데

괜히 특별한 선물을 바칠 필요 없다.

어서 가서 보물들을 쌓아올려라.

전대미문의 눈부신 장면을 연출하라!

별빛 총총한 밤하늘처럼 천장이 빛나게 하라.

생명 없는 생명들의 낙원을 만들어라.

이분의 발길을 앞질러 가서

꽃무늬 양탄자들을 겹겹이 펼쳐놓아라.

이분의 발걸음이 푹신하게 하라.

이분의 눈길에 오직 신의 눈빛만,

오직 광채만 띠게 하라.

린코이스   지시하신 거라고는

모두 쉬운 것들뿐이로군요.

이 하인에게는

그저 놀이에 지나지 않지요.

재산과 심장을 다스리는 것은

여왕님의 아름다움이랍니다.

병사들은 전부 양순해졌고

칼들은 무디어지고 마비되었어요.

이 화려한 자태 앞에서

태양마저도 빛을 잃고 싸늘해집니다.

여왕님의 얼굴 앞에서는

모든 것이 공허하고

아무것도 아닌 게 되지요.

(퇴장)

헬레네 (파우스트에게)

당신과 이야기를 나누고 싶어요.

그러니 여기 내 곁으로 오세요!

이 빈자리가 주인을 부르네요.

그래야 제자리도 보장되겠죠.

파우스트 우선 무릎을 꿇고

당신께 충성을 바칩니다.

고귀한 부인이시여.

나를 당신의 곁으로 부르는

그 손길에 입 맞추게 해주세요.

나를 무한대인 당신의 왕국의

공동 통치자로 임명하여,

당신을 사모하는 숭배자이자 하인

그리고 수호자가 되게 해주시오.

헬레네 신기한 일들을 많이 보고,

들기도 해서 놀라운 일들도 많고

묻고 싶은 것도 많아요.

먼저 알고 싶은 게 있군요.

왜 저 사람의 말이 이리 낯설면서도

다정하게 들렸을까요?

한 소리가 다른 소리들과 자연스레 어울리고,

단어 하나가 귓가를 즐겁게 하면

다른 단어가 와서 앞선 말을 애무하네요.

파우스트 우리 종족의 말투가 마음에 드신다면

분명 우리의 노래도 좋아하실 겁니다.

귀와 마음을 깊숙이 만족시킵니다.

가장 알기 쉽도록 지금 해보도록 하지요.

말을 주고받다 보면 자연스레 되니까요.

헬레네 그럼 어떻게 해야 저도

그렇게 아름답게 말할 수 있나요?

파우스트 매우 쉬워요.

그저 마음에서 우러나면 된답니다.

당신의 가슴에 그리움이 넘치면

주위를 둘러보며 묻지요.

헬레네 함께 즐길 사람이 누구냐고.

파우스트 그러면 마음은 앞도 뒤도 보지 않는답니다.

그저 현재만이……

헬레네 우리의 행복이지요.

파우스트 지금 이 순간은 보물이며,

값진 수확이고, 재산이고 담보지요.

누가 이걸 확인해줄까요?

헬레네 그건 내 손이에요.

합창 누가 우리 왕비님을

이 성의 주인에게

다정하게 사랑을

표현했다고 욕할까요?

솔직히 고백하자면,

우리 모두가 포로가 아닌가요,

자주 그랬죠, 트로이가 치욕을 당한 뒤,

고통과 불안 속의 미로 같던

도망의 길을 나선 뒤로는.

사랑받는데 익숙한 여자들은

선택을 하는 입장은 아니어도
남자들을 아주 잘 안답니다.
금발의 곱슬머리를 한 목동에게도
뻣뻣한 턱수염의 목신에게도
기회가 생긴다면
꽃피어나는 자신의 육체를
얼마든지 내어준답니다.

저들은 어느새 서로 가까이
바짝 기대어 앉아 있어요.
어깨와 어깨, 무릎과 무릎,
손과 손을 맞잡고서
푹신한 옥좌에서 즐겁게
몸을 흔들고 있어요.
지체가 높으신 분들은
만백성이 바라보는
공공연한 장소일지라도
은밀한 즐거움을 나누는 것을
서슴지 않나 보네요.

헬레네 내 자신이 아주 멀면서도

동시에 아주 가깝게 느껴져요.

그리고 이렇게 말하고 싶어요.

나 여기 있다고, 바로 여기!

파우스트 난 숨도 제대로 쉴 수 없어요.

몸이 떨리고, 말문이 막혀요. 그저 꿈만 같아요.

시간도 공간도 모조리 사라져버리는.

헬레네 난 죽은 것 같으면서도

다시 태어난 것만 같아요.

미지의 당신과 진정 하나가 되어 그렇죠.

파우스트 단 하나의 유일한 운명을

되새김질하지 마세요.

존재는 의무지요, 비록 그것이 한순간일지라도.

포르키아스 (씩씩대며 안으로 들어오면서)

사랑 안내서에 시나 끼적거리면서

사랑놀이에 심취해 아주 한가롭게 즐기고 있으시군요.

지금 그럴 시간이 없어요.

저 멀리서 숨 막히게 울리는

뇌우의 소리가 들리지 않나요?

찢어질 듯한 나팔 소리 좀 들어봐요,

파멸이 다가오고 있다고요,

메넬라오스가 군대를 이끌고

처들어오려 하고 있어요.

어서 전쟁을 치를 준비를 해요!

승리한 무리들에게 둘러싸이면

데이포부스처럼 난도질당하며

여자들을 유혹한 대가를 톡톡히 치를 거요.

먼저 값싼 계집들이 허공에 매달리고,

이 왕비를 위해 제단에는

날이 서린 도끼가 대기하겠죠.

파우스트   어디 감히! 네 멋대로 들어오는 게냐,

아무리 위험하다고 해도 이런 태도는 무엄하다.

아름다운 사자라 해도

나쁜 소식을 가져오면 그 모습을 흉악하게 만드는데,

넌 추악하게 생겨서 최악의 소식만을 가져오는구나.

그러나 이번만큼은 네 생각대로 안 될 것이다.

괜히 헛김을 허공에 내뿜지 마라. 여기는 위험하지 않다.

그리고 위험이 있다 해도 그저 공포탄일 뿐이다.

(경고의 신호, 망루 쪽에서 들려오는 포성, 트럼펫 소리와 나팔 소리,
군악 소리, 중무장한 군사들의 행진)

파우스트   괜찮아요, 곧 영웅들이

이리로 무리 지어 오는 모습을
보게 될 거랍니다.
여인을 힘껏 보호할 수 있는 자만이
여인의 사랑을 얻는 법이지요.

(잠시 대열에서 나와 다가온 지휘관들에게)
고요한 분노를 잠재우고,
승리를 확신하며 나아가라.
너희, 북방의 젊은 꽃들아,
너희, 동방의 피어오르는 힘들아,

강철 갑옷을 두르고
눈부시게 빛을 내며,
제국을 파괴하는 무리들,
이들의 등장에 대지가 진동하고,
이들이 진군하자 천둥소리가 울려 퍼진다.

우리는 필로스 항에 상륙했다.
늙은 네스트로는 더 이상 거기에 없으니,
작은 여러 왕들의 연합 무리를
어디에도 속하지 않은

우리 부대가 모두 무찌르리라.

주저하지 말고 어서 이 성벽에서
메넬라오스를 바다로 몰아내라.
그곳에서 떠돌며,
약탈이나 하며 지내게 두라.
그는 그런 생황을 동경했고
그게 그의 운명이니.

그대들 공작들이여,
내 너희들을 이리 반기니,
스파르타 여왕의 명이니라.
이제 산과 계곡을
여왕의 발치에 내려놓아라.
곧 그것이 너희들의 영토가 될 것이다.

너 게르만인아! 성벽을 쌓아
코린트 해안을 굳건히 방어하라!
수백의 협곡으로 이뤄진 아카이아는
내 명령하니.
너희 고트족이 지켜내라.

프랑크 군대는 엘리스로 진군하고,

메세네는 작센족들이 가라.

노르만족은 바다를 청소하고

아르골리스를 위대하게 재건하라.

모두가 각자의 영지에 정착하면,

밖으로 그 힘과 위용을 떨쳐보아라.

그러나 스파르타는 너희들 위에서

여왕의 유서 깊은 지위를 간직할 것이다.

각자의 영토에서 제각기 번성하는

그대들의 모습을 여왕이 지켜보신다.

그러니 여왕의 발치 아래서

원하는 대로 권위와 법과 빛을 찾아보아라.

(파우스트는 옥좌에서 내려오고, 제후들은 그를 에워싸고 그의 명령
과 지시를 기다린다.)

합창　이 세상에서 가장 아름다운

　　　 미녀를 탐낸다면

　　　 그 무엇보다

　　　 무기를 갖춰야 현명하지.

그는 칭찬으로 이 지상에서
가장 고귀한 그녀를 얻었지만
편안히 소유하지 못한다네.
살며시 훔쳐가려는 자,
대놓고 빼앗으려는 자,
모두 다 대비를 해야 하지.

그래서 우리는 성주님을 찬양한다네,
다른 누구보다 더 높게 평가하지.
용맹과 지혜를 모두 갖추고
영웅들 머리를 숙이며
명령이 내려지기만을 기다린다네.
그리고 그 명령을 충실히 수행하지.
자신에게도 이익이 되고
성주님도 충분히 보상을 한다네.
양쪽 모두 높은 명성을 떨치네.

누가 이제 우리의 여왕을 빼앗을 수 있을까요,
저리 강력한 주인으로부터?
이제 왕비님은 그분의 것,
우리도 그리 바라지.

성주님께서 우리까지도

튼튼한 성벽과 강력한 군대로 비호해주신다네.

파우스트   여기 이들에게

모두 풍요로운 땅을 하사했으니,

그 선물은 크고 훌륭하다.

그렇게 둬라!

우리는 중앙에 자리를 잡고,

그들은 서로 내기라도 한 듯

우리를 지킬 것이다.

주위엔 파도가 넘실대는 반도인 너를,

유럽 산맥의 마지막 끝자락까지

이어진 구릉의 띠로.

이 나라, 모든 나라들의 태양이니,

모든 종족들에게 영원히 행복을 선사하라.

이 나라는 이제 왕비의 것,

본디 그녀를 바라보던 나라다.

오이로타스 강 갈대가 속삭일 때

그녀는 광채를 뿜으며 알에서 나왔지.
고귀한 어머니와 형제자매들은
그녀의 눈빛에 눈이 아플 지경이었어.

이 나라, 오로지 당신만을 위해
가장 아름다운 꽃을 피워 당신에게 드리리다.
온 세상이 당신 것이라 하여도
당신의 조국을, 오! 부디 더 사랑해주오.
산등성이에는 태양이
뾰족한 봉우리들 사이로
차가운 화살 빛을 던지지만,
바위에는 어느새
푸르러진 모습이 눈에 띄고,
염소들은 얼마 되지 않는
풀을 뜯는구나.

샘물이 솟아올라
큰 냇가를 이루며 흐르고
계곡과 산비탈, 초원엔
초록빛으로 우거지며,
수백의 구릉들의 비탈진 언덕에는

여기저기 흩어져 풀을 뜯는
양 떼가 보이는구나.

뿔 달린 소들은 벼랑 쪽으로
일정한 발걸음으로 조심스레 다가간다.
그렇지만 이들에게는
모두 피난처가 있다.
암벽에 수백 개의 둥근 동굴이 있다.

목신 판이 그들을 보호하고,
덤불이 우거진 벼랑의 물기로
선선한 그곳에 물의 요정
님프들이 살고 있다.
그리고 우거진 나무는
그리움에 더욱더 높은 곳을 향해
가지를 뻗는다.

태고의 숲이다!
참나무는 우뚝 솟아오르고,
가지들은 서로 깍지를 끼듯 얽혀 있다.
단풍나무는 달콤한 향기를 지니고,

부드럽게 솟아올라
자신의 하중을 가지고 논다.

고요한 그늘에는
어머니의 가슴처럼
부드러운 젖이
아이와 양을 위해 솟아오른다.
과일도 그리 멀지 않은 곳에 있어
잘 익은 것들을 먹기도 하고,
나무줄기의 구멍에서 꿀이 넘쳐흐른다.

이곳에서는 쾌활함이 유전으로 이어지고,
뺨도 입도 붉게 물든다.
모두가 제자리에서 영생하고,
서로 만족하고 건강하다.

그렇게 순수한 날의 힘을 받아
자란 사랑스런 아이는
아버지의 힘을 갖게 된다.
매우 놀랍구나.
그렇지만 궁금한 건 여전히 있으니,

그렇다면 그 아이는 신인가,
아니면 사람인가?

아폴론 신이 목동의 모습을 했으니,
가장 아름다운 목동은 그를 닮았다.
자연이 순수하게 지배하는 곳에는
모든 세계가 서로 간섭한다.
(헬레네 곁에 앉으며)
나도 그렇게, 당신에게도 그렇게 된 것이지요.
과거는 이제 모두 뒤로 던져버립시다!
오, 당신은 최고의 신에게서 태어났어요.
그러니 당신은 최초의 세계에 속한
유일한 사람이오.

이런 견고한 성이 당신을 가둬서는 안 돼요!
우리에게 한껏 즐기며
영원한 젊음을 누리며 살라고
스파르타 곁에는 아카르디아가 있는 것이오.

이런 복된 땅에 살려는 마음에 끌려
당신은 이 밝은 운명으로 도망친 거요.

이 옥좌를 정자로 삼아

자유롭게 아카르디아의 행복에 빠져봅시다!

(무대 세트가 모두 바뀐다. 여러 개의 바위 동굴들을 배경으로 문 닫힌 정자들이 늘어서 있다. 그늘진 숲이 주위를 둘러싼 바위절벽과 맞닿아 있다. 파우스트와 헬레네의 모습은 보이지 않는다. 합창대는 여기저기 흩어져 있다.)

포르키아스 이 계집애들이

잠을 얼마나 자는 건지 도통 모르겠군.

혹시 이것들이 지금 내가 두 눈으로

이리 선명하고 밝게 보는 걸 꿈꾸고 있는 건 아닐까.

전혀 모르겠어. 이제 이것들을 깨워야겠어.

이 젊은것들이 정말 놀라겠지.

저 아래 앉아 그럴 만한 기적이 뭐가 있을까

그저 그 결과를 보려고만 하는

턱수염 난 당신들도 마찬가지요.

어서 일어나! 일어나라고!

어서 너희들의 곱슬머리를 흔들어봐!

눈에서 잠을 몰아내라니까!

그렇게 멍하니 바라보지 말고, 내 말을 들어!

합창   어서 말해요, 어서,

　　　도대체 어떤 놀라운 일이 있었나요?

　　　우리가 전혀 믿을 수 없을 그 이야기를

　　　어서 듣고 싶어요.

　　　이 바위들만 쳐다보고 있는 것도 이젠 너무 지루해요.

포르키아스   이제 막 눈 비비고 일어났는데,

　　　애들아, 벌써 지루하단 말이냐?

　　　잘 들어봐, 이 동굴에, 이 동굴의 정자 안에

　　　전원 속의 연인 같은 분들이 숨어 있어.

　　　우리의 주인님과 여주인님이지.

합창   뭐라고요? 저 안에요?

포르키아스   그분들은 세상과 등지고

　　　오로지 조용히 나에게만 시중을 들게 했지.

　　　명예롭게 그분들 곁에서 그들의 신뢰에 걸맞게,

　　　나는 눈길을 돌리지.

　　　여기저기 돌아다니며,

　　　효능이 좋은 뿌리, 이끼, 나무껍질을 찾아다닌다고.

　　　그러면 그분들은 그렇게 두 분만 계신 거야.

합창   저 안에 온 우주가 다 들어 있단 말인가요.

　　　숲, 초원, 냇물, 호수까지,

　　　동화 같은 얘기를 늘어놓는군요!

포르키아스 물론이야, 이 경험 없는 철부지들아!

저곳은 미지의 세상이라고.

늘어선 방들과 방, 뜰들과 뜰, 집중해서 잘 찾아야 하지.

어느 순간 웃음소리가 동굴 안에 메아리쳤어.

웬 사내아이가 엄마 품에서 아빠한테로,

아빠에게서 엄마한테로 달려갔지.

재롱도 떨더군.

사랑스러워 어찌할 바를 모르는 소리,

장난치는 소리 그리고 환호 소리가 번갈아가며

내 귀를 얼얼하게 했어.

흡사 날개 없는 알몸의 천사,

야수성은 사라진 목신의 모습이었지.

단단한 바닥에서 뛰어오르면

바닥도 응답을 해 아이를 허공으로 집어 던졌어.

그리고 두 번, 세 번 그렇게 뛰니까

둥근 천장까지 닿더라고.

엄마는 걱정스레 외쳤어,

원하는 만큼 다시 뛰어도 좋지만,

허공을 나는 것만은 안 돼.

네게 자유롭게 나는 능력은 주어지지 않았어.

아버지도 점잖게 주의를 줬어.

땅속에는 탄력이 있어서
너를 허공에 떠오르게 해,
발가락으로 땅을 건드리면
안타이오스처럼 금방 힘이 생기지.
그렇게 아이는 큰 바위 위에서 껑충껑충 뛰었어.
이 모서리에서 저 모서리로. 공처럼 튀어 올랐어.

그러다 갑자기 커다란 바위 틈새로 사라져버렸지.
모두 죽은 줄만 알고,
엄마는 흐느끼고 아빠는 위로했어.
나는 걱정스레 서 있었어.
그런데 이게 웬일이야!
그곳에 숨겨진 보물이 있었나?
꽃무늬 옷을 입고 아이가 다시 나타났어.
옷소매에는 술이 흔들거리고,
가슴에는 리본이 흩날렸지.
손에는 황금 칠현금을 들었는데,
완전히 작은 아폴론 같았어.
당당히 바위의 튀어나온 돌출부로 걸어가더라고.
우린 몹시 놀랐어.
그리고 부모는 황홀한 눈빛을 던지며

서로 부둥켜안았어.

그런데 머리가 어떻게 그리 반짝이는 걸까?

그 반짝이는 것이 뭔지 말하기는 어렵지만,

황금 장식인가? 아니면 엄청난 정신의 불꽃일까?

그런 그의 몸짓은 소년임을 알리는 것만 같았어.

온몸에 두른 미래의 명장,

영원한 멜로디가 온몸에 흐르는 명장을.

그리고 너희들도 그의 멜로디를 듣고

그를 보게 되면 놀랄 수밖에 없을걸.

합창   그런 걸 기적이라 부르나요,

크레타에서 태어난 그대여?

시에 담긴 교훈적인 뜻을

제대로 귀담아 들어본 적이 없나요?

이오니아의 전설이나,

헬라의 이야기들이나,

먼 조상의 옛 전설들을,

신과 영웅들의 부에 대해서 못 들어봤나요?

오늘날 일어나는 모든 것들

전부 찬란했던 우리 조상의 시절에 비하면

그저 별 볼 일 없는 여운에 불과해요.
당신의 이야기와는 절대로 비교할 수 없지요.
사랑스러운 거짓말이
진실보다 더 믿음직스러운 법.
마야의 아들을 노래한 것이지요.
이 귀엽지만 튼튼한,
이제 막 태어난 젖먹이를
부드럽고 깨끗한 강보에 싸서는
값진 장식 끈으로 동여맸어요.
수다스런 유모들이 생각도 없이 그랬어요.

이 아이는 힘차고 사랑스럽지만
탄력 넘치는 몸을 빼고서
답답하게 누르던 자색 조개껍질을
그 자리에 놓아두었어요.
다 자란 나비가 단단한 고치에서
날개를 펼치며 잼싸게 빠져나와
햇살 가득한 하늘로 훨훨 날아가듯.

이렇게 날쌔다 보니
그는 소매치기나 불량배들에게

영원히 득이 되는 악마가 되었어요.

날랜 솜씨로 증명했죠.

바다의 지배자에게서

잽싸게 삼지창을 훔치고,

아레스에게서 칼집에 든 검을 훔쳤어요.

아폴론에게서도 활과 화살을,

헤파이토스에게서는 부집게를 훔쳤죠.

아버지인 제우스에게서 마저

번개를 슬쩍했을 거예요.

불을 두려워하지만 않았더라도.

그렇지만 에로스에게는

다리 거는 경기에서 승리했고,

키프로스 여신에게서도

그녀가 애무하는 순간,

가슴에서 허리띠를 훔쳤어요.

(매혹적이며 순수한 현악 소리가 동굴에서 울려 퍼진다. 모두 집중하
여 들으며 감동한 표정을 짓는다. 여기서부터 곧 표시될 '사이'까지 완
전한 화음의 음악 반주가 지속된다.)

포르키아스 저 사랑스러운 소리 좀 들어봐라.

그런 애길랑 어서 집어치워!
너희의 신들은 이제 늙은 잡동사니지.
그러니 저리 치워버려.
이제 그런 시대는 끝났어.
아무도 너희 이야기를
듣고 싶어 하지 않아.
이젠 그보다 훨씬 더 높은 걸 요구하지.
감동을 주려면
마음에서 우러나와야 하니까.
(바위가 있는 뒤편으로 물러난다.)

합창　끔찍한 흉물인 너마저도
이 달콤한 노래에 끌렸다니,
병에서 이제 막 나온 우리도
눈물이 하염없이 흐른다.

태양의 빛이 사라져도,
마음속에 해가 뜨면
마음속에서 찾을 수 있겠지.
이 세상이 허락하지 않는 그것을.

(헬레네, 파우스트 등장. 오이포리온, 앞서 설명한 옷차림으로 등장)

오이포리온 아이들의 노랫소리를 들으면

두 분의 마음이 즐거워지고,

내가 박자에 맞춰 뛰는 모습을 보면,

부모님의 가슴도 함께 뛰지요.

헬레네 인간으로서 행복하려면,

사랑은 고귀한 둘을 가깝게 해주지만,

신적인 황홀감을 느낄 때

사랑은 값진 셋을 만드네요.

파우스트 우리는 이제 모든 걸 이뤘어요.

난 당신의 것이고, 당신은 나의 것이오.

그리고 우리는 이렇게 하나가 되었으니

그 사실은 어찌해도 변함이 없소!

합창 수년에 걸쳐 느끼는 행복이

이 소년의 부드러운 모습에서 우러나와

두 분에게로 모아지네요.

오, 감동적인 결합이로구나!

오이포리온 이제 껑충껑충 뛰게 해줘요.

이제 저 높이 뛰어오르게 해줘요,

허공을 뚫고 뛰어오르는 게 나의 욕망이에요.

이 욕망 나도 어쩔 수 없어요.

파우스트　적당히 해라! 적당히!

너무 무리하지 말고,

떨어지거나 사고가

네게 일어나지 않도록.

그럼 우리는 큰일 난다.

소중한 나의 아들아!

오이포리온　더 이상 바닥에만

붙어 있고 싶지 않아요.

그러니 내 손을 놔줘요,

내 머리칼 좀 놔줘요,

이 옷 좀 놔줘요!

전부 내 거잖아요.

헬레네　오, 생각 좀 해봐라! 생각을 좀.

네가 누구 자식인지!

이렇게 값지게 일궈낸 나와 너와

그리고 네 아버지의 행복을

네가 깨트려버리면

얼마나 우리 마음이 아프겠어?

합창 　이 결합이 아마도

　　　이제 곧 깨질 것 같군요!

헬레네와 파우스트　참아라! 참아야 해!

　　　너의 부모를 생각한다면

　　　그런 격렬한 충동을 이겨내렴.

　　　조용히 전원에 살며 논밭이나 가꾸자구나.

오이포리온　그저 두 분이 바라시니

　　　온 힘을 다해 이리 참고 있어요.

　　　(합창단 사이를 휘젓고 다니며 합창단원을 춤으로 이끈다.)

　　　이 쾌활한 무리 주위로 떠도니

　　　훨씬 더 수월하군요.

　　　그런데 지금 이 노래에 말이죠,

　　　제 춤이 괜찮았나요?

헬레네　그래, 참으로 멋지구나.

　　　저 아름다운 여인들을 이끌고

　　　예술적인 춤을 춰보렴.

파우스트　그런 짓은 이제 그만했으면!

　　　저렇게 희롱하며 뛰어다는 짓은

　　　정말 마음에 안 드는군.

(오이포리온과 합창단, 춤추고 노래하며 춤을 춘다.)

합창   당신이 두 팔을 들어

　　　　사랑스럽게 움직이면,

　　　　빛나는 당신의 곱슬머리가 흔들려

　　　　햇살이 부서지면,

　　　　당신의 발이 땅 위를

　　　　가볍게 스쳐 지나가면,

　　　　이리저리 왔다 갔다

　　　　팔다리를 저으면,

　　　　사랑스러운 그대,

　　　　당신은 목적을 이뤘지요.

　　　　우리의 마음은 온통

　　　　당신에게 기울었으니까요.

(사이)

오이포리온   너희는 모두 날쌘 노루로구나.

　　　　이제 새로운 놀이를 할 테니

　　　　주변에서 흩어져라!

　　　　나는 사냥꾼이고,

너희들은 야생 동물이야.

합창   우리를 붙잡고 싶으면

그리 서두르지 마요.

결국 우리가 바라는 것은

끝에 가서 어떻게든

당신을 한 번 안아보는 거니까요.

아름다운 그대여!

오이포리온   숲을 헤치며 달려!

그루터기와 바위를 향해서!

쉽게 얻는 것일랑

나 원하지 않으니.

억지로 **빼앗아야**

참으로 즐겁지 아니한가.

헬레네와 파우스트   이 무슨 방자한 태도냐!

왜 이리 날뛰는 게야!

절제란 바랄 수도 없겠구나.

뿔피리 소리 마냥

계곡과 숲 속에

그 소리가 요란하구나.

이 무슨 발광이더냐!

웬 소리야!

합창 (한 사람씩 재빨리 등장하며)

그가 우리를 지나쳤어.

우리를 깔보면서 말이지.

지금 우리 무리 중에서

가장 사나운 애를 끌고 오고 있다네.

오이포리온 (젊은 처녀를 하나 엎고 등장하며)

여기 작지만 거친 아이를 하나 데려왔지.

빼앗는 맛이 있잖아.

아주 즐거운 마음으로

나에게 저항하는 이 가슴을 꽉 끌어안고

반항하려는 입술에 입 맞출 거야.

그렇게 내 힘과 의지를 보여주지.

처녀 나를 놔줘요!

이 몸뚱이에도 용기와 힘이 넘치는 정신이 있어요.

우리의 의지도 당신만 못하지 않아요.

그러니 그렇게 쉽게 굴복하지 않아요.

나를 이렇게 억지로 할 수 있다고 생각해요?

당신의 팔을 지나치게 과신하는군요!

꼭 잡아봐요.

당신 같은 바보들을 태워버리는 건

내겐 우스운 일이니까요.

(그녀는 허공을 향해 활활 타오른다.)

이 허공으로 나를 쉽사리 따라와 보라고요.

이 바위투성이의 무덤으로 나를 따라와 봐요.

어디 사라져버린 목표물을 다시 붙잡아봐요!

오이포리온   (마지막 불꽃을 털어내며)

이곳은 온통 바위투성이에 덤불뿐이로구나.

이곳은 내게 너무도 좁아.

난 이렇게 젊고 팔팔한데.

바람소리 세차게 울려 퍼지고

파도는 거세게 몰아치지.

이렇게 멀리서 그 소리들을 들으니

가까이 가고 싶은 마음이 절실하구나.

(더 높은 바위 위로 뛰어오른다.)

헬레네, 파우스트 그리고 합창단   산양이 되고 싶은 게냐?

떨어질 것만 같아서 두렵구나.

오이포리온   항상 더 높이 오르고 싶고,

항상 더 멀리 보고 싶었어.

내가 어디 있는지 이제 알겠어!

섬 한가운데 있구나.

펠롭스의 땅 한가운데에,

땅과 바다가 서로 마주한 그곳에.

합창   산과 숲에 머물며

평화롭게 살지 않을래요?

그렇담 우리가 당장 찾아볼게요.

줄줄이 달린 포도송이,

언덕에 위치한 포도밭,

무화과와 황금사과.

아, 그대여, 이렇게 정겨운 곳에

머물지 그래요!

오이포리온   평화로운 날만을 꿈꾸는 건가?

꿈꾸고 싶다면 얼마든지 계속 꿈꿔라.

전쟁이야말로 진정한 답이니, 승리!

그것만이 울려 퍼지리라.

합창   평화의 시기에

전쟁터로 돌아가려는 이,

그는 희망이 주는 행복과
작별하려는 사람이지요.

오이포리온   이 땅이 낳은 사람들은
위험에서 벗어나 위험 속에서 살지만,
무한한 용맹함으로 자유롭게
자신의 피를 얼마든지 버려,
억누를 수 없는 신성한 뜻에 바친다.
전쟁을 치르는 모든 이들이여,
응당한 대가를 가져오라!

합창   저기를 봐요, 어떻게 우뚝 솟았는지!
그는 더 이상 작아 보이지 않네요.
갑옷을 입고 승리를 향해가는 모습,
청동과 강철이 빛을 내는 저 모습을.

오이포리온   담벼락도, 성벽도 아니다.
자기 자신을 잘 알아야 하느니.
끝가지 버텨내는 견고한 성,
그것은 진정한 사나이의 가슴뿐,
정복당해 살고 싶지 않다면

가볍게 무장하고 잽싸게 전쟁터로 향하라.

여인들은 아마존의 전사가 되고,

아이들은 전부 영웅이 되어라.

합창 신성한 시의 정신이여,

하늘로 높이 오르라!

가장 아름다운 별이여, 빛나라.

멀리, 저 멀리까지!

그렇지만 언제나 우리에게 비춰라.

언제나 그 소리 우리에게 들려라.

그 소리를 즐겨 듣는 우리에게.

오이포리온 그래, 난 그저 어린애로 나선 게 아니야.

무기로 무장한 용감한 청년이 아닌가.

강하고, 자유롭고, 당당한 사람들과

진작 마음속으로 이들과 함께했다.

이제 전진하라! 저기 저 앞에

이제 명예를 향한 길이 열린다.

헬레네와 파우스트 이제 막 이 세상에 태어나

환한 낮도 제대로 못 즐겼는데,

너는 그 어지러운 그곳에서

고통으로 가득한 그 공간을

그리워하는구나.

너에게 우리는 아무것도 아니더냐?

우리의 다정한 인연은 한낮 꿈이었던가?

오이포리온 두 분, 바다에서 치는 천둥소리가 들리시나요?

계곡과 계곡마다 다시 천둥이 메아리치지요.

먼지와 파도 속에 군대와 군대가 맞서 몰아닥치고

밀리며 피를 흘리고 싸워요.

그리고 죽음은 계명이에요.

이제 이해할 수 있어요.

헬레네, 파우스트 그리고 합창 이럴 수가! 끔찍해라!

죽음이 네게는 계명이라고?

오이포리온 내가 저 멀리서 구경만 해야 하나요?

차라리 그 쓰라린 고통을 함께할래요.

앞의 인물들 지나친 용기와 위험은

결국 죽음을 부르지!

오이포리온 그렇지만!

날개가 양쪽에서 펼쳐져요!

그곳이에요!

그곳으로 가야 해요!

가야 한다고요!

나를 날아가게 해줘요!

(허공을 향해 몸을 던진다. 옷자락이 한순간 그를 날게 해준다. 머리에서 빛이 나고, 그 빛이 그를 뒤따른다.)

합창　이카로스! 이카로스! 이리 애통할 수가.

(한 잘생긴 청년이 양친의 발치에 떨어진다. 죽은 자의 모습에서 어느 유명한 사람을 보는 것만 같다. 그러나 육체는 금세 사라지고, 후광이 하늘로 올라간다. 옷과 외투 그리고 칠현금은 그 자리에 그대로 남아 있다.)

헬레네와 파우스트　기쁨 뒤로
　　　너무도 빨리
　　　무시무시한 고통이 뒤따른다.
오이포리온의 목소리　(깊은 곳에서 들려오는 목소리)
　　　어머니, 나를 이 암흑의 왕국에
　　　혼자 두지 마요!

(사이)

합창   (애도의 노래)

당신은 혼자가 아닙니다!

어디에 머물러도, 우리가

당신의 모습을 잘 기억하고 있으니까요.

아아! 당신은 생을 너무 일찍 끝냈지만,

우리의 마음은 당신과 떨어지지 않아요.

애도해야 하는 이유조차 잘 모르겠어요.

당신의 빈자리를 부러워하며 노래합니다.

날이 맑을 때나 흐릴 때나

당신의 노래와 용기는 아름답고 대담했어요.

아아! 지상의 행복을 누리라고,

훌륭한 조상에 위대한 힘을 가지고 태어났지만,

안타깝게도 너무나 빨리 당신을 잃어버린 채,

어린 꽃송이가 꺾여버렸어요!

예리한 눈빛으로 세상을 바라보았고

모든 이의 고통을 함께 느꼈고

여인들의 뜨거운 사랑을 받아주고,

유일한 노래를 지었지요.

그러나 당신은 쉬지도 않고 달렸어요.

자유롭게 그물 속으로,

그러다 보니 당신은

도덕과 법률과 완전히 멀어졌지요.

그러나 당신이 지닌 숭고한 생각이

순수한 용기를 북돋아주었어요.

뭔가 좋은 것을 얻고자 했지만,

당신은 이루지 못했어요.

누가 이룰 수 있을까요?

이 우울한 질문, 이 질문에

운명은 복면을 하고 외면하네요.

이 나라에서 가장 불행했던 그날

온 백성은 피를 흘리며 그렇게 외면했어요.

그렇지만 새로운 노래로 기분을 전환해요.

이제 그렇게 고개를 푹 떨어뜨리지 마요.

이 땅은 노래를 다시 낳을 거랍니다.

예전에 그랬던 것처럼.

(완전한 휴지. 음악도 멈춘다.)

헬레네 (파우스트에게)

옛말이 슬프지만 나에게도 이리 입증되는군요.

행복과 아름다움은 계속하여 동행하지 않는다.

생명의 끈도, 사랑의 끈도 모두 다 끊어져버렸어요.

이 두 슬픔에 고통스런 작별 인사를 해요.

그리고 나 이제 당신의 품에 안기고 싶어요.

페르세포네여, 내 아이와 나를 데려가요!

(파우스트를 껴안는다, 육체는 사라지고, 옷과 베일만이 파우스트의
팔에 들려 있다.)

포르키아스 (파우스트에게)

품에 남은 거라도 잘 간직해요!

그 옷을 꽉 잡아요.

악령들이 어느새 옷자락 끝을 당기고 있어요.

저승으로 끌고 가려나 봐요.

꽉 붙잡아요!

그 옷은 분명 잃어버린 여신은 아니지만

신적인 기운이 감돌아요.

그 고귀한 은총을 이용해 위로 떠올라봐요.

그 옷은 별의별 속된 것들을 지나

저편 하늘로 재빨리 당신을 데려다줄 거랍니다.

잘 견뎌봐요. 다시 만나요.

여기서 아주 멀리 떨어진 곳에서.

(헬레네의 옷들은 점점 풀어져 구름의 형태를 갖추더니 파우스트를 휘감아 하늘 높이 들어 올리며 날아간다.)

포르키아스 (오이포리온의 옷과 외투 그리고 칠현금을 바닥에서 집어 들고 무대 앞쪽으로 걸어 나와 남겨진 물건들을 높이 들어 올리며 말한다.)

이거라도 찾았으니 운이 좋은 거죠!

불꽃이 조금씩 사라지긴 했지만

그렇다고 해서 세상이 완전히 끝난 것도 아닌데.

여기 남은 것만으로도 시인들을 꾀어내어

편을 갈라 서로 질투하게 만드는 데 충분하죠.

시인들한테 재능까지 줄 수는 없지만

이 옷 정도는 빌려줄 수 있어요.

(무대 앞쪽에 위치한 기둥에 기대어 앉는다.)

판탈리스 이제 서둘러라, 얘들아!

이제 마법에서 풀려났어.

테살리아의 노파들 힘에서 벗어났어.

정신 사납게 찍찍대던 그 소리도 그쳤잖아.

귀를 찢어놓고, 마음속까지도 헤집어놓더니,

하데스에게 내려가자!

왕비님도 정숙한 걸음으로 이미 급히 내려가셨지.

왕비님의 충실한 시녀라면

왕비님의 뒤꿈치를 따라가야 하지.

미지의 왕비님 옥좌 곁에 계실 거야.

합창 왕비님들은 어디에서나 자유롭지요.

하데스에게 가서도 상석에 있지요.

동등한 분들과 당당하게 어울리고,

페르세포네와도 마음이 통하는 사이예요.

하지만 우리는 뒤편에서

아스포델로스가 핀 들판에서

제멋대로 자란 포플러나무나

열매도 못 맺는 버드나무와 어울리니

무슨 즐거운 일이 있겠어요?

박쥐처럼 찍찍대거나

유령답게 즐겁지도 않은 잡담이나 하죠.

판탈리스 명성도 고귀한 것도

원하지 않는 자들이라면 그저 원소로 돌아가면 된다.

그러니 어서 떠나라!

이 마음은 왕비님과 함께하기를 간절히 요구하지.

공적뿐만 아니라 신의도 사람답게 해주니.

(퇴장)

다 함께　우리 햇살이 비추는 곳으로 들어왔어요.

더 이상 우리 사람은 아니지만,

그걸 느끼고, 그걸 알지요.

하지만 우리는 하데스가 있는 저승으로 돌아가지 않아요.

영원히 살아 숨 쉬는 자연은

우리 정령들을 무한히 필요로 하고,

우리는 자연을 필요로 하지요.

합창단의 일부　우리는 수많은 가지가

속삭이듯 내는 소리와 살랑거리는 움직임 속에

유혹을 하며 살며시 뿌리에서

생명의 물을 가지로 끌어올리지요.

때로는 잎으로, 때로는 꽃으로

이 나무들을 장식해 무성하게 자라게 하지요.

과일이 떨어지면 쾌활한 종족과 무리가 모여들고

과일을 주우려, 맛보려 서둘러 온 이들은

서로 밀치며 소동을 부려요.

태초의 신들 앞에서처럼

우리 주변에서 허리를 굽힌답니다.

다른 일부 우리는 거울처럼 반짝이는 이 암벽에서

부드러운 음파에 일렁이며 위아래로 흔들지요.

새소리, 갈대의 피리소리는 물론

판의 무서운 목소리마저 그 어떤 소리든

답할 준비가 되어 있어요.

졸졸 흐르는 소리엔 졸졸 하며 답하고

천둥소리에는 우리의 천둥을 치며

두 배로, 세 배로, 열 배로 화답해요.

세 번째 일부 자매들아!

우리는 마음이 흐르는 대로 저 냇물을 따라가보자.

멀리 풍요로움으로 장식된 언덕들이

우리 마음을 자극하는구나.

늘 아래로, 깊이 더 깊이 굽이치며 물결치더니,

이제 초원, 풀밭 그리고 집 주변의 정원을 적시네.

저기 저 곳은 측백나무의 날씬한 우듬지들이

풍경과 강기슭과 물결에서 하늘 위로 치솟았구나.

네 번째 일부 그냥 가고 싶은 대로 가요,

우린 에워싸고 그저 살랑거릴 테니까요.

포도 넝쿨의 받침대마저 푸르러진 저 언덕에서요.

온종일 열심히 일하는 농부들의 열정이 보여요.

갖은 정성 쏟아가며 애쓰는 모습이 보이네요.

때로는 괭이로, 때로는 삽으로,

돋우고 자르고 묶으면서 모든 신들에게,

그중에서도 특히 태양신에게 기도하지요.

여자 같은 바커스 신은 성실한 종은 신경도 쓰지 않고

정자에 앉아, 동굴에 기대어 어린 목신과 노닥거리죠.

반쯤 취해 몽롱하게 하는 데 필요한 술은

늘 가죽부대나 항아리 또는 통 같은 곳에 담겨

서늘한 지하창고 좌우에 영원히 보관하고 있어요.

그러나 모든 신들이, 그중에서도 헬리오스가

바람과 이슬과 온기로 포도송이를 익히면

농부가 조용히 일하던 곳은

활기로 넘쳐흘러 포도 잎들은 살랑대고

포도 넝쿨마다 바스락대지요.

광주리는 탁탁, 통은 덜컥, 들통은 삐걱대네요.

큰 통에 옮겨진 포도가 즙 짜기 춤을 이끌어내려 하지요.

순수하게 태어나 즙이 가득한 신성한 포도알들이

처참히 밟히고, 거품을 튀기며 흉하게 으깨져요.

그리고 심벌스와 징소리가 귓가를 울리는군요.

디오니소스가 신비의 옷을 벗고 나타났기 때문이에요.

염소 발굽의 남자들, 여자들과 함께 어울려 춤추고,

그 사이로 실레노스를 태운 큰 짐승이

제멋대로 울부짖어요. 봐주지 않는군요!

갈라진 발굽이 모든 도덕을 짓밟아요.

모든 감각이 현기증이 날 정도로 회오리치고,

귀청이 멀어버리는 듯해요.

술꾼들은 술잔을 더듬고 머리와 배는 이미 가득 찼어요.

그중 일 걱정하는 이도 있지만

소동을 더 키우기만 할 뿐,

묵은 술 자루의 술을 모두 마셔 없애야

새로운 술을 담을 수 있기 때문이죠.

(막이 내린다.)

포르키아스 (무대 앞쪽에서 거인 같은 모습으로 벌떡 일어선다. 이어
무대용의 굽이 높은 구두를 벗고 가면과 베일을 뒤로 젖히자
메피스토펠레스의 모습이 나타난다. 필요하면, 에필로그를
통해 이 연출에 대해 설명할 것이다.)

제4막

높은 산악지대

(칼같이 솟은 육중한 바위봉우리들, 구름 떼가 다가와 바위봉우리에 걸리더니 앞쪽 마당바위에 살포시 내려앉는다. 구름이 갈라진다.)

파우스트 (앞으로 걸어 나오며)

　　　　내 발아래의 깊은 고독을 바라보며

　　　　깊은 생각에 잠겨 이 산마루에 발을 내딛으며,

　　　　맑은 며칠 동안 땅과 바다를 부드럽게 넘어

　　　　나를 데려다준 구름 수레를 이제 떠나보낸다.

　　　　나를 떠난 구름은 순식간에 흩어지지 않고

서서히 멀어져가는구나.

동쪽으로 향하는 구름은 점점 둥글게 뭉친다.

그 광경을 놀라운 눈빛으로 바라보며 그 뒤를 쫓는다.

흘러가는 구름은 흩어졌다 물결치며

자꾸 그 형태를 바꾼다.

또 다른 형상을 만들려 하나 보다.

그래! 내 눈은 나를 속이지 않지!

햇살 밝은 침상에 누워 있는 저 멋진 모습,

거인 같기도 하지만 여신과 같은 여인의 모습이로다!

보이는군! 헤라 같기도 하고, 레다, 헬레네 같다.

장엄한 저 모습이 내 눈앞에서 아른거린다.

아! 벌써 흩어지는구나!

형태가 사라지더니 넓게 위로 솟아오른다.

동쪽 하늘에 먼 빙산처럼 자리 잡더니,

지나가버린 날들의 의미를 밝게 비추는구나.

아직 밝은 안개 떼 하나가 내 주변을 감싸더니,

내 가슴과 이마를 달콤한 손길로 달랜다.

살며시 떠올라 하늘로 머뭇거리며

높게 올라가더니 다시 합쳐진다.

눈이 번쩍 뜨일 정도로 황홀한 저 모습,

지난날 내 가슴을 황홀하게 하던 그 최고의 보물인가?

가슴 깊숙한 곳에서 가장 소중했던 옛 보물이 샘솟는다.

오로라의 사랑, 가벼운 날갯짓 등,

이해할 수 없는 광경이었지만

재빨리 가슴에 와 닿던 그것들.

잡아두었다면 그 어떤 보물보다도 빛이 났겠지.

아름다운 영혼처럼 사랑스러운 형상이 떠오른다.

사라지지 않고 하늘 높이 창공으로 솟구친다.

내 마음속에 간직했던 가장 값진

그것을 가져가버리는구나.

(장화 한 짝이 딸깍대며 무대에 오른다. 다른 한 짝도 곧이어 나타난다.
메피스토펠레스가 그 장화에서 내리고 나자, 장화는 급히 가버린다.)

메피스토펠레스   여기까지 오는 데 정말 힘들었어요!

말 좀 해봐요, 도대체 무슨 생각인지?

왜 이런 끔찍한 곳 한가운데에서 내려요?

시커먼 바위가 입을 저리 무시무시하게

벌리고 있잖아요.

비록 여기는 아니지만 이런 곳이라면 잘 알고 있어요.

여기가 바로 지옥의 밑바닥이었으니까요.

파우스트 너란 놈에게서

터무니없는 전설이 빠질 수가 없지!

그런 얘기를 또다시 늘어놓기 시작하는군.

메피스토펠레스 (엄숙한 투로)

주님께서……, 물론 왜 그랬는지 잘 알고 있지만……,

우리를 하늘나라에서

저 깊고 깊은 나락으로 내쫓았을 때,

정중앙이 붉게 달아오르고,

그 주변으로 영원한 불꽃이 불타오르는 곳이었죠.

너무 환한 불빛 속에 우리 악마들이

비좁게 붙어 있다 보니 자리가 너무 불편했어요.

악마들은 모두 콜록대기 시작했어요.

입으로는 콜록콜록 그리고 밑으로 뿡뿡대기 시작했어요.

지옥은 유황 냄새와 산으로 가득 찼어요.

그 때문에 가스가 생겨났죠!

가스가 점점 차오르다 보니

제아무리 땅껍질이 두꺼워도 터질 수밖에 없었죠.

그러니까 우리는 반대편에 있는 거랍니다.

예전에 바닥이었던 곳이

지금은 꼭대기가 되었으니까요.

맨 아래 것을 맨 위의 것으로 바꾼다는

진정한 가르침이 여기에서 비롯된 거랍니다.

그래서 우리는 노예 상태의 불구덩이에서

자유로운 공기가 가득한 곳으로 탈출했어요.

모두 다 아는 비밀이지만,

잘 간직했다가 훗날 다른 사람들에게

공개할 생각이랍니다. (「에베소서」6장 12절)

파우스트 거대한 산은 고상하게 침묵하고 있어.

난 산에게 어디서 그리고 왜 왔냐고 묻지 않지.

자연은 그저 생각대로 자신을 만들어갔지.

그래서 지구도 둥글게 만들었어.

산봉우리와 골짜기를 보며 즐거워했고

바위와 바위를, 산과 산을 줄지어 배치했지.

그리고 언덕은 살짝 경사지어,

부드러운 선을 이루어 계곡에 도달하게 했어.

그곳에서 초목은 푸르게 자라났어.

즐겁기 위해 꼭 미친 소용돌이가

필요한 것만은 아니니까.

메피스토펠레스 그건 당신 생각이죠!

맑은 날의 햇살처럼 명료한 것 같아요.

하지만 그곳에 있었던 사람의 생각과는 좀 다르죠.

거기 있어 봤는데, 아래쪽에서는 부글대며

심연에서 불꽃이 솟아오르며 불덩이를 날랐어요.

몰록의 망치는 바위들을 하나둘 쪼개서

그 파편들을 멀찍이 내던졌지요.

이 땅에는 낯선 바위덩이들이 가득한데,

대체 누가 이렇게 던질 수 있는지 설명해주나요?

철학들이 그런 걸 알 리가 없지요.

바위는 그냥 있는 그 자리에 그대로 둬야 한다 하겠죠.

나름대로 온갖 머리를 다 짜내어 고민해봤겠지만

헛수고지요.

하지만 우직하고 순박한 사람들은 알아챘고,

자신들의 그 믿음에 흔들림이 없었어요.

이들은 이 지혜를 아주 오래전부터 믿어왔거든요.

이건 기적으로, 사탄이 이룩한 업적이라는 거죠.

내 순례자들은 이 믿음의 목발에 의지해서 악마바위,

악마다리를 향해 절뚝이며 걸어가요.

파우스트   그 얘기도 들어볼 만하구나.

자연에 대한 악마의 생각을 엿볼 수 있어.

메피스토펠레스   내가 말하고자 하는 건 말이죠!

자연은 그저 그렇게 그냥 놔두라고요!

가장 중요한 핵심은 바로

악마가 그곳에 있었다는 점이에요!

바로 우리 악마가 큰 업적을 해내는 사람들이라고요.

소동, 폭력, 광기! 이 모든 게 다 표식이에요!

자, 이해하기 쉽게 설명해드리죠.

우리가 만든 이 지구의 표면이 마음에 들지 않아요?

이 세상의 무한한 곳곳을 돌아보며

세상의 영화와 장려함이 뭔지 알 텐데요.

(「마태복음」 4장)

당신처럼 뭐든지 만족할 줄 모르는 분이

그 어떤 욕망도 느끼지 못했단 말인가요?

파우스트   물론이지! 엄청난 뭔가에 끌렸어.

한번 맞혀보게!

메피스토펠레스   바로 맞혀드리죠.

나라면 우선 대도시를 찾을 거예요.

그 중심에 시민들의 먹을거리를 파는 시장과

구불구불한 골목길들, 뾰족한 첨탑, 크지 않은 시장,

양배추, 무, 양파, 파리 떼가 진을 치고서

기름진 고기를 한껏 즐기는 푸줏간,

그런 곳이라면 언제라도 분명

냄새와 할 거리가 넘쳐나죠.

널따란 광장과 널찍한 도로들을 따라 으스대며

뭐나 된 듯 걸어 나오며, 마지막 성문을 벗어나면

변두리 마을들이 끝없이 펼쳐지죠.

그곳이라면 마차에 앉아 즐기며,

마차들이 시끄럽게 오가는 모습이나

개미 떼처럼 우글대는 사람들이

끝없이 오가는 모습을 구경할 거예요.

그래서 마차를 타고 가든, 말을 몰든,

항상 난 그들의 중심에서

수십만으로부터 존경을 받고 싶어요.

파우스트   그 정도로는 만족할 수 없어.

백성의 수가 늘어나는 것이나

자신의 방식대로 음식을 즐기는 것이야 분명 즐겁지.

게다가 교양을 쌓고, 교육을 받는 것까지도.

그러나 그건 결국 반역자들을 길러낼 뿐이야.

메피스토펠레스   그다음엔 내가 생각했던 것처럼

유쾌한 곳에 엄청나게 웅장한

환희의 성을 지을 거랍니다.

숲과 언덕, 평야, 초원, 들판으로

화려한 정원을 가꿀 거예요.

푸른 산울타리 앞쪽엔 우단 같은 잔디밭,

구불구불한 오솔길, 잘 다듬은 산울타리의 그늘,

바위에서 바위로 떨어지게 만든 폭포,

온갖 모양의 분수까지요.

한쪽에서는 물줄기가 장엄하게 솟구치고,

그 옆으로 수천 개 작은 물줄기로 갈라져

사방에 흩날리지요.

그런 다음 세상에서 가장 아름다운 미녀들이

편안하게 쉴 수 있는 아늑한 집을 짓겠어요.

그곳에서 시간 가는 줄도 모르고

사랑스런 이들과 함께하며 오붓하게 즐기고 싶어요.

내가 여인들이라 말하는 이유는

아름다운 미녀들은 항상 여럿이라 생각하기 때문이에요.

파우스트   그다지 좋게 들리지 않아.

게다가 근대적이기까지 하지 않나.

사르다나팔로스가 따로 없군!

메피스토펠레스   당신이 뭘 추구하는지

내가 한번 맞혀볼까요? 분명 엄청나게 숭고한 것이겠죠.

당신은 거의 달까지 갔었으니,

이번엔 달까지 가봐야 하지 않겠어요?

파우스트   그렇지 않아!

이 지상에도 위대한 행동을 할 공간은 얼마든지 있어.

뭔가 깜짝 놀랄 만한 일을 해야만 해.

그런 위대한 업적을 위해

대담하게 노력할 힘이 내 안에 느껴진다고.

메피스토펠레스 그렇다면 명예를 얻고 싶은 거요?

신화 속의 여주인공과 있었으니 어련하겠어요.

파우스트 권력과 부를 얻겠다!

오로지 행동에 옮기고 싶을 뿐이네,

명예는 필요 없어.

메피스토펠레스 그래도 시인들은

훗날 당신의 업적을 알리려 하고

어리석은 짓은 어리석은 짓으로 화를 돋울 텐데요.

파우스트 네 녀석은 조금도 이해하지 못할 걸세.

인간이 뭘 얻고자 하는지 네가 어찌 알겠어?

혹독하고 날카롭기만 한 사악하기만 한 요물인 네가,

인간에게 뭐가 필요한지 알 턱이 없지.

메피스토펠레스 그렇다면 당신 뜻대로 하시죠!

도대체 당신의 변덕스런 생각을 어떻게 실현하려는지

그 계획이나 말해봐요.

파우스트 내 눈은 저 먼 바다를 향해 있었지.

바다가 부풀어 올라 탑처럼 솟았다가 잠시 물러섰다

이내 파도를 뒤흔들어 광활한 해변으로 몰아치더군.

그 모습이 전혀 마음에 들지 않았어.

마치 제 혈기를 주체하지 못하는 열정에 사로잡혀

정의를 수호하는 모든 자유로운 정신을

불쾌하게 짓밟아버리는 것만 같았다네.

그걸 우연이라 생각한 난

좀 더 예리한 시선으로 계속 살펴봤지.

파도는 멈췄다가 다시 뒷걸음치며 물러서더군.

당당하게 자기가 차지했던 목표물로부터 멀어졌어.

그러다 때가 되면 이 장난질을 또다시 반복했어.

메피스토펠레스　(관객에게)

그게 무슨 새로운 얘기라고,

그런 건 이미 수십만 년 전부터 알고 있었는데 말이죠.

파우스트　(열정적으로 하던 얘기를 이어간다.)

파도는 사방에서 슬그머니 기어 와서는

어디에도 쓸모없는 것이 부풀어 올라

그 무용함을 퍼트리려고 해.

파도는 부풀어 오르고 밀려오더니

고집스런 황량한 해안가를 완전히 덮어버리지.

파도가 밀려오고 또 밀려와

힘으로 제압하지만 물러나고 나면

그곳에서 이룬 건 아무것도 없어.

이 사실이 나는 너무도 고통스럽다.

이 거친 원소의 힘이 아무짝에도 쓸모가 없다니!

따라서 내 정신은 내 정신의 한계를 뛰어 넘어
훨훨 날고 싶다.
여기서 나는 싸워 이기고 말리라.

그건 분명 가능해!
파도가 제아무리 밀려와도
언덕을 만나면 슬며시 피해가지 않나.
파도가 제아무리 날뛰어도,
제방을 조금 높이 쌓으면 당당히 맞설 수 있고,
도랑을 조금 깊게 파면 힘차게 끌어들일 수 있어.
재빨리 마음속으로 계획을 하나하나 세웠지.
그러니 네놈에게 값진 승리를 누리고자
당당히 요구하겠어.
저 오만한 바다를 해안에서 몰아내고,
바다의 폭을 축소하여,
원래 바다가 있었던 그 자리까지 쫓아버리는 거지.
이 계획이라면 단계별로 자세히 얘기해줄 수 있다네.
이것이 내 소원이니, 어서 과감히 나를 돕게나!

(북소리와 군악소리가 저 멀리서 들려온다. 객석의 뒤쪽, 오른편에서)

메피스토펠레스 들어보니 뭐, 엄청 쉬운 일이네요!

저 멀리 북소리가 들려요?

파우스트 또다시 전쟁인가?

현명한 사람이라면 저 소리를 그리 좋아하지 않지.

메피스토펠레스 전쟁이든 평화든 지혜로운 사람은

자기한테 유리한 쪽을 택하는 법이지요.

신경을 집중해 주의하면서

적절한 시기를 놓치면 안 돼요.

기회가 왔으니, 어서 잡으시죠, 파우스트 선생!

파우스트 그런 불필요한 수수께끼는 집어치워!

간단히 말해 뭘 어쩌란 말인가? 어서 설명해보게.

메피스토펠레스 오는 길에 알게 되었는데 말이죠.

그 마음씨 착한 황제가 큰 곤경에 빠져 있더군요.

당신도 황제를 알잖아요.

전에 황제에게 가짜 재물을 잔뜩 손에 쥐여주었더니

그걸로 온 세상을 다 사려고 했잖아요.

이른 나이에 황위에 오르다 보니

때로는 잘못된 결정을 내리기도 하는 거죠.

두 가지를 한데 엮어보려 한 거예요.

스스로 자기 생각이 멋지다고 여겼지요.

통치하면서 동시에 즐겁게 살려 했으니까요.

파우스트   그거야말로 큰 착각이야.

　명령을 내리는 사람은

　명령 그 자체에서 행복을 느껴야 해.

　가슴에 숭고한 뜻으로 가득 찬 사람이라면

　굳이 자신의 뜻을 일일이 밝히지 않아도 돼.

　가장 신뢰하는 사람에게만 말해주고

　훗날 일이 성취되면, 그때 온 세상은 놀랄 거야.

　그러면 그는 세상에서

　최고의 품격과 위상을 갖춘 사람으로 등극하는 거라네.

　향락이란 사람을 이기적으로 만들 뿐이야.

메피스토펠레스   물론 황제는 그런 사람이 아니지요.

　황제는 완전히 향락에 젖어 있어요!

　그새 왕국은 무정부상태로 전락했어요,

　크든 작든 마주치는 사람마다 서로 뒤엉켜 싸웠어요.

　형제들을 저버리고 살해하며,

　성은 성과, 도시는 도시와 서로 싸우며

　길드와 귀족은 서로 잡아먹으려 난리고,

　주교는 사제단과 교구와 격렬히 싸웠지요.

　어디를 가나 적들이 넘쳐나요.

　교회에서도 살인이 벌어지고,

　성문 앞에서 상인과 행인들이

흔적도 없이 죽어나갔어요.

그러다 보니 사람들은 전보다 더 대담해졌어요.

살려면 자신을 보호해야 했으니까요.

그렇게 됐어요.

파우스트 그렇겠지, 비틀대다 넘어지면

다시 일어나고, 또 서로 치고받다 완전히 넘어져

함께 나뒹구는 거지.

메피스토펠레스 하지만 이런 상황을 그 누구도

비난할 수 없어요.

누구나 기회가 있었고, 자신의 주장을 고집하려 했죠.

천민들마저 자신이 대단한 것처럼 귀족 행세를 했어요.

그건 선한 사람들에게 너무 지나친 일처럼 보였지요.

그래서 뜻있는 사람들이 힘을 모아 궐기했고, 말했어요.

"무릇 왕은 백성을 편하게 해야 한다.

그러나 황제는 그럴 능력도 없고, 그럴 의지조차 없다.

그러니 우리가 이 제국을 위해

새로운 황제를 다시 뽑아

이 왕국에 새로운 생기를 불어넣자.

새 황제는 모든 백성의 안전을 보장하고

새로이 구축한 세계에서 평화와 정의를 구현해야 한다."

파우스트 성직자들이 해대는 소리처럼 들리는군.

메피스토펠레스   성직자들도 함께 동참했지요.

　　　잘 먹어 살이 뒤룩뒤룩 찐 그들의

　　　통통한 배를 지키려는 속셈이었죠.

　　　다른 누구보다 더 많은 수가 적극적으로 가담했어요.

　　　반란은 불어났고, 급기야 반란을

　　　신성하게 여기기 시작했어요.

　　　우리가 즐겁게 해주던 황제가,

　　　이곳으로 돌진해오고 있어요.

　　　어쩌면 마지막이 될지도 모르는 전투를 향해서요.

파우스트   참으로 안됐군.

　　　착하고 솔직한 사람이었는데.

메피스토펠레스   그러니 어서 가요,

　　　우리 가서 봅시다!

　　　살아 있는 한 희망을 가져야죠.

　　　우리가 황제를 이 좁은 협곡에서 구해요!

　　　이번에 구해주면 아마

　　　수천 번을 구해준 거나 다름없어요.

　　　주사위가 어떻게 구를지 누가 알겠어요?

　　　게다가 황제가 운이 좋은 사람이라면

　　　신하들이 돕겠지요.

(파우스트와 메피스토펠레스는 가운데 산등성이를 넘어가 계곡에 포진한 군대의 배치 상황을 관찰한다. 계곡에서 북소리와 군악소리가 들려온다.)

메피스토펠레스 내가 살펴보니 배치는 잘 되었군요.

　　이제 우리만 합세하면 분명 승리는 보장되겠어요.

파우스트 여기서 뭘 기대할 수 있단 말인가?

　　사기! 마법을 이용한 눈속임! 공허한 가상만 가지고.

메피스토펠레스 전투에서 승리하기 위한 전략이지요!

　　큰 뜻을 위한 당신의 목표를 잘 생각하며

　　마음을 굳건히 먹어야죠.

　　황제에게 그의 옥좌와 나라를 지켜주면,

　　당신은 황제 앞에 무릎을 꿇고서

　　해안의 광활한 토지를 봉토로 하사받게 될 것이오.

파우스트 자네가 이제껏 이미 많은 일을 해왔으니,

　　이제 이번 전투에서도 승전보를 울려보게나!

메피스토펠레스 아니요, 당신이 승리해야 해요!

　　이번엔 당신이 총사령관이랍니다.

파우스트 그거 정말 대단한 승진이로구나,

　　그런데 전혀 알지도 못하는데

　　그런 나보고 명령을 하라는 건가!

메피스토펠레스   그런 건 참모진에게 맡겨두시죠.

총사령관은 아무것도 하지 않아도 돼요.

내 이미 오래전부터 이 전쟁의 불행을 감지하고

산악지대의 장사들을 동원해

참모진을 이미 꾸려놨습니다.

파우스트   저들이 하고 있는 무기가 도대체 뭐지?

산악지대의 장사들을 불러온 건가?

메피스토펠레스   그건 아니에요!

그렇지만 페터 세크벤츠 부류지요.

오합지졸 같은 생활하는 이들 중 최정예예요.

[세 명의 거인들이 걸어 나온다. (「사무엘 하」 23장 8절)]

메피스토펠레스   저기 내가 기다리던

내 부하들이 드디어 오네요!

당신이 보듯이, 나이도 다 제각각이고,

옷도 갑옷도 모두 다르지요.

이들과 함께해서 당신에게 해가 될 일은 없을 거요.

(관객에게)

요즘은 어린아이들도

모두 갑옷과 기사 옷차림을 좋아하죠.

이 불한당들은 상징적인 면도 있어서

그만큼 사람들에게 더 사랑받고 있어요.

싸움꾼 (젊은 나이에, 가볍게 무장을 하고 옷차림이 화려하다.)

누구든 내 눈을 쳐다보면,

내 주먹으로 그 주둥이를 박살 낼 거야,

도망이나 치는 겁쟁이 자식은

쫓아가 뒷머리를 낚아챌 거야.

날강도 (중년의 나이로 남성미가 넘치며 무장도 제대로 했고 옷차림이

준수하다.)

아무것도 남지 않는 이런 실속 없는 장사란

그저 익살극일 뿐이야.

그날 하루만 날려버리지.

빼앗을 때도 끈질겨야 해.

그 밖의 다른 것들은 나중에 생각해도 되니까.

자린고비 (늙고, 중무장에 옷은 거의 걸치지 않았다.)

이래 봤자 얻는 건 별로 없어!

아무리 재산이 많다 해도 순식간에 사라져버리고.

삶의 물결 속에 섞여 하류로 흘러가기 일쑤라니까.

빼앗는 것도 좋지만, 분명 지키는 것이 더 나은 법.

이 늙은이에게 맡겨봐.

그러면 어느 누구도 네 것을 채가지 못할 테니.

(모두 함께 산비탈을 내려간다.)

산의 돌출부

(계곡으로부터 북소리와 군악소리가 들려온다. 황제의 막사를 설치하고 있다.)

(황제, 총사령관, 근위병들)

총사령관　전술이 정말 잘 짜인 것 같습니다.

　　　　　우리가 이 계곡의 지형을 이용하여

　　　　　전군을 뒤로 후퇴하고 이곳에 모두 배치했습니다.

　　　　　이 선택이 성공하기를 진심으로 바랍니다.

황제　어떤 결과를 가져올지

　　　　　이제 두고 보면 알게 될 거요.

　　　　　그러나 도주나 다름없는 이런 퇴각은

　　　　　전혀 마음에 들지 않소.

총사령관　폐하, 오른쪽 측면을 한 번 보시지요.

　　　　　이런 지형은 전략적 측면에서 아주 유리합니다.

　　　　　언덕이 가파르지 않으면서도 쉽게 접근할 수 없지요.

　　　　　우리에게는 유리하고 적에게는 불리합니다.

　　　　　물결 모양 지형 덕택에 우리는 거의 반쯤

　　　　　숨어 있는 거나 다름없어요.

　　　　　적의 기병대도 감히 이곳으로

돌진할 생각을 못할 거랍니다.

황제 물론 그런 점은 칭찬받아 마땅하오.

분명 이런 곳이라면 힘과 용기를 시험해볼 수 있겠소.

총사령관 저기, 평평한 초원 한가운데

자리 잡은 집방진이 보이시죠.

전투의 사기가 아주 드높습니다. 창끝이 번쩍입니다.

허공에서, 햇빛 속에서, 아침의 안개 향기 속에서.

막강한 정방형의 진이 검게 물결치는군요!

수천에 달하는 병사의 의지가 불타오릅니다.

한눈에 그 힘을 알아보실 수 있으실 겁니다.

전 이들이 적들의 병력을 갈라놓을 거라

믿어 의심치 않습니다.

황제 이런 장관은 내 평생 처음 보오.

저 정도의 부대라면 분명

두 배의 병력을 거뜬히 해내겠군.

총사령관 우리 군대의 좌측 측면에 대해서는

보고드릴 점이 없습니다.

바위투성이 벼랑을 용감한 영웅들이 맡고 있습니다.

지금 무기들로 반짝이는 저 바위 벼랑이

이 좁은 협곡의 가장 중요한 통로를 지켜줄 겁니다.

여기서 적군의 병력이 예상치 못한 공격에

피를 쏟으며 쓰러질 것이라 예상하고 있습니다.

황제   저기 내 친척이라 사칭하는 녀석들이

이리 오는구나.

저들은 나를 백부, 사촌, 형님이라 부르며

내게 점점 다가오더니 항상 좀 더 많은 것을 요구하며,

왕의 홀의 권력과 옥좌의 명예를 내게서 훔치려 했지.

급기야 자기들끼리 둘로 갈라서더니

온 나라를 완전히 망쳐놓고 이제 와서

다시 합세하여 나에게 반기를 들었지.

군중은 제대로 알지도 못하고

이리저리 갈피를 잡지 못하다

결국 강물이 그들을 덮치는 대로 휩쓸려 다니는구나.

총사령관   정탐을 보냈던 충실한 정찰병 하나가

서둘러 벼랑을 내려오고 있어요.

부디 희소식이었으면!

정찰병1   다행히도 우리는 우리가 가지고 있는

기량과 재량을 다하여 적진을 뚫고 돌진했습니다.

그렇지만 도움이 될 만한 약간의 정보만을 얻었지요.

일부 충실한 무리들처럼 많은 사람들이

폐하에게 충성을 다짐하였지만

자기들은 아무것도 하지 않으면서

내부의 불만이 고조되고 있다느니

백성들이 위험하다느니 떠들어대더군요.

황제　그런 자들이야 늘 자기 잇속만을 챙기려 하지.

감사나 애정, 의무, 명예 같은 것은 전혀 안중에 없어.

오로지 계산만 하다가

이웃에 난 불이 자신들의 집마저

삼켜버린다는 걸 왜 전혀 생각하지 않는단 말인가?

총사령관　저기 두 번째 정찰병이 천천히

벼랑을 내려오는군요.

피곤했는지 기진맥진하여 온 사지를 벌벌 떨고 있어요.

정찰병2　반란군에서 난폭한 무리들이 정신없이 날뛰는 모습을

매우 흡족하게 바라보았습니다.

그러다 갑자기 전혀 예상치 못했던

새로운 황제가 등장했습니다.

그러고는 이제 새롭게 지시된 경로를 따라

반란군이 들판을 진군하고 있습니다.

활짝 펼쳐진 가짜 깃발을 백성 모두가 따르고 있어요.

순한 양 떼처럼요!

황제　반역황제가 나타난 것이

내게는 득이 될 수도 있다.

이제야 내가 진정한 황제라고 느끼는구나.

지금껏 군인으로서 갑옷을 입었다만,

이제부터는 좀 더 숭고한 목표를 위해 입을 것이다.

축제 때마다 아주 즐겁게 보냈고

뭐 하나 부족한 것이 없었지만

항상 위험이란 내게 없었지.

고리 꿰기 놀이를 그대들이 내게 권했을 때도

내 뛰는 가슴은 마상 창 시합을 향했지.

그대들이 전쟁을 만류하지만 않았더라도

이미 난 지금 영웅적인 행동으로 빛났겠지.

화염이 가득한 왕국 속에 갇힌 나를 보며

그때 가슴에 이는 불굴의 용기를 느꼈지.

불길이 나를 덮쳐버리듯 달려들었어.

비록 유령들 놀이에 불과했지만 매우 장엄했다.

사실 난 무의식 속에서 승리와 명성을 꿈꾸었다.

충분히 모욕적이었던 나의 태만함을 이제 만회하겠다.

(사자를 보내 반역 황제에게 결투를 신청한다.)

파우스트   (갑옷을 입고 투구를 반쯤 내려쓰고서 등장한다.)

세 명의 거한   (앞에서와 같은 옷차림과 무장을 하고 있다.)

파우스트   저희의 등장에

354

그리 신경 쓰시지 말아주시기 바랍니다.

꼭 필요하지 않더라도 조심하는 것이 좋지요.

아시다시피, 산악지대의 종족은

생각이 깊고 현장에 능합니다.

자연 문자와 바위 문자도 습득했으니까요.

이 정령들은 평지를 떠난 지가 오래돼서

이제는 바위투성이의 산에 익숙하지요.

조용히 미로처럼 얽힌 협곡을 다니며

금속이 매장되어 있는 값진 가스로 가득한

그 속에서 일을 합니다.

늘 나누고 실험하고 결합하며

새로운 것을 발명하는 것만이

그들의 유일한 소망이지요.

영적인 힘이 있는 손가락으로 살포시 누르며

투명한 형상을 만들어냅니다.

그러고 나면 영원히 침묵하는 수정에 비춰진

지상의 일들을 들여다봅니다.

황제   그런 얘기야 이미 들어봤고,

네 말을 믿기는 하지만,

왜 구태여 지금 이 순간 그런 얘기를 하는 건가,

용감한 그대여?

파우스트　사비니 지방의 노르치아 산 출신 무당은 폐하의

충직하고도 성실한 신하입니다.

그렇지만 매우 끔찍한 운명이 그를 위협했지요!

잔가지가 타올라 불길이 번졌고,

그 주변으로 에워싸놓은 마른 장작더미에는

다량의 역청과 유황 덩어리가 끼어 있었습니다.

인간도 신도 악마도 구해줄 수 없었지요.

하지만 폐하께서 벌겋게 달아오른

쇠사슬을 끊어주셨습니다.

바로 로마에서 말입니다.

그 무당은 폐하에게 빚이 있으니,

언제나 폐하를 염려했습니다.

그때 이후로 자신에 대한 생각은 접어두고,

폐하를 위해 별들과 땅속을 살피며 물었습니다.

그이가 우리를 시켜 아주 급한 일이라며

폐하를 도우라 했지요.

산의 힘은 위대합니다.

그곳에서 자연은 자유롭게 자신의 힘을 발휘합니다.

멍청한 성직자들이나 그걸 마법이라고 욕하지요.

황제　이렇게 즐거운 날, 손님을 맞이하고,

손님들은 즐겁게 즐기려고 신나는 마음으로 온다오.

그럴 때는 손님들로 북적여 밀치고 밀리며

방마다 사람으로 가득 차도 그저 기쁘기만 하지.

그러나 충직한 사람이라면 최고의 환대를 해야지.

우리 곁에서 힘을 보태주려 왔으니

앞으로 운명의 저울이 어느 쪽으로 기울지

알 수 없는 이런 아침 시간에.

그렇지만 이 고귀한 순간 의지로 가득한 검에서

그 강력한 손길을 거두시오.

이는 황제로서 결정해야 하는 사안이라오.

이들이 나를 위해서든 또는 나를 대적하든,

수천의 군사가 진군하는 이 순간을 존중해주오.

비단 사나이라면 혼자서 해결해야 하는 법이지!

옥좌와 왕관을 원한다면

그 자신이 그런 명예를 감당할 자격이 있어야 하오.

우리에게 대항하는 유령이 황제라 사칭하며

이 나라의 주인이라 떠들고,

군사령관이나 제후들의 주군이라 사칭한다 해도

이 내 주먹으로 직접 그를 저세상으로

보내버릴 것이오!

파우스트 아무리 위대한 업적을 이루기 위해서라도,

폐하께서 목숨을 위험하게 하는 일은

하시지 말아야 합니다.

투구는 갈기와 깃털로 장식되어 있지 않습니까?

투구는 우리에게 용기를 주는 머리를 보호하지요.

머리가 잘려나가버리면 몸뚱이가 있다 한들

무슨 소용입니까?

머리가 잠들면 사지는 축 처져버리지요.

머리를 다치면 온 사지에도 상처의 향이 생깁니다.

그 상처가 금세 나으면 다시 생기가 돌지요.

팔은 금세 자신의 강력한 권한을 이용하여,

방패를 들어 올려 두개골을 보호합니다.

검은 재빨리 자신이 해야 할 임무를 알아차리고

적의 검을 세차게 받아치고 상대를 베려 내리칩니다.

이제 튼튼한 발이 승리를 향해 동참합니다.

쓰러진 적의 목덜미를 짓밟아버리니까요.

황제   내 분노는 그렇소.

그 녀석을 그렇게 다루고 싶다오.

그 오만한 머리를 내 발판으로 삼을 것이오!

사신들   (돌아온다.)

저쪽 편에서 우리는

명예도 인정도 받지 못했지요.

우리의 힘차고 고귀한 전언을

놈들은 비웃으며 농담처럼 취급했습니다.

"너희들의 황제가 종적을 감추었다고,

저 좁은 협곡에 메아리치는구나.

우리가 혹시라도 그를 떠올린다면,

동화에서나 만나겠지.

그것도 옛날 옛적에"로 시작하는.

파우스트 우리 최정예 신하들이 바랐던

소망이 현실이 되었습니다.

이들은 폐하의 곁에서 충직하고 굳건히 서 있지요.

적은 다가오지만 이미 폐하의 군대는

격렬히 그 순간을 고대하고 있습니다.

공격 명령을 내리십시오.

이제 최고의 순간이 다가왔습니다.

황제 지휘는 내 직접 하지 않겠다.

(총사령관에게)

지휘권은 자네의 손에 맡기겠네.

총사령관 우익에 있는 병사들이여 앞으로 진군하라!

적의 좌익이 지금 언덕으로 오르고 있다.

그러니 마지막 발걸음을 떼지 못하도록

젊음으로 가득한 충성의 어린 힘을 발휘해

모두 물리쳐라.

파우스트   부디 이 용감한 영웅이 지체 없이

저 대열에 서서 폐하의 대열과 혼연일체가 되어

실력을 발휘하게 허락해주십시오.

(손으로 오른쪽을 가리킨다.)

싸움꾼   (앞으로 나선다.)

나에게 낯짝을 드러내는 놈들은

다시 돌아가지 못하리라.

위턱, 아래턱 아주 박살을 내주겠다.

내게서 도망치려는 놈들은 그 자리에서

목과 머리, 머리채를 낚아채어

목덜미가 달랑대게 해주지.

폐하의 군사들이 칼과 철퇴를

내가 날뛰듯이 휘두르면 적들은 차례대로 쓰러지며

자신들이 흘린 피에 익사할 것입니다.

(퇴장)

총사령관   중앙의 집방진은 서서히 그 뒤를 따르라.

적들과 마주하면 전력을 다해 그들을 교란하라.

약간 우측에서 벌써 적진을 점령하여

우리 병력이 그들의 계획을 무산시킬 겁니다.

파우스트   (가운데 거인을 가리키며)

이 사람도 당신의 명령을 받들게 해주시오.

아주 날쌔서 모두를 쓸어버릴 것이오.

날강도 (앞으로 나선다.)

황제군의 용사다운 기백에 당연히

전리품을 향한 갈증으로 그 짝을 지어줘야지요.

그리고 이제 목표를 정해야 합니다.

반란군의 화려한 막사로.

그 자리에서 으스대지 못할 것이오.

집방진의 선두에 내 서리다.

소매치기 (군대를 따라다니는 행상인 여인, 날강도에게 달라붙으며)

비록 난 이분과 결혼한 사이는 아니지만

분명 이 사람은 내가 가장 사랑하는 서방님이지요.

그런데 완전 풍요로운 가을이나 다름없군요!

여자가 잡아채면 매우 냉혹하고,

빼앗을 때라면 인정사정없지요.

승리를 위해 앞으로! 못할 것이 하나도 없다.

(두 사람 퇴장)

총사령관 예상했던 대로 우리의 좌측으로

적진의 우익이 밀려옵니다. 매우 강력하게요.

바위 벼랑의 좁은 협곡을 차지하려 밀려오는

적의 공격을 한 명 한 명 끝까지 맞설 것입니다.

파우스트 (손으로 왼쪽을 가리킨다.)

총사령관, 이 사람도 한번 눈여겨보시지요.

강력한 전력을 보강한다 해서

해가 될 건 없으니까 말이오.

자린고비 (앞으로 나선다.)

좌측 측면이라면 걱정하지 마시지요!

내가 있는 곳은 어느 누구도 손댈 수 없으니.

이 늙은이의 수중에 들어오면 결코 빠져나갈 수 없지.

그 어떤 번개라도 내가 가진 것을 쪼갤 수 없으니.

(퇴장)

메피스토펠레스 (위에서 아래쪽으로 내려오면서)

이제 뒤편을 한번 보시지요.

무장한 무리가 험준한 바위 협곡에서 나와

언덕바지 협로를 꽉 채우며 전진하는군요.

투구에 갑옷, 검, 방패를 갖추고는

우리 뒤편에 장벽을 만들며

공격신호만을 기다리고 있군요.

(나지막한 목소리로, 사정을 알 만한 관객에게)

저들이 어디서 왔는지 묻지 마요.

솔직히 말해 얼른 주변을 뒤져서

무기고를 샅샅이 털었어요.

저것들이 자신들이 아직도

세상의 주인인 듯 말을 타고 서 있더라고요.

예전이야 기사니 왕이니 황제니 했지만

지금은 속 빈 달팽이 껍질에 지나지 않지요.

저렇게 많은 유령이 갑옷을 걸치니

중세의 모습이 다시 되살아나네요.

어떤 악마가 그 안에 들어 있던,

분명 이번에는 효과가 있어요.

(목청껏 큰 소리로)

들리나요, 저 무리가 벌써 분노하여

창칼과 갑옷이 서로 부딪치며 내는 저 소리가!

게다가 군기의 줄무늬 조각들도 펄럭거리네요.

잘 생각해요.

이 옛 종족이 이미 준비가 되었으니

새로운 전투에 언제라도 뛰어들 거요.

(위에서 무서운 나팔 소리가 들려온다, 적군의 동요가 뚜렷하다.)

파우스트   지평선이 어둑어둑해지고,

이곳저곳에서 번쩍번쩍 불빛이 반짝인다,

붉은 불빛에 불안한 예감이 드는구나.

창칼은 어느새 핏빛으로 번쩍이고,

바위, 숲, 대기, 온 하늘까지도 그렇구나.

메피스토펠레스　　우익은 굳건히 버티고 있어요.

그중에서도 가장 돋보이는 건 과연 싸움꾼 한스군요.

날쌘 몸놀림으로 이 거인은

자기 방식대로 재빠르게 공격하고 있어요.

황제　　처음에 팔 하나를 드는 걸 보았는데,

이제 보니 열댓 개 팔이 날뛰는구나.

아무래도 이건 분명 예사로운 일은 아닐세.

파우스트　　혹시 시칠리아 바닷가에 드리운다는

안개 띠 얘기를 들어보지 못하셨나요?

그곳에선 밝은 대낮에도 하늘 중턱에 떠올라

그토록 독특한 안개에 반사되며

기이한 얼굴이 나타난다 하더군요.

거기서는 도시들의 모습도 일렁이고,

정원들도 오르락내리락하는데.

대기를 뚫고 이런 모습들이 차례로 보인다고 합니다.

황제　　그래도 매우 이상해!

높이 들어 올린 날카로운 창끝마다 반짝이는 빛이 난다.

그런데 우리 집방진의 반짝이는 창끝에는

불꽃이 춤추는 것만 같지 않은가.

아무래도 이건 분명 유령들의 짓인 것 같구나.

파우스트   고정하십시오, 폐하.

저것들은 오래전에 사라진 정령의 흔적들입니다.

디오스쿠로이 별이 반사된 모습이지요.

그들은 여기서 마지막 힘을 모으고 있습니다.

황제   그렇다면 말해보시오.

대체 누구 때문에 자연이 우리를 위해

저리 기묘한 힘을 벌인단 말이오?

메피스토펠레스   폐하의 운명을 가슴에 품고 있는

그 마술사 말고 누구 덕이겠습니까?

폐하의 적들이 강력히 위협해오는 모습을 보며

심히 염려하고 있답니다.

그는 보은을 통해 폐하를 구하려고 합니다.

그러다 그가 죽는다고 해도 말입니다.

황제   백성들은 환호성을 치며 자랑스레 날 반겼지.

권력에 오른 나는 내 힘을 시험해보고 싶었어.

깊게 생각할 것도 없이 기회가 왔어.

마법사 흰 수염에게 시원한 공기를 선사했지.

그러나 덕분에 성직자들의 심기를 불편하게 했다네.

그러니 쉽게 그들의 호감을 되찾을 수 없었어.

이미 여러 해가 흘렀는데

그때 했던 일의 보답을 이제 받게 된단 말이오?

파우스트 아무런 계산 없이 한 선행의 대가는 값지지요.

눈길을 들어 이제 앞을 한번 바라봐주시지요!

제 생각으로는 그가 무슨 신호를 보낼지도 모릅니다.

그러니 주의하세요. 이제 곧 신호를 보낼 테니까요.

황제 독수리 한 마리가 하늘 높이 맴돌고 있군.

그런데 괴조 그라이프 한 마리가

그 뒤를 거칠게 쫓고 있어.

파우스트 잘 보세요. 제가 보기에는 길조 같군요.

괴조는 전설적인 짐승입니다.

그런 괴조가 어찌 제 주제도 잊고

진짜 독수리와 맞서려 하는 걸까요?

황제 이제 큰 원을 그리며 서로 빙빙 도는구나.

순식간에 서로를 향해 달려드는군.

서로 가슴과 목을 찢으려 말이야.

파우스트 제가 보니 끔찍하게 생긴 저 괴조가

온통 뜯기고 찢긴 채 손해만 입고

사자 꼬리를 늘어뜨린 채

산꼭대기 숲에 떨어져 시야에서 사라졌어요.

황제 저 징조처럼 됐으면 좋겠구나!

내 경건하게 받아들일 테니.

메피스토펠레스 (오른쪽을 바라보며)

계속되는 세찬 공격에 적들은 물러설 수밖에 없고,

불확실한 싸움을 하다 보니

그들의 우익 쪽으로까지 밀려

적의 주력 부대의 좌익 군사들은 어쩔 줄 몰라 합니다.

우리 집방진의 선봉은 우측을 치며

동시에 번개처럼 적들의 취약한 부분을 파고듭니다.

폭풍이 몰아친 파도처럼 불꽃을 튀기며

양측이 동일한 힘으로 충돌하고

이중으로 거칠게 전투에 돌진합니다.

이보다 더 이상 멋지게 해낼 수는 없겠어요,

분명 이 전투에서 우리가 승리할 것입니다!

황제 (왼편에 서서 파우스트에게)

저길 좀 보게! 저곳이 좀 염려스럽네.

우리 쪽 진지들이 위태로워 보이는군.

돌들이 날아다니는 모습도 보이지 않고,

암벽 아래까지 적들이 올라왔어.

이미 높은 곳의 진지는 버려졌어.

이런! 적들이 엄청난 무더기로

점점 가까이 다가오고 있어!

저들이 협로를 점령한 것 같군.

결국 이리 저 불경한 것들이 승리하다니!

당신들이 부린 마법은 모두 헛수고였어.

(사이)

메피스토펠레스　저기 내 까마귀 두 마리가

오고 있어요. 무슨 소식을 가져온 걸까요?

전황이 우리에게 불리한 건 아닌지 매우 염려되는군요.

황제　이 흉측한 새들은 또 뭔가?

격렬한 결전이 벌어진 바위에서

이리로 그들의 검은 돛을 펼치고 있군.

메피스토펠레스　(까마귀들에게)

내 귀 쪽에 가까이 앉아봐.

너희가 지켜주는 쪽은 패배하지 않지.

너희들의 조언은 항상 옳으니까.

파우스트　(황제에게)

비둘기들에 대해서는 잘 아실 겁니다.

저 멀리 갔다가도 새끼와 먹이가 있는 둥지로 돌아오죠.

여기에 가장 중요한 차이가 있습니다.

비둘기통신은 평화에 기여하고,

전시에는 까마귀통신이 필요합니다.

메피스토펠레스 아주 마음을

무겁게 하는 소식입니다.

저기 좀 보세요! 우리 영웅들이

암벽 쪽으로 몰려 궁지에 처해 있어요!

주변 고지들은 이미 점령당했습니다,

그들이 협로마저 차지한다면

우리 상황은 매우 불리해집니다.

황제 그러니까 내가 속았단 얘기로군!

너희들이 나를 함정에 빠뜨렸어.

나를 죄여오는 그 순간부터 매우 두렵구나.

메피스토펠레스 용기를 내세요!

아직 패한 것은 아닙니다.

마지막 순간까지 인내와 책략이 필요합니다!

뭐든지 마지막에 이르면 더 날카로워지는 법이니까요.

제게는 확실한 전령들이 있으니,

그저 명령만 내려주시지요!

총사령관 (그 사이에 다가와 있다가)

폐하께서 이런 이들과 함께하시니

사실 지금까지 매우 고통스러웠습니다.

허상으로 가득한 속임수는

온전한 행복을 불러오지 못합니다.

이번 전투에 더 이상

무슨 수를 써야 할지 모르겠습니다.

저들이 시작했으니 저자들에게 끝내라 명하십시오.

여기 제 지휘봉을 돌려드리겠습니다.

황제 상황이 더 나아질 때까지

지휘봉을 가지고 있으시오.

어쩌면 행운이 따를지도 모르니까.

이 악마 같은 이들이 정말 혐오스러울 뿐이오.

까마귀를 신뢰하는 것도 그렇고.

(메피스토펠레스에게)

자네한테 지휘봉을 넘겨줄 수 없어.

아무래도 적임자가 아닌 것 같소.

명령을 내려 우리를 구해보시오!

할 수 있다면 어서 해보란 말이오.

(총사령관과 함께 막사 안으로 사라진다.)

메피스토펠레스 저 멍청한 막대기가

황제를 지켜주면 좋으련만!

우리한테야 아무런 쓸모도 없으니까.

십자가 같은 게 새겨져 있던걸.

파우스트 이제 어쩔 거지?

메피스토펠레스 그야 이제 시작이죠!

　　　　이 검은 까마귀들아,

　　　　이제 어서 움직여 산속 호수로 가라!

　　　　요정 운디네에게 안부를 전하고

　　　　홍수의 허상을 일으켜달라고 부탁하라.

　　　　이들은 여자들만의 신비로운 비법으로

　　　　실체에서 알아채기 힘든 허상을 끌어내지.

　　　　이 허상을 보면 모두 그게 진짜라고 생각하지.

파우스트 우리 까마귀들이 물의 요정한테 가서

　　　　제대로 전한 모양이야.

　　　　저기 벌써 물이 졸졸 흐르고 있어.

　　　　벌거숭이 메마른 바위틈 곳곳에서

　　　　샘물이 콸콸 흐르기 시작하네.

　　　　저들이 승리를 확신하는구나.

메피스토펠레스 아주 멋진 인사가 아닐 수 없어요.

　　　　겁 없이 기어오르던 녀석들이 어쩔 줄 모르는군요.

파우스트 한 물줄기가 여러 개로 갈리며

　　　　세차게 쏟아지고, 그새 협곡에 이르러 두 배로 불어난다.

　　　　이제 큰 물결이 활처럼 휘며

　　　　금세 평평한 바위를 뒤덮고

사방으로 콸콸 소리 내며 물거품을 일으킨다.

계곡을 향해 한 계단씩 뛰어내린다.

아무리 용감하게 영웅처럼 버텨봤자

모두 무슨 소용이란 말인가?

세찬 물결에 모두 휩쓸려버린다.

저 엄청난 물을 바라보니 나 역시도 오싹해지는구나.

메피스토펠레스   내 눈에 저 물 속임수는 보이지 않죠.

오직 인간의 눈에만 보이며 사람들을 기만하니까요.

이런 놀라운 광경을 보니 정말 즐겁군요.

저들이 떼거지로 도망치고 있어요.

어리석은 저들은 물에 빠져 죽는 줄로만 알죠.

단단한 땅을 밟고 있으면서도 헐떡이고,

헤엄을 치듯 요상한 몸짓을 하며 도망치려 하고 있네요.

혼란스럽기 그지없죠.

(나갔던 까마귀들이 돌아왔다.)

내 높으신 마법의 스승님께 너희들을 칭찬해주지.

너희도 스스로 대가라고 증명하고 싶다면,

어서 저 불타오르는 대장간으로 가.

그곳에는 난장이족들이 지칠 줄도 모르고

쇠와 돌을 두드려 불꽃을 일으키고 있어.

가서 잘 설득해서 불을 하나 빌려오라고.

반짝이고 번쩍이고 팍 터지면서,

사람들이 생각할 수 있는 것 중 가장 최고의 걸로.

저 멀리 마른번개가 치는 거나

저 높은 하늘에서 별똥별이

눈 깜짝할 사이에 떨어지는 거

이런 건 여름밤이라면 얼마든지 볼 수 있다고.

그러나 복잡하게 얽힌 덤불 속에 이르는 번개나

물이 찬 땅에서도 소리를 내는 별똥별은

쉽게 볼 수 없으니까.

그러니 더 이상 골치 썩이지 말고,

우선 부탁하다가 그래도 안 되면 윽박질러버려.

(까마귀들 퇴장. 앞에서 설명한 대로 일이 벌어진다.)

메피스토펠레스   적들은 짙은 어둠에 빠져들었군!

발걸음을 떼기도 힘들겠지!

갑자기 섬광이 일어나 눈이 부시네!

모든 것이 아주 잘 됐지만 이제 필요한 건

바로 공포의 소리지.

파우스트   빈 갑옷들이 지하 납골당에 있다가

밖으로 나와 신선한 공기를 마시니 좀 더 강력해지는군.

이미 저쪽에서부터 철커덕 소리를 내고 있어.

정말로 끔찍한 소리로군.

메피스토펠레스   당신 말이 맞아요!

저들은 더 이상 규제가 되지 않죠.

기사들끼리 서로 치고받는 소리가 들려요.

멋졌던 그 옛날처럼 말이죠.

팔 가리개와 다리 가리개가 교황과 황제 두 편으로 갈려

끝이 없던 그 싸움을 또 시작하고 있어요.

대대로 물려받은 생각에 변함이 없어

이들은 절대 화해할 수 없어요.

이들의 싸우는 소리가 저 멀리까지 울려 퍼져요.

결국, 악마들의 축제 때마다 그러했듯이

각 파 사이의 증오심이 최고조에 이릅니다.

그렇게 끝까지 가겠죠.

악마처럼 날카롭고 끔찍하게 내지르는 분노의 소리가

골짜기 전체에 울려 퍼지네요.

(오케스트라, 전쟁의 아우성을 연주하다가, 끝에 가서 경쾌한 군악으로 바뀐다.)

황제의 막사

(주변을 호화스레 잘 꾸며놓았다.)

(날강도, 소매치기)

소매치기   자, 이제 우리가 일등이야!

날강도   까마귀도 우리만큼 빠르지 못해.

소매치기   오! 여기 보물이 무더기로 쌓여 있네!

　　　　어디서부터 시작하지?

날강도   창고가 미어터지는군!

　　　　뭘 잡아야 할지 모르겠구나.

소매치기   이 양탄자가 나한테 딱 제격이야,

　　　　잠자리가 불편했는데 말이지.

날강도   여기 강철로 만든 철퇴가 있어.

　　　　전부터 이런 걸 갖고 싶었는데.

소매치기   금박 단이 박힌 붉은 외투도 있어.

　　　　저런 걸 가졌으면 하고 꿈꿔왔다고.

날강도   (무기를 집어 들며)

　　　　이거면 뭐든지 금방 끝낼 수 있지.

　　　　이걸로 모두 해치우고 앞으로 나간다.

　　　　넌 벌써 많이도 챙겼군.

그런데 제대로 된 건 하나도 없어.

허접한 것들은 그 자리에 도로 놔두고,

여기 이 궤짝이나 가져가!

이건 군인들한테 줄 급료야.

금화가 가득 들었지.

소매치기 무게가 아주 살인적인걸!

들어 올리지도, 옮기지도 못하겠어.

날강도 빨리 허리를 구부리라고!

몸을 숙여야지! 네 튼튼한 등짝에 올려줄 테니까.

소매치기 아이고, 아프다고 아파! 도저히 안 되겠어!

너무 무거워 내 허리가 두 개로 끊어지겠어.

(궤짝이 바닥에 굴러 떨어지며 뚜껑이 열린다.)

날강도 붉은 금화가 바닥에 다 떨어졌네.

어서 모두 주워 모아!

소매치기 (쪼그리고 앉는다.)

자, 빨리 내 앞치마에 담아!

충분하려면 아직 더 담아야 해.

날강도 이제, 그만! 어서 서둘러!

(그녀가 일어난다.)

아니 이런, 앞치마에 구멍이 있잖아!

어디로 가든지 그리고 어디에 서든지

보물이 씨 뿌리듯 줄줄 새겠어.

근위병들   (황제의 근위병들)

너희들, 이 성스러운 장소에서 뭘 하는 게냐?

왜 황제 폐하의 보물을 뒤적거리는 거야?

날강도 우리는 목숨을 걸었으니

그 대가를 가지러 온 거요.

적진 막사에서도 이러는 게 관습처럼 벌어지고,

그리고 우리 또한 함께 싸운 군인이니까.

근위병들   우리 부대에서는 그런 일을 있을 수 없다.

병사이면서 동시에 도둑이라니.

황제 폐하를 가까이에서 모시는 이라면

뭣보다 정직한 군사여야 한다.

날강도 당신들이 말하는 정직이라는 거

다른 말로는 공물을 뜻하지 않소.

당신들도 우리와 다를 거 없잖아.

'당장 이리 내!'가 당신들 인사나 다름없지 않소.

(소매치기한테)

어서 계속 담아서 여기서 도망치자고,

아무래도 여기서 우리는 환영받지 못하는 손님인가 봐.

(퇴장)

근위병1　이보게, 왜 저런 놈한테 그 즉시

　　　　뺨을 한 대 갈기지 않는 거지?

근위병2　글쎄 모르겠어. 몸에 힘이 빠지더니,

　　　　아무래도 유령에 홀린 것 같았어.

근위병3　난 눈이 침침해지더니

　　　　불빛이 번쩍이며 통 보이지가 않았어.

근위병4　도저히 뭐라 말해야 할지 모르겠군.

　　　　온종일 날이 덥더니,

　　　　불안하고 답답하면서 숨 막힐 정도로 후덥지근했지.

　　　　한 놈은 서 있고, 다른 한 놈은 쓰러져 있었어.

　　　　적을 찾으려 손으로 더듬으면서 적들을 해치웠어.

　　　　내리기도 전에 적들은 쓰러졌어.

　　　　눈앞에 안개 베일 같은 것이 드리우더니

　　　　귓가에 윙윙, 쏴쏴 소리가 요란하게 나는 거야.

　　　　온종일 계속 그랬는데 지금 여기에서도

　　　　도대체 어찌 된 영문인지 정말 모르겠어.

황제　(영주 넷과 함께 등장한다.)

근위병들　(물러간다.)

황제　그가 어떻게 했든 간에!

이제 우리는 이 전투에서 승리했소.

적들은 평평한 들판으로 뿔뿔이 흩어졌소.

여기 텅 빈 옥좌가 있고,

반역자들의 보물들은

양탄자에 둘둘 싸여 자리만 비좁게 하는군.

자랑스러운 근위병의 호위 속에

우리는 이 제국의 백성들에게

보낸 사신들을 기다리고 있소.

사방에서 기쁜 소식들이 도착하는군.

나라 곳곳이 안정되었다는 소식이

우리를 즐겁게 하는구나.

이번 전투에 비록 마법이 개입되기는 했지만,

결국 마지막엔 우리 힘으로 싸워 성취한 것이오.

물론 우연들이 우리에게 유리하게 작용했소.

하늘에서 돌이 떨어지고,

적들에게 핏물이 퍼붓기도 하며

바위동굴에서는 음산한 소리가 울려 퍼지며

우리에게는 사기를 북돋아주고 적들의 사기를 꺾었지.

패자는 쓰러져 계속 조롱받고

승자는 자랑스레 신의 은총을 노래하지.

"하느님, 당신을 찬양합니다!"라고

수백만이 목청껏 외친다네.

찬미의 노래를 바치다가 요즘

왜 그런지 갑자기 경건한 눈길로

내 마음을 살피곤 하지.

젊고 쾌활했던 군주는

한때 허송세월을 보냈을지언정,

훗날 세월이 흐르면

그 순간의 가치를 깨닫게 되는 법.

따라서 더 이상 지체 없이

네 공신분들과 가정과 궁정과 나라를 위해

관계를 돈독히 하려 하오.

(첫 번째 공신에게)

귀공, 능숙한 병력 배치는

앞으로 당신에게 맡기는 바요.

위기의 순간 그대의 대담한 지휘가 빛을 발했소.

이제 평화가 왔으니 시대의 요구에 따라

내 그대를 집사장에 명하고 이 검을 하사하겠소.

집사장 아직까지 내부에서 반군 진압에 여념이 없는

폐하의 충실한 군대가 국경을 지켜 폐하와

폐하의 옥좌를 굳건하게 수호할 것입니다,

그때가 오면 조상이 물려준 널따란 성에서

축하연을 열어 폐하께 성찬을 대접하여

올리게 허락해주소서.

이 번쩍이는 칼을 차고서 폐하를 보좌하겠습니다.

지엄하신 폐하를 영원히 모시겠습니다.

황제 (두 번째 공신에게)

그대의 용맹함과 더불어

다정다감한 품성을 보여주었으니

그대는 시종장을 맡아주시오.

이 임무는 결코 쉽지 않소.

공은 우리 궁정에서 일하는 모든 이들의 우두머리이니,

행여 내분이 생기면

나를 받드는 데 차질이 생기기 마련이오.

그대의 선례가 앞으로도 귀감이 되도록 하시오.

그리하여 주군에게도,

그리고 이 궁정의 모든 이들을 기쁘게 해주오.

시종장 주군의 위대한 뜻을 받들게 되어

참으로 영광이옵니다.

선인은 도와주고 악인에게도 혹독하게 하지 않으시니,

사심 없이 투명하고, 술수 없이 한결같을 것입니다!

폐하께서 이런 제 마음을 헤아려주시기만 해도

이미 그것으로 충분하옵니다.

축하연의 모습을

제 상상으로 보여드리도록 허락해주소서.

폐하께서 자리에 앉으시면

황금 대야를 대령하겠습니다.

즐거운 식사 자리 전에 손을 씻으시도록

기쁜 마음으로 폐하의 시선을 우러러보며

폐하의 반지를 들고 있겠사옵니다.

황제 지금 잔치의 즐거움을 생각할 기분은 아니지만,

정 원한다면, 좋소!

그리하면 이 새 출발도 분명 더 흥겨워지겠지.

(세 번째 공신에게)

그대를 사옹원장으로 명하는 바요!

따라서 지금부터 사냥, 축사, 황실 농장을 관리하시오.

매월 항상 그 계절의 진미를 엄선하여

정성껏 준비해 올리도록 하시오.

사옹원장 먼저 엄격하게 금식을

제 의무로 삼아 최고의 요리를

폐하께 올리도록 하겠습니다.

주방에서 일하는 시종들은 저와 마음을 합하여

먼 곳의 재료로 철 이른 음식을

미리 폐하께 받치겠습니다.

식탁을 화려하게 꾸미는

멀고 가까운 곳의 산해진미보다는

오히려 소박한 음식에 폐하께서 끌리실 것이옵니다.

황제 (네 번째 공신에게)

지금 여기서 잔치 이야기를 하고 있으니

미룰 것 없이 젊은 귀공을 헌작공에 임명하겠소.

의무를 성실하게 지켜 황실의 술창고에

좋은 포도주가 늘 가득하게 해주시오.

그러나 그대는 절도를 지켜야 하오.

흥에 겨워 술자리에서 자신을 잃는

유혹에 빠지면 절대 아니 되오.

헌작공 폐하, 비록 젊은 사람이라도

신임을 받게 되면 금세 사나이로 성숙해지는 법입니다.

이미 저는 이 큰 연회에 마음을 쏟고 있습니다.

황제 폐하의 연회를 최고로 멋진

금은 식기들로 화려하게 꾸미겠습니다.

폐하를 위한 귀한 술잔도 준비하지요.

맑은 베네치아 유리잔입니다.

아름답기 그지없고 술맛을 더 돋우지만

결코 취하게 하지 않습니다.

사람들은 이 놀라운 물건을

지나치게 과신하는 경향이 있지만

폐하의 절제력이 폐하의 옥체를 보호해줄 것입니다.

황제 나는 이 진중한 시기에 귀공들에게 약속했고,

그대들은 분명 신뢰할 수 있는 입을 통해

그 약속을 들었소.

황제의 말은 지엄하고 그 약속은 분명히 지켜지오.

그렇지만 그 권위를 강화하는 차원에서

고귀한 문서와 서명이 필요하오.

막 문서를 작성하려는 찰나 그 적임자가 들어오는구나.

(대주교 겸 대재상이 들어온다.)

황제 아치에 종석이 놓이는 순간

아치는 영원히 완성되는 것이오.

여기 네 제후를 보시오!

우리는 황실과 조정을 굳건히 하는

문제에 대해 논의하였소.

이제 제국의 근간을 돌보는 일을

그대들 다섯 신하에게 맡기며

모든 권한과 힘을 주려 하오.

영토 면에서 공들은 누구보다 빛나야 하오,

그래서 지금 영지의 경계를 늘려주겠소.

우리에게 등진 자들의 땅을 그대들에게 얹어주겠소.

충직한 그대들에게 좋은 땅을 나눠주리다.

그 밖에도 큰 권한을 줄 테니

기회가 되면 반환이나 매입, 교환의 방식으로

영토를 더 확장하기 바라오.

영주로서 영지를 다스리는 고유의 권한을

누구에게도 간섭받지 않고 마음껏 행사해도 좋소.

재판관으로서 최종판결을 내리기도 하고,

공들이 지닌 최고의 권한 앞에 상고는 존재하지 않소.

세금, 이자와 공물, 봉토와 통행세, 관세.

채광권, 채염권, 화폐 주조권은

모두 그대들이 결정하시오.

내 고마운 마음을 진심으로 보여주고 싶어

그대들에게 황제나 다름없는 위치로 격상시켜주리다.

대주교 저희 모두 함께 깊은 감사를 올립니다.

저희를 강하게 하시니

폐하의 권력이 좀 더 굳건하고 강력해질 것입니다.

황제 그대들 다섯 공신들에게도

더 값진 권한도 줄 것이오.

아직 내 제국을 위해 살아왔고 앞으로도 살 것이지만,

한참 열심히 일을 하다가도
지난날의 승계과정을 떠올리면
또다시 위험을 느끼곤 한다오.
나 역시도 때가 찾아와
소중한 이들과 헤어진다면,
내 후계자를 지명하는 권리도
그대들에게 하사하겠소.
그에게 왕관을 씌워 성스러운 제단에 세우고
지금처럼 폭풍 몰아치듯
혼란스러운 모든 것을 평화롭게
마무리 짓도록 하시오.

대주교 마음 깊은 곳에 긍지로 가득하지만
공손한 자세로 우리 영주들
이 땅의 으뜸이신 폐하께 머리를 숙입니다.
충성스러운 피가 이 혈관에 요동치는 한
저희는 폐하의 의지대로 움직일 것입니다.

황제 그렇다면 마지막으로,
지금까지 우리가 공표한 것을
훗날을 위해 문서로 작성하여 서명할 것이오.
그대들은 영주로서 영토를 원하는 대로 가질 수 있지만
영토를 분할하지 않는다는 조건이 있소.

또한 내게 하사받은 영토를

그대들이 늘려놓았다 하더라도

모두 동일하게 장남에게 물려줘야 하오.

대재상 제가 곧 양피지에 기록하겠습니다,

제국과 우리의 행복을 위한 아주 중요한 법령입니다.

정서와 봉인은 관리들에게 맡길 테니,

폐하의 성스러운 서명으로 입증해주시옵소서.

황제 이제 그만들 물러나시오,

이제 소중한 이날의 의미를 모두 한번 깊이 새겨보시오.

(세속의 제후들은 물러난다.)

대주교 (가지 않고 남아서 장엄한 투로 말한다.)

재상은 이미 물러가고, 주교는 남았습니다.

근심 가득한 마음에서 간곡히 폐하에게

고할 일이 있습니다!

어버이 같은 제 마음은 심히

폐하의 걱정으로 근심이 가득 찼나이다.

황제 이렇게 기쁜 순간에 걱정이라니요?

어서 말해보시오!

대주교 이 순간 제 마음은 매우 비통합니다.

폐하의 신성한 정신이 사탄과 결탁되어 있다니요!

그것이 폐하의 옥좌를 견고히 지켜주는 듯 보이나,

그렇지만! 폐하께서는 우리 하느님과

교황 성하를 모독하고 계십니다.

교황께서 이 일을 아시면 당장 심판을 해서

죄로 물든 이 제국을 성스러운 빛으로 섬멸하실 겁니다.

그분께서는 지금도 잊지 않으셨습니다.

폐하의 대관식 날 마지막 순간 폐하께서

마법사를 풀어주셨지요.

폐하의 왕관에서 반짝인 첫 은총의 빛이

저주받은 머리를 맞혀 기독교가 해를 입었습니다.

어서 가슴 깊숙이 참회하시고

사악하게 얻은 행운 중 일부라도

당장 교회에 돌려주십시오.

폐하의 천막이 있었던 그 넓은 언덕에는

악령들이 폐하를 지키려고 서로 단합했던 그곳,

가짜 제후에게 폐하의 순진한 귀를 빌려주었던

그 언덕을 깊고 신실한 믿음으로

신성한 뜻을 위해 부디 헌납하소서.

저 멀리 뻗은 산과 울창한 숲, 푸른 풀로 뒤덮인 언덕들,

물고기가 헤엄치는 맑은 호수들,

계곡으로 흘러내리는 무수히 많은 냇물들,

넓은 계곡, 초원과 산골짜기와 협곡들까지.

이렇게 회개하는 마음을 표하시면

죄 사함을 받으실 겁니다.

황제 내가 저지른 무거운 실수에 나도 깊이 놀라는 바이오.

그대의 재량껏 그에 필요한 땅의 경계를 정하시오.

대주교 우선! 신성을 모독하고 사악한 죄로 물든

공간을 모두 하나님을 모시는 곳으로 선포하시지요.

그 순간 마음에 벽들이 웅장하게 치솟고,

아침 햇살의 시선이 제단에 빛을 비추며,

점차 커지는 건물은 십자가의 모양을 갖추더니,

본당은 커지고 높아져 신도들이 기뻐할 것입니다.

이들은 엄숙한 문을 지나 열정적으로 몰려들고

첫 종소리가 산과 계곡에 울려 퍼집니다,

참회를 마친 이들은 다시 태어난 삶을 위해

이곳을 찾아올 것입니다.

거룩한 낙성식을 위해, 그날이여 어서 오소서!

폐하께서 그곳에 오신다면 더 없는 영광이 되겠지요.

황제 이 웅장한 과업을 주님을 찬양하기 위해

경건한 마음으로 선포하여 내 죄를 사할 수 있으리라.

이제 됐소! 벌써 경건한 마음이 드는 것 같군.

대주교 이제 재상으로서 서류를 마무리하겠나이다.

황제 교회가 그 땅을 소유한다는 문서를

공식적으로 작성하시오.

그대가 그 서류를 가져오면

내 기쁜 마음으로 서명하겠소.

대주교 (그만 하직하고 물러나려다 문턱에서 돌아서며)

그리고 세워질 그 과업의 일환으로

십일조, 이자, 헌금 등 모든 수익을

지으려는 교회에 기증하십시오. 영원히 말입니다.

교회를 제대로 유지하려면 비용이 많이 필요합니다.

저렇게 황량한 곳에 신속히 건물을 지을 수 있도록

폐하의 전리품에서 보유하신 황금 가운데

약간을 내어 주시옵소서.

게다가, 제가 말씀을 드리지 않을 수 없군요.

먼 곳에서 목재와 석회

그리고 석판 등을 들여와야 합니다.

운반은 설교의 가르침에 따라 백성들이 하고

교회는 사역을 떠나는 그 사람들을 축복할 겁니다.

(퇴장)

황제 어깨에 짊어진 나의 죄가 이리 크고 무겁구나.

그 흉측한 마법사들이 내게 거대한 해를 끼쳤도다.

대주교 (다시 돌아와 깊이 허리를 숙이며)

용서하십시오, 폐하!

그 악랄한 인간에게 해안이 봉토로 하사되었나이다.

폐하께서 죄를 뉘우치시는 뜻으로

그곳에서 나는 십일조, 이자와 헌납, 수익 등을

교회에 바치지 않으시면,

그자는 파문당할 것입니다.

황제 (아주 불쾌한 표정으로)

그 땅은 아직 존재하지도 않소.

아직 바닷속에 있지 않소.

대주교 권한과 인내심이 있다면

때는 오기 마련입니다.

소인은 폐하께서 윤허하신 것으로 믿겠사옵니다!

황제 (혼잣말로)

이러다가는 머지않아 이제 곧

제국을 통째로 넘겨줄지도 모르겠어.

제5막

광활한 땅

나그네 그래! 바로 그 무성한 보리수들이야.

예전과 마찬가지로 그 자리에 있구나.

그리고 이렇게 다시 보게 되다니,

도대체 얼마만이란 말인가!

아, 오래된 저 자리, 저 오두막, 나를 감싸주었지.

거센 폭풍이 몰아치는 파도가

나를 저 모래언덕에 내동댕이쳤을 때도!

저 주인들에게 감사드리고 싶구나.

인자하고 친절한 두 부부 당시에도 연세가 많았으니

오늘 이 주변에서 옛날 그때처럼

다시 만나기는 어렵겠지.

아! 정말 신실한 믿음을 가진 분들이셨어!

문을 두드려볼까? 불러볼까?

안녕하세요! 아직도 손님들에게

친절을 베풀며 살아계셔서

그들의 선행을 다시 한 번 느낄 수 있다면

얼마나 좋을 까!

바우치스　(할머니, 무척 늙어 보인다.)

나그네 양반! 조용히 해요! 조용히!

지금 영감이 쉬고 있어요! 조용히 해요!

노인네란 잠을 충분히 자둬야

잠깐이라도 일을 할 수 있다오.

나그네　그때 그 할머니 맞으시죠?

제게 은혜를 베풀었던 그분 맞으시죠?

이 젊은이의 생명을 바깥어른과 함께

구해주셨잖아요? 바우치스 할머니신가요?

그때 거의 죽다시피 한 제 입을 축여주셨잖아요?

(할아버지 등장한다.)

아, 필레몬 할아버지!

예전에 제 소중한 물건을 파도에서 건져주셨지요?

바로 불을 피워주시고 은빛 종을 울려서

그 끔찍했던 모험의 위험을 싹 가시게 해주셨지요.

또다시 그 모래언덕에 올라가

끝없이 펼쳐진 바다를 보고 싶군요.

마음이 매우 두근거려요.

(모래언덕을 향해 걸어 나온다.)

필레몬 (바우치스 할머니에게)

어서 식탁을 차려요. 꽃이 활짝 핀 정원에 말이에요.

저 친구가 달려가 놀라게 돼요,

눈에 보이는 걸 믿지 못할 테니.

(나그네 곁에서)

저기 저 풍경, 자네를 그렇게도 못살게 하며

거칠게 거품을 뿜어대며 밀려왔던

저 바다가 이제는 정원이 되어 그대를 반기는군요.

정말 천국 같은 광경이 아니오.

이제 나이가 들어 예전처럼 그렇게 도와주지는 못하지.

내 몸에서 힘이 빠져나가듯

저 파도도 저리 뒤편으로 밀려났다오.

현명한 나리가 솜씨 좋은 일꾼을 데려와

제방을 쌓고 물길을 막아 바다의 권한을 제한하고

바다 대신 자기들이 주인이 되려 했지.

저기 초원들이 쭉 펼쳐진 모습 좀 봐요,

풀밭, 정원, 마을 그리고 숲까지.

어서 눈으로 잘 봐둬요. 곧 해가 질 테니 말이오.

저 멀리 돛배들이 지나가는군!

안전한 항구를 찾아 밤을 지새우려는 거겠지.

새들이 둥지를 찾아가듯이

배들도 저편에 있는 항구를 찾는다오.

저 멀리 떨어진 곳을 바라보면

바다의 푸른 끝자락이 보이고,

좌우로 넓게 퍼져 있는 것은

다 사람들이 밀집하여 살고 있는 공간이라오.

(정원의 식탁에 앉은 세 사람)

바우치스   왜 그리 말없이 있는 거죠?

　　　　배고플 텐데 왜 조금도 입에 대지 않고.

필레몬   이 젊은이야 저 기적 같은 일에 대해

　　　　알고 싶겠지. 그건 당신이 잘 하니까, 한 번 해봐요.

바우치스   그래요, 그건 정말 기적이나 다름없었죠!

그런데 그것 때문에 항상 제대로 쉴 수가 없죠.

처음부터 끝까지 모두

올바르게 된 것이 아니라 그런 거죠.

필레몬 하지만 그자에게 저 해안을

봉토로 하사했다고 황제 폐하께 죄를 물을 수는 없잖소.

이 일을 알린 사람은 전령관이었지.

요란스레 그 소식을 알리며 우리 집 앞을 지나갔어.

저편 모래언덕이 멀지 않은 곳에

가장 먼저 터를 잡았어요.

천막과 오두막이 가득했지!

그러더니 곧 푸른 초원에 금방 궁전이 들어섰다오.

바우치스 낮에는 일꾼들이 꽤나 소음을 냈어요.

괭이와 삽을 가지고 파고 또 팠지요.

밤이 되면 작은 불꽃들이 우글대더니

그 이튿날이면 둑이 하나 우뚝 솟아 있었어요.

아마 사람들을 피의 제물로 바친 게 분명해요.

밤마다 고통의 신음소리가 울려 퍼졌으니까.

불길이 바다 쪽으로 흘러들더니,

그 이튿날 운하가 생겨 있었어요.

그 사람은 하느님을 믿지 않죠.

계속해서 우리 집과 작은 숲을 욕심내고 있어요.

그런 사람이 이웃인 듯 뻐기고 다니면

우리 사람들은 그저 종처럼 굽실거릴 수밖에.

필레몬 그렇지만 그 사람은 우리에게

새로운 땅에서 아름다운 것을 주겠다고 제안했지!

바우치스 그렇지만 그저 바다를 메운 땅을

믿지 마요. 그저 우리 언덕이나 잘 지켜요!

필레몬 이제 우리 예배당으로 가서,

지는 저녁노을이나 구경합시다!

종을 치고 무릎을 꿇고 기도를 올립시다!

그리고 친숙한 우리 주님을 믿고 의지하십시다!

궁전

(드넓은 공원, 직선으로 뚫린 큰 운하)

(파우스트, 아주 늙은 모습으로, 생각에 잠긴 채 거닐고 있다.)

망루지기 린코이스 (확성기를 들고서)

해가 지면서 마지막 배들이

반갑게 항구로 들어오고 있습니다.

큰 배가 한 척 운하를 따라 이곳에 접근하는군요.

온갖 깃발들이 바람에 휘날리며

배를 정박할 준비도 마쳤습니다.

당신 아래서 뱃사람은 즐겁게 노래하고

행운이 늘 당신을 반깁니다.

(모래언덕에서 종소리가 울린다.)

파우스트   (소스라치게 놀라며)

망할 저 종소리! 아주 고통스럽구나.

등 뒤에서 쏘는 배신의 화살처럼.

눈앞에는 왕국이 이처럼 끝없이 펼쳐져 있는데,

저런 불쾌한 것이 등 뒤에서 나를 조롱하다니.

시샘하는 저 종소리가 자꾸 일깨운다.

고귀한 내 영토는 온전하지 못하고,

저 보리수와 가뭇가뭇한 오두막,

다 쓰러져가는 교회는 내 소유가 아니라고.

저곳에 가서 내 마음을 편히 쉬게 하고 싶어도

낯선 그림자들 때문에 소름이 끼친다.

이 눈엣가시, 발바닥에 박힌 가시 같으니라고.

아! 정말 여기서 저 멀리로 떠나고 싶구나!

린코이스 망루지기   (앞에서와 같은 투로)

화려한 배 한 척이 시원한 저녁 바람을 가르며

기쁘게 돌아오고 있어요.

정말 잽싸게 들어오는 저 배에는

궤짝과 상자, 자루가 잔뜩 실려 있어요!

(화려한 배, 이국의 다채로운 산물들을 잔뜩 싣고 있다.)

(메피스토펠레스, 세 명의 건장한 거한들)

합창 이제 곧 우리는 도착한다.

그새 도착했구나.

주군께 행운을!

그리고 우리 선주님께도!

(그들은 배에서 내리고, 화물들이 뭍으로 운반된다.)

메피스토펠레스 우리가 이렇게 증명했으니,

이제 선주께 칭찬을 받으면 얼마나 흡족하겠는가.

떠날 때는 배 두 척이었는데,

항구에 돌아올 때는 이렇게 스무 척을 몰고 돌아오다니.

우리가 얼마나 위대하고 큰일을 했는지는,

우리가 가져온 화물만 봐도 알 수 있지.

드넓은 바다에서는 정신도 자유로워져,

그곳에서는 고민이라고는 할 필요 없으니!

그저 잽싸게 낚아채면 그만이지,

물고기도, 배도 낚아라.

우선 세 척을 차지하면 네 번째야 아주 우습지.

다섯 번째가 호락호락하지 않아도,

무력이 있다면 그것이 바로 진리인 것을.

사람들은 내용만 묻지 방법은 묻지 않으니까.

항해가 뭔지 몰라도 그만이야.

전쟁과 무역 그리고 해적질은

떼어놓을 수 없는 삼위일체니까.

세 명의 거한 감사도 인사도 없잖이!

인사도 감사도 없다고!

주인께서 우리가 악취라도 가져온 것처럼.

얼굴을 찌푸리고 있으니.

제왕의 물건도 마음에 들지 않나 봐.

메피스토펠레스 보상을 기대하지 말라 했잖아!

이미 너희 몫은 다 챙기지 않았더냐!

세 명의 거한 그거야 지루하기 짝이 없던

항해의 대가이고요.

우리 모두 동일한 몫을 요구해요.

메피스토펠레스   우선 위쪽 홀에

진귀한 저 보물들이 잘 보이도록 정리하라고.

어서, 모두!

주군께서 오셔서 꼼꼼히 살펴보시고

좀 더 정확히 계산해보신다면,

그분은 분명 인색하게 굴지 않고

모든 선원들에게 잔치에 잔치를 열어주실 테니.

알록달록한 계집들도 내일이면 도착하겠지,

그들을 맞는 건 내가 최고지.

(짐들을 옮긴다.)

메피스토펠레스   (파우스트를 향해)

그렇게 심각한 표정에 음울한 눈빛으로

지금 당신에게 굴러들어온

이 굉장한 행운을 대한단 말이오.

당신의 드높은 지혜는 이미 제왕의 경지에 이르러

바다와 해안은 서로 화해하게 되었지요.

해안에서 쏜살같이 떠나는 배들을

바다는 기꺼이 품 안에 받아줍니다.

그러니 이제 말해봐요.

여기 이 왕궁에서 당신의 팔이

이 모든 세상을 품고 있어요.

바로 이곳에서 시작되었죠.

여기에 첫 판잣집이 세워졌죠.

작은 도랑을 팠던 그곳에서

이제는 노에서 물이 튀기고 있어요.

당신의 숭고한 뜻과 백성의 노력은

땅과 바다의 칭송을 받을 만하답니다.

여기서부터.

파우스트　난 이곳이 끔찍하게 싫어!

게다가 답답하고 이렇게 나를 힘들게 하니 말이야.

네놈이 꾀가 많은 놈이니 내 말하는 거지만,

가슴에 바늘로 찌르는 듯 따끔따끔해서,

더 이상 참아낼 수 없다고!

이런 말을 하는 게 창피하지만

저 언덕에 사는 노인네들을 쫓아내고

저 보리수들을 내가 차지하고 싶다네.

저 몇 그루 안 되는 나무가 내 것이 아니다 보니

내 세상을 망쳐놓고 있어.

그곳에서 저 멀리 온 사방을 둘러볼 수 있도록

나뭇가지들마다 뼈대를 만들고,

저 멀리까지 넓은 시각으로 바라볼 수 있게
전망대를 짓고서 내가 이뤄낸 업적을 응시하고 싶다.
한눈에 모두 살펴보고 싶단 말일세.
인간의 정신이 이룩한 이 걸작을,
머리를 써서 아주 현명한 방식으로
백성들의 거주공간을 만들어냈지.

그렇지만 아무리 이렇게 풍요롭다 해도
내가 소유하지 못한 딱 한 가지가
날 거슬리게 해.
바로 저 종소리와 보리수의 향기가
교회나 무덤에 갇힌 듯 날 에워싼다고.
내 강력하고 힘찬 의지가
저기 저 모래언덕에 부딪쳐 산산조각이나.
어떻게 하면 이런 기분에서 벗어날까!
종이 울릴 때마다 분노가 치미는군.

메피스토펠레스 왜 그렇지 않겠어요!
때로는 불쾌한 것 하나가 인생을 다 망쳐버리니까요.
누가 그렇지 않겠어요!
고상한 귀를 가진 이라면
저 종소리가 끔찍하게 들릴 거랍니다.

저 망할 땡땡, 땡땡 소리는

맑은 저녁 하늘을 안개로 가려놓고

아이의 첫 세례부터 장례식까지

사사건건 개입하고서는

저 땡과 땡 사이에서 모든 인생사가

흩어져버리는 꿈인 듯 만들어버리지요.

파우스트   그 고집불통 노인들이

저리 버티고 있으니 이렇게 훌륭한 일을 모두 망치겠어.

고통이 하도 마음에 사무치니

옳게 살려는 정신도 갈수록 느슨해진다.

메피스토펠레스   왜 여기서 망설이는 거죠?

이미 오래전에 저들을 내쫓고 영토로 삼았어야 하잖아요.

파우스트   그러니 어서 가서 그들을 좀 치워버려!

그 아름다운 농장으로 말이야, 네놈도 잘 알고 있지.

내가 그 노인네들을 위해 골라놓은 그곳.

메피스토펠레스   저들을 번쩍 들쳐 업고

그곳에 내려놓으면 그만이죠.

주변을 한 번 빙 돌아보는 그 순간에

그들은 다시 땅에 발을 딛고 서 있을 거예요.

물론 폭력적이긴 하지만

아름다운 광경을 보는 순간 모두 용서가 되겠죠.

(그는 귀청이 찢어질 듯 휙! 하고 휘파람을 분다. 그러자 세 명의 거한
이 등장한다.)

메피스토펠레스   이리 오라,

　　　　주군이 시키는 대로 해라,

　　　　내일은 선원을 위한 축제가 열릴 테니.

세 명의 거한   늙은 주군이 우리를

　　　　제대로 환영하지 않았으니

　　　　선원들을 위한 잔치는 마땅히 열려야지요.

메피스토펠레스   (관객을 향해)

　　　　옛날 옛적에 일어났던 그 일이, 여기서 다시 벌어집니다.

　　　　그 옛날 나보트의 포도밭이 있었지요. (「열왕기상」 21장)

　　　　(퇴장)

깊은 밤

망루지기 린코이스   (노래를 부르며 성의 망루에서)

　　　　보기 위해 태어나,

　　　　이리 망루에 세워졌다.

　　　　이 망루에 맹세하노니,

나는 이 세상이 참으로 좋구나.

저 멀리 바라보고,

가까운 곳도 바라본다.

달과 별도, 숲과 노루도 본다.

이 모든 것을 볼 때면

영원한 매력을 느끼네.

모든 것이 이리 기쁘니

여한이 없구나.

너희 행복한 두 눈아,

너희가 지금껏 본 것은

그것이 어쨌든 간에

너무나 아름다웠다네!

(잠시 정적이 흐른다.)

하지만 나 혼자 즐기려고

이리 높은 곳에 세워진 것은 아니다.

암흑이 사로잡은 이 어두컴컴한 세상은

나에게 섬뜩한 공포로 위협하는구나!

칠흑 같은 어둠이 드리운

보리수 넘어 반짝이는 불빛이 보인다.

불어오는 강풍에 타오르는 불길이 거세진다.

아! 저 오두막 안이 타고 있다.

이끼 끼고 축축했던 그 오두막이.

도움이 시급하지만

어느 누구도 구하지 않는구나.

아! 착하던 그 노인네들,

그리 불을 조심히 다루었는데,

숨 막히는 연기에 먹이가 되어버렸다!

이리 끔찍한 사고가 웬 말이더냐!

화염이 이글거리고,

검은 이끼로 가득하던 그곳은

붉은 불길 속에 타오른다.

저 착한 노인들을

사납게 타오르는

지옥으로부터 구해야 하는데!

환한 불꽃이 혀를 날름대며

나뭇잎 사이로 가지들 사이로 타오른다.

마른 가지들은 불길에 휩쓸려

확 타오르다

어느 순간 무너져내린다.

이 광경을 이 두 눈으로

지켜봐야 한단 말인가!
이 좋은 시력을 가져봤든
다 뭐란 말인가!
떨어져 내리는 가지들 무게에
작은 교회도 무너진다.
매서운 불길이 뱀처럼 기어올라
나무 우듬지마저 손에 넣는다.
속이 텅 빈 나무줄기들은
뿌리까지 불이 붙어
붉게 활활 타오른다.

(오랜 정적이 흐른 후, 다시 들려오는 노랫소리)

내 이 두 눈에 기쁨을 선사하던 것들이
수백 년의 세월과 함께 사라지다니.

파우스트   (발코니에서, 모래언덕을 바라보며)
위쪽에서 들리는 저 비탄에 잠긴 노랫소리는 뭔가?
여기서 말하고 노래해도
때는 늦어버렸어.
망루지기도 한탄하지만,

나 역시도 그 성급했던 행동에 화가 치민다.

그렇지만 보리수나무가

화염에 휩싸여

끔찍한 숯덩이가 되었어도,

그곳에 전망대가 곧 설치되면

광활한 영토를 전부 살펴볼 수 있겠지.

또 그곳에서면 늙은 노부부가 살

새로운 집도 볼 수 있을 거야.

그 노인네들도 결국 내 관대함에 감사하며

그곳에서 남은 생을 즐겁게 보내겠지.

메피스토펠레스와 세 명의 거한 (아래쪽에서)

최대한 빨리 뛰어 여기까지 왔습니다.

죄송하게도 일이 잘 풀리지 않았어요.

문을 계속 두드리고 또 두드렸지만

아무도 문을 열어주지 않았습니다.

그래서 우리는 문을 흔들며 두드렸지요.

그랬더니 썩은 문짝이 뒤로 넘어갔어요.

우리는 소리치고 무섭게 위협했지만,

아무런 소리도 들리지 않았어요.

이런 경우 항상 그렇듯이,

그 노부부는 들은 척도 하지 않으려 한 거죠.

하지만 우리는 일을 완전히 망칠 수 없었어요.

그래서 잽싸게 그들을 해치워버렸어요.

그 노부부는 그리 고통스러워하지 않았어요,

공포에 그냥 기절해버렸거든요.

그런데 거기 웬 낯선 녀석이 오두막에 숨어 있다가

덤비기에 그냥 바닥에 때려 눕혔어요.

잠시 격렬히 싸우다 보니

숯불이 사방에 흩어지면서 짚에 불이 붙어버렸어요.

그리고 여기저기로 옮겨 붙더니 타올랐어요.

이 세 사람의 화장터라도 되듯이.

파우스트   내가 말할 때 귀머거리라도 된 거냐?

난 땅을 바꾸고 싶었지, 훔치려는 게 아니었어.

이런 용서받지 못할 난폭한 짓을 하다니,

이런 저주받을 짓이 있는가.

너희 모두 그 저주를 나눠 가져라!

합창   옛 격언, 그 말이 울려 퍼진다.

힘 앞에서는 순종하라!

담대하게 맞서다가는 네 집과 재산

그리고 네 목숨까지 걸어야 하느니.

(퇴장)

파우스트 (발코니에서)

별들은 빛을 감추고,

불꽃은 사그라지며

조그맣게 타오른다.

한 줄기 바람이 살짝 불어오니

연기와 냄새가 밀려오는구나.

경솔한 명령에 집행도 너무도 성급했다!

그림자처럼 저리 넘실대며

다가오는 저건 뭔가?

한밤중

(네 명의 할멈들이 등장한다.)

첫째 할멈 내 이름은 결핍이에요.

둘째 할멈 나는 채무요.

셋째 할멈 내 이름은 근심이라 부르죠.

넷째 할멈 나는 궁핍이오.

셋이서 문이 잠겨 있으니, 우리가 들어갈 수 없어요.

저 안에 부자가 살고 있는데 우릴 좋아하지 않아요.

결핍   그럼 난 그림자가 되어야겠어.

채무   나는 사라져야지.

궁핍   응석받이들은 우리한테 얼굴을 돌리지.

근심   자매들아, 너희들은

그 안으로 들어가지도 못하고 들어가면 안 돼.

그래도 근심은 열쇠구멍으로 살짝 들어갈 수 있다네.

(근심은 사라진다.)

결핍   자매들아, 우리 여기서 이만 사라지자.

채무   같이 가자고, 네 옆에 바짝 붙을게.

궁핍   이 궁핍은 네 발꿈치에 붙을 거야.

셋이서 구름이 몰려와 별 하늘을 뒤덮어버리네!

저 뒤편에서, 저 뒤편에서!

멀리, 저 멀리서, 우리의 형제인

그가 다가온다, 다가와. 바로 죽음이.

파우스트   (궁전에서)

넷이 오는 걸 봤는데, 셋만 돌아가는군.

뭐라 말하는지 도통 알아들을 수가 없어.

궁핍이란 이런 말인 것 같기도 했는데,

그리고 죽음이라 하며 음울하게 운을 맞췄지.

공허한 소리에 유령이 내는 소리 같았지.

아직 세상 밖에서 자유로이 전투도 해보지 못했는데.

내 가는 길에서 마법을 완전히 치워버리고 싶구나.
내 머릿속에서 마법의 주문도 완전히 지워버리고,
내가, 대자연이여, 네 앞에 오로지 한 남자로만 선다면,
진정한 인간이 되는 그 노력이
그만한 값어치를 할 텐데.

나도 한때는 그랬어. 그러다 어둠을 찾았지.
저주의 말을 퍼부으며 나와 이 세상을 욕했어.
이젠 허공에 저런 유령들만 가득 차 있으니
어떻게 저것들을 피해야 할지 그 누구도 모르는구나.
아무리 낮이 이성의 빛을 밝게 뿌려주어도
밤은 우리에게 악몽이란 그물을 씌우니.
어린 새싹으로 가득한 들판에서 즐겁게 돌아오면,
새 한 마리가 까옥까옥 울어댄다.
뭘 저리 울어대는가? 재앙이로구나.
언제 어디서나 늘 미신에 사로잡혀 있으니,
뭔가 나타나서 경고하는 것으로 느껴진다.
그러면 두려움에 떨며
그 자리에 우두커니 서 있는 거야.
방문이 삐걱대는데 왜 아무도 들어오지 않는 걸까.
(몸서리를 치며)

거기 누구 있느냐?

근심 그 질문에 답은 '예!'랍니다.

파우스트 도대체 너는 누구냐?

근심 이미 전에 한 번 찾아왔었죠.

파우스트 당장 물러나라!

근심 여기가 제가 있어야 할 장소지요.

파우스트 (처음에는 화를 내다 이내 진정하고서 혼잣말로)

진정하라고, 주문 따윈 절대 입 밖에 내서는 안 돼.

근심 내 말이 당신 귀에는 들리지 않아도,

마음속에는 위협적으로 울려 퍼지죠.

난 모습을 바꿔가며 끔찍한 힘을 휘두르거든요.

길을 가든, 넘실대는 파도 위에서든

영원히 함께하는 근심, 걱정의 동료니까요.

아무리 찾지 않으려 해도 항상 그 자리에 있어요.

날 구슬리기도 하고 욕하기도 해요.

지금껏 근심을 몰랐단 말인가요?

파우스트 나는 이때껏 이 세상을 누비며 살아왔어.

쾌락이라면 모조리 그 머리채를 휘어잡았고,

만족스럽지 않는 것은 그냥 내팽개치고,

내게서 도망치는 것도 잡지 않았지.

오로지 욕망을 쫓고 또 그것을 취하며 또다시 갈망했지.

그렇게 폭풍처럼 힘차게 인생을 질주해왔지.

원대하고 거대하였으나,

그렇지만 이제는 현명하고 사려 깊어졌다오.

이 지상의 것이야 이제 충분히 알 만큼 알았어.

그러나 저 천상의 것은 우리가 알 수 없으니,

초롱초롱한 눈빛으로 그곳을 바라보며,

그 구름 위로 자기와 비슷한 종족이 있다고

생각하는 이는 정녕 어리석은 바보요!

차라리 이 땅에 굳건히 서서 그 주변을 바라봐야 하오.

노력하는 사람에게 이 세상은 침묵하지 않지.

영원을 기웃거려 뭘 얻는단 말인가!

인식한 것은 이리 손으로 잡을 수 있는데.

이렇게 지상의 날을 따라 걸으면 그만이지.

유령들이 제아무리 날뛰어도

그저 자신의 길을 가다 보면

매순간 만족하는 법이 없는 인간이라도,

자신의 길에서 분명 고통도 마주하겠지만

분명 행복도 맛볼 것이오!

근심 한 번 내 차지가 된 사람에게는

이 모든 세상이 아무런 가치가 없어요.

영원한 어둠이 내리깔리고,

태양마저 더 이상 뜨지도 지지도 않지요.

바깥을 향한 감각은 아무 이상 없지만,

내면은 깜깜한 암흑천지에서 살아가요.

아무리 수많은 보물을 지녔다 해도

진정으로 소유하지 못해요.

행복도 불행도 모두 근심에 젖으니

풍요 속에서도 배고픔을 느끼며,

기쁨도 즐거움도 모두 다른 날로 미뤄버려요.

오로지 미래만을 기다릴 뿐

그런 그에게 완성이란 존재하지 않지요.

파우스트   그만해! 내 곁으로 오지 마라!

그런 헛소리를 듣고 싶지 않아. 저리 가버려!

그런 장황한 이야기를 계속 듣다 보면

현명한 사람마저도 홀리겠군.

근심   가야 할까요? 돌아와야 할까요?

결코 결심할 수 없어요.

신작로 한가운데서 더듬대며 반 발자국을 뗄 뿐이죠.

갈수록 길을 잃고 헤매다 자신감마저 사라지고

모든 것을 삐딱하게 바라봐요.

자신의 멍에로 남고 짓누르고

숨을 헐떡이다 질식해 죽지요.

질식하지 않는다 해도 늘 투덜대고,

자포자기도 아니고 굴복도 아니죠.

이렇게 쉴 틈 없이 굴러가다 보면

원치 않는 것도 고통을 참으며 억지로 해야 하니

때론 해방된 듯 때론 질식한 듯

잠도 제대로 자지 못하니

전혀 개운하지가 않아요.

못 박힌 듯 늘 그 자리에 묶여 있으니

지옥으로 갈 준비나 하는 거죠.

파우스트　이런 고약한 유령들아!

너희는 수천 번이나 그렇게 인간들을 다루지 않았나.

크게 나쁘지도 않은 날들마저

너희는 추잡한 혼란으로 그물을 쳐

사람들을 고통 속에 질식할 것처럼 만들었지.

악마들을, 내가 알기로는, 떨쳐내기란 분명 어렵지.

그 강력한 정신적 끈을 떼어내기 어렵다.

그러나 은근슬쩍 끼어들려는 너의 힘,

근심이 제아무리 클지언정 난 너를 인정하지 않을 거야.

근심　잽싸게 당신에게 저주를 내리고 돌아서는 순간

당신은 내 힘을 알게 될 거예요!

인간들이란 평생을 장님처럼 사니까요.

파우스트여, 이제 결국 당신도 눈이 멀게 될 거예요!

(파우스트를 향해 입김을 분다.)

파우스트   (눈이 멀어)

밤이 점점 깊어지는 것 같군.

그래도 마음속은 밝은 불빛으로 환하다.

내가 생각했던 것을 어서 서둘러 마쳐야겠어.

주군의 말만이 그 힘을 발휘하니까.

일꾼들아, 잠자리에서 일어나라! 모두 일어나라!

내 대담하게 구상한 것을 행복하게 보게 해다오.

연장을 잡아라, 삽과 괭이를 잡아라!

배수로 작업을 당장 해야 한다.

정해진 규칙에 따라 부지런히 일하년

그에 합당한 최고의 대우가 보장되리라.

이 위대한 과업을 완성하는데

수천의 손에 정신 하나면 충분하다.

궁전의 넓은 앞마당

(횃불들이 타오른다.)

메피스토펠레스   (감독관으로 앞장서서 지휘하면서)

이쪽으로, 이쪽으로! 어서 들어와라, 들어와!

이 너덜너덜한 레무르들아,

인대와 뼈다귀로 기운이 망령들아.

레무르들   (합창하며)

이렇게 즉시 당신 앞에 대령했습니다.

그런데 우리가 건너 듣기로는

아주 넓은 땅을 개간하는 이 일로

우리에게 땅이 주어진다 하더군요.

뾰족한 말뚝들도 여기 있습니다.

측량용 사슬도 있어요.

그런데 우리를 왜 부르셨는지

그걸 잊어버렸군요.

메피스토펠레스   굳이 그 측량술대로 할 필요 없다.

각자의 치수로 재면 된다!

가장 큰 놈이 길게 드러눕고,

나머지는 주변의 뗏장을 들어내라.

그 옛날 우리 조상이 했던 대로

기다랗고 네모난 구덩이를 파라!

궁전에서 이 좁아터진 집으로,

결국 이렇게 어리석게 끝나는 거야.

레무르들 (조롱하는 몸짓으로 땅을 파며)

내가 젊어 사랑할 때는 그것이 감미롭다 생각했지.

흥겨운 노래가 즐겁게 울려 퍼지면,

내 발길은 그리로 향했다네.

이제 심술궂은 늙음이 그 지팡이로 나를 내리치네.

묘지 문간에서 발에 걸려 비틀거리는데

왜 하필 그 문은 열려 있는 거야!

파우스트 (궁전에서 걸어 나오며 문기둥을 더듬는다.)

저 삽질 소리만 들어도 정말 기쁘구나!

저들이 나를 위해 열심히 일한다.

개간한 땅을 기름지게 만들고 파도의 경계를 정해주고,

바다에 튼튼한 제방으로 띠를 둘러주고 있어.

메피스토펠레스 (방백으로)

그래 봤자 당신은 그저 우리를 위해 애쓰는 거야.

제방을 쌓고 방파제를 만들어봐.

그저 바다의 악마, 넵투누스에게 바칠

성찬을 준비하고 있는 거라고.

어쨌든 당신은 패했어.

자연의 원소들마저 우리와 결탁했으니,

이제 파멸로 치닫는 수밖에.

파우스트 감독관!

메피스토펠레스 여기 있습니다!

파우스트 어떻게 해서든 일꾼들을 더

무더기로 모아 엄벌로 다스리면서도

흥이 나도록 격려도 잊지 말고 보수를 주고,

회유하고, 쥐어짜라!

수로 공사가 계획대로 진척되고 있는지

날마다 내게 보고하도록 하라.

메피스토펠레스 (낮은 목소리로 웅얼거린다.)

사람들이 말하기로는, 제게 들리는 보고로는,

수로 공사가 아니라 무덤이라던데요.

파우스트 산 옆에 큰 늪지가 있어서,

우리가 이룩한 모든 것을 오염시키고 있다.

썩은 늪의 물을 빼내는 것,

그것이 우리가 마지막으로 이룩해야 할

최고의 업적이다.

수백만이 살 수 있는 공간을 열어주리라.

비록 안전하지는 않아도 자유롭게 살 수 있는 땅을.

들은 푸르고 기름지고,

백성들과 가축들이 새로운 땅에서 기쁨을 얻으며,

수많은 백성들이 이 대담한 노력의 결실인

이 언덕에 자리 잡을 것이다.

바깥에서는 파도가 둑을 세차게 쳐도

이 안은 지상낙원이 되리라.

파도가 거칠게 제방까지 몰려와 세차게 몰아쳐도

모두가 함께 달려가 갈라진 그 틈을 메우리라.

그래! 이 뜻을 위해 내 전부를 바칠 것이다.

이것이 내 궁극의 지혜로다.

날마다 새롭게 싸워 쟁취하는 자만이

자유와 생명을 누릴 수 있다.

이렇게 위험에 둘러싸여 있어도

거기서 아이, 어른, 노인까지 보람된 삶을 살리라.

그렇게 붐비는 삶을 내 두 눈으로 보고 싶구나.

자유의 땅에서 자유로운 사람들과 함께 서고 싶다.

이 순간을 향해 나 이렇게 말하리라.

"순간아 멈추어다오. 넌 정말 아름답구나!"

지상에서 보낸 내 삶의 흔적은

영겁이 지나도 사라지지 않을 걸세.

이런 숭고한 행복이 다가오는 것을 느끼며

지금 나 최고의 순간을 만끽한다.

(파우스트, 뒤로 쓰러진다. 레무르들이 그를 잡아 땅에 눕힌다.)

메피스토펠레스   그는 그 어떤 쾌감에도,

행복에도 만족하지 못했고,

늘 새로운 형상을 찾아 헤맸지.

이 보잘것없고 공허한 최후의 순간을

이 가련한 자가 잡아두려 하는구나.

나한테는 그리 온 힘을 다해 완강히 저항하더니,

세월이 흐르니 이 사람도 늙은이가 되어

이렇게 모래바닥에 누워 있네.

시계는 이제 멈췄다.

합창   시계는 멈췄다! 한밤중처럼 침묵한다.

시곗바늘은 떨어졌다.

메피스토펠레스   시곗바늘은 떨어졌고,

이제 모두 끝나버렸어.

합창   이제 지난 일이라네.

메피스토펠레스   지났다니!

그게 무슨 바보 같은 소리야!

왜 지나갔다는 거야?

지나갔다와 순수한 무는 완전히 일치하는 거라고!

그렇다면 영원한 창조란 뭐란 말이냐!

창조가 된 것이 결국 다 무가 된다는 건가!

"이제 모든 것이 지나갔다",

이것이 무슨 뜻이냐?

'마치 아무것도 없었던 것처럼 좋구나',

이런 뜻인가.

그래도 영원 안에 뭔가 있는 것처럼 계속 맴도네.

나는 영원한 공허가 좋단 말이다.

장례식

레무르 (독창)

누가 집을 이리 형편없이 지은 거야?

삽과 괭이 같은 걸로.

레무르들 (합창)

삼베옷 입은 뻣뻣한 손님,

당신한테는 그것도 과분하답니다.

레무르 (독창)

누가 이 방을 이리 엉망으로 꾸민 거지?

식탁과 의자는 어디 있어?

레무르들 (합창)

잠시 빌려줬다네.

쓸 사람이 아주 많으니.

메피스토펠레스 육신은 누워 있는데

정신은 도망치려 하네,

어서 그에게 피로 서명한 계약서를 보여줘야겠어.

안타깝게도 요새는 악마에게서

영혼을 가로채는 수단이 많아졌거든.

옛 방법을 쓰려니 덤비는 것들이 있고,

새로운 방법을 쓰려니 별로 탐탁지 않아.

예전이라면 혼자서 처리했겠지만,

이제는 도움을 줄 것들을 데려와야 하니.

모든 게 우리한테 불리해졌어!

오래전부터 내려오는 관습, 오래된 법,

이제 이런 것들을 신뢰할 수 없다니까.

예전에야 마지막 숨과 함께 영혼이 빠져나오면,

주시하고 있다가 날쌘 쥐를 잡듯

휙! 낚아채서 발톱으로 움켜쥐었어.

그런데 요즘은 그 음산한 그곳에서 머뭇거리며

더러운 시체의 역겨운 집을 떠나려 하지 않아.

그러다 서로 미워하는 원소에게 떠밀려

결국 치욕스럽게 쫓겨나지.

나는 날이면 날마다 매순간 고통스러워.

언제? 어떻게? 어디서?

이런 끔찍한 질문을 해야 한다.

늙어서 찾아온 죽음으로 힘을 잃은 건가.

죽긴 죽은 거야? 이것도 오랫동안 고민해봐야 해.

나도 한때 굳은 사지를 보며 욕심냈던 적이 있지.

하지만 그저 죽은 척했던 거고,

조금씩 움직이더니

이내 사지가 일어나던 일이 어디 한두 번 있었나.

(앞의 행렬을 선도하는 듯한 이상한 몸짓을 하며 주문을 왼다.)

자, 어서 빨리! 너희들의 보행속도를 두 배로!

너 곧은 뿔의 사내, 너 굽은 뿔의 사내,

오래된 악마 가문의 일원들이여,

어서 지옥의 아가리를 들고 오라.

지옥에는 아가리들이 참 많이 있다!

아주 많다고! 지위나 위치에 따라 삼켜버린다네.

이 마지막 지옥행 놀이부터는

신분을 가지고 까다롭게 굴지 않아.

(왼편에서 무시무시한 지옥의 아가리가 열린다.)

송곳니가 쩍 벌어지고, 목구멍의 둥근 천장에서
분노의 불길이 쏟아져 흐른다.
그리고 저 안쪽에서 연기가 흘러나오는데
영원히 불타오르는 화염의 도시가 보이는구나.
불길의 파도가 치솟아 이빨들을 친다.
저주받은 이들이 구원을 바라며 헤엄쳐온다.
그러나 하이에나의 거대한 입이 물어뜯으니
다시 무서운 화염의 길로 돌아간다.
각 모서리마다 새로 보이는 것들이 너무 많구나.
이 좁은 공간에 끔찍한 것들이 왜 이리 많은가!
너희는 죄인들을 무섭게 하려고 그러는가 본데,
이들은 그걸 거짓, 속임수, 꿈으로 생각한다.
(짧고 곧은 뿔이 달린 뚱뚱한 악마들에게)
불타는 뺨의 이 뚱뚱한 놈들아!
지옥의 유황을 먹고 살이 그리 쪄도 잘도 타는구나.
통나무 토막처럼 뻣뻣한 이 짧은 모가지들아,
저 아래 인광이 번쩍 빛나는 저곳을 한 번 봐라.

저건 혼이라는 거다, 날개가 달린 정신이라고.
날개를 떼어내면 징그러운 벌레가 되지.
내 인장으로 도장을 찍을 테니 잽싸게 챙겨서
불구덩이의 소용돌이 속으로 어서 돌아가라!

아래쪽을 잘 주시해야 한다.
이 뚱뚱한 놈들아, 그것이 너희의 임무다.
그 영혼이 아래쪽에 살고 싶어 하는지는
엄밀히 말해 나도 잘 모른다.
그래도 배꼽 속에 사는 건 좋아하지.
그러니 조심해라, 거기서 도망치지 않도록.
(구부러진 긴 뿔이 달린 말라깽이 악마들에게)
이런 멍청한 놈들, 키만 꺽다리 같은 놈들아,
어서 허공을 움켜쥐어, 계속 그렇게 해.
양팔을 쭉 뻗고 날카로운 손톱을 세우라고.
그래야 나비처럼 펄럭이며 도망치려는 영혼을 잡지.
영혼도 분명 옛집이 싫어졌을 거야.
그리고 천재라면 곧바로 하늘 위로 향하겠지.

(하늘의 우측에서 후광이 비춘다.)

천상의 무리　따르라, 천사들이여,

하늘의 전령들아,

부드러운 날갯짓으로.

모든 죄를 사하고

먼지를 되살려내며,

나란히 줄을 지어

두리둥실 날면서

모든 만물에

자비로운 흔적을 남겨라!

메피스토펠레스　이 무슨 듣기 거북한

불협화음이 내 귀에 들리는 거야, 끈질기게 찍찍대네.

하늘 위에서 들려와.

불청객을 이리 마주해야 하는 날이라니.

남자인지 여자인지도 모를 것들이 설쳐대니,

저런 건 경건한 척하는 것들이나 좋아하지.

잘 알겠지만, 우리는 죄로 깊이 얼룩진 순간 속에서

인류의 멸종을 계획했어.

우리가 고안해낸 가장 사악한 짓이

그들의 경건한 본성에 꼭 들어맞나 봐.

저 무례한 것들이 착한 척 위선을 떠들며 오는구나!

저것들이 우리한테서 여러 번 가로채 갔어.

우리가 쓰는 무기를 사용해서 말이야.

완전 악마나 마찬가지야,

다만 분장을 한 거지.

여기서 패배한다면 정말 영원한 치욕이 될 거야.

무덤에 바짝 붙어서 그 주변을 철저하게 지켜라!

천사들의 합창　(장미꽃을 뿌리며)

눈부시게 빛나는,

너희 장미들아,

향기를 뿜어내라!

나풀나풀 하늘을 떠돌며,

아무도 몰래 생명을 불어넣고,

작은 가지로 날개 삼아

꽃봉오리 터트려 어서 피어나라.

봄이여, 싹을 틔어라!

보랏빛으로 그리고 초록빛으로 가득히.

저기 누워 있는 편안히 쉬는

저 사람에게 천국을 전해드려라.

메피스토펠레스　(악마들에게)

뭘 멍하니 졸고 있어? 그게 지옥의 방식이야?

어서 일어나서 버텨, 뿌릴 테면 뿌리라고 해.

모두 자기 자리를 지키라고, 이 멍청이들아!

저것들이 꽃잎을 뿌리며

불타는 악마들을 눈으로 덮으려 하는군.

그렇지만 너희들 입김에 모두 녹아내릴 거야.

불어라 불어! 그래, 바로 그렇게!

날아오던 꽃잎이 너희들의 입김에 다 시들어버렸어.

그리 무섭게 다가오지 말라고!

입과 코를 막아라!

이것들아, 너무 세게 불었잖아.

너희들은 적당히라는 것은 절대 모르지!

오그라들며 누렇게 뜨더니 말라서 불이 붙었잖아!

꽃잎들이 불꽃으로 변해 독기를 품고 날아온다.

강력하게 맞서야 해, 모두 모여 집대형으로 방어하라!

힘이 빠지는구나! 게다가 용기도 사라져버리고!

이 악마 녀석들이 낯선 불꽃향기를 맡아버렸어.

천사들의 합창　축복의 꽃잎들,

즐거운 불꽃들,

사방에 사랑을 퍼트리고

환희를 준비하지.

마음이 이끌리는 대로

참된 말들,

하늘의 맑은 빛

영원의 무리에게는

항상 낮뿐이로다!

메피스토펠레스 이런 망할! 이 멍청한 놈들!

사탄이라는 것들이 머리로 바닥에 거꾸로 박다니,

저 풍보들이 곤두박질쳐

지옥으로 도망치는 저 꼴 좀 보게.

그래, 뜨거운 열탕이나 실컷 즐겨라!

하지만 나는 내 자리를 지킬 테니.

(날아오는 장미꽃잎들을 좌우로 쳐내면서)

이 도깨비불아, 저리 꺼져!

더욱더 강하게 빛을 뿜어낸다 해도,

너는 손에 잡히는 순간 썩은 덩어리일 뿐이야.

뭣 하러 나풀거리지? 어서 저리 사라져라!

역청과 유황처럼 내 목덜미에 달라붙는구나.

천사들의 합창 너희들 것이 아닌 것은

어떻게든 피해야 한다.

마음속을 괴롭히는 것을

그냥 두지 마라.

억지로 들어오려 하면

어떻게든 담대하게 막아야 하지.

사랑만이 사랑하는 이들을

이곳으로 인도한다네!

메피스토펠레스   내 머리가 타들어가고,

심장과 간에 불이 붙었어.

이건 악마를 능가하는 것들이군!

지옥의 불길보다 훨씬 끔찍해.

너희가 그리 슬퍼하는 이유를 알겠어.

불행한 사랑의 연인들아!

그러니 목을 돌려 사랑하는 이를 바라보는 거잖아.

나도 그래! 뭐가 내 머리를 저쪽으로 이끄는 거지?

저것들하고 제대로 붙기로 분명 다짐했는데!

저것들은 바라보는 것만으로도

날카로운 적개심이 들었는데.

뭔가 낯선 것이 내 몸 안으로 들어온 건가?

저 사랑스러운 소년들을 지켜보고 싶은 마음이 들어.

도대체 뭐가 저들을 저주하지 못하게 막는 거지?

그런데 내가 여기서 그냥 넘어가면

앞으로 누구를 바보라 하겠어?

내가 끔찍하게 싫어하는 저 젊은것들이

너무도 사랑스럽게 느껴진다!

이 예쁜 아이들아, 나에게 말해다오.

혹 너희들 루시퍼 집안에서 온 것이 아니냐?

너무나 예뻐서, 정말 너희들에게 입 맞추고 싶구나.

너희들이 정말 제때 왔다.

이리 기쁠 수가, 이리 편할 수가 있단 말인가.

너희를 전에 수천 번은 본 것 마냥,

발정 난 고양이처럼 은밀하게 욕정이 끌어 오른다.

보면 볼수록 더 예뻐지는군.

어서 가까이 와라, 날 한 번 바라봐다오!

천사들의 합창 그래요, 가까이 다가가지요.

그런데 왜 뒤로 물러서요?

가까이 갈 테니 그냥 그 자리에 있어요!

(천사들이 이리저리 몰려다니며 공간을 다 차지한다.)

메피스토펠레스 (무대 앞쪽으로 밀려나서)

너희는 우리더러 악령이라 욕하지만,

너희야말로 진정한 요녀들이로구나.

너희는 남자든 여자든 모두 홀리니 말이야.

어찌 이런 요망한 짓이 다 있담!

이게 바로 사랑의 원소라는 건가?

몸 전체가 불길에 휩싸여 있다.

목덜미에 붙은 불은 거의 느껴지지도 않는다.

그렇게 이리저리 떠다니지만 말고,

어서 아래로 내려와서 그 어여쁜 손발을

조금만 더 속되게 움직여 보거라.

참으로 엄숙한 너희들의 모습이 아름답지만,

그래도 너희가 웃는 모습을

단 한 번이라도 보고 싶다!

그러면 여한이 없을 텐데!

사랑하는 애인을 바라보듯이 말이야.

입가를 약간만 움직이면 되는 거야.

거기 길쭉한 소년아, 난 네가 가장 마음에 든다.

그런 성직자 같은 표정은 네게 어울리지 않아.

그러니 나를 좀 더 음탕한 표정으로 바라봐다오!

제대로 벗은 알몸으로 걷는다면 얼마나 좋을까.

그 긴 주름옷은 지나치게 정숙해 보인다.

어, 저것들이 몸을 돌린다.

저 뒷모습이 보아라!

이 개구쟁이 녀석들 정말 군침 돌게 하네!

천사들의 합창   밝게 타올라라,

너희, 사랑의 불꽃아!

비탄에 젖은 자들을

진리로 구원하라.

악에서 즐겁게 벗어나

모두와 하나가 되니

축복을 누리리라.

메피스토펠레스   (마음을 가다듬고서)

나는 어찌 될 것인가!

욥처럼 온몸이 이렇게 보기만 해도

끔찍할 정도로 종기투성이라니.

하지만 내가 승리자이다.

자신을 다시 돌아보고 내 자신과 종족을 믿게 되었으니.

사탄의 고귀한 악마적 본성으로 구원을 받아,

사랑의 유령은 내 피부를 뚫지 못했다.

그 망할 불길은 다 타버렸고,

그래 당연히 내 너희 모두를 저주하리라!

천사들의 합창   성스러운 불길아!

네 어루만짐을 받은

그자는 앞으로의 삶에서

신의 축복을 받으리라.

모두가 하나 되어

날아오르며 찬양하자.

대기가 정화되었으니,

정신이여, 숨을 쉬어라!

(하늘로 오르며 파우스트의 영혼을 데려간다.)

메피스토펠레스 (주위를 두리번대며)

이게 어떻게 된 일이람? 어디로 가버린 거야?

그 어린 것들이 나를 놀라게 해서

내 먹이를 낚아채 하늘로 도망쳤잖아.

그래서 네 녀석들이 무덤가에서 입맛을 다신 거야.

이것들이 내 최고의 보물을 훔쳐갔어.

계약하고 내가 담보로 맡은 숭고한 영혼을

아주 교활하게 가로챘다고.

천사들의 합창 (그새 저 높이 올라가며)

사랑아, 자비로운 사랑아,

품어주고 행동하는 자비야,

앞장서 우리를 이끌어주렴.

속세의 끈이 활짝 핀 꽃처럼

살포시 떨어지니 구름의 너울이

그분을 들어 올린다.

메피스토펠레스 이제 어디로 가서 하소연해야 하나?

내 정당한 권리를 누가 찾아준단 말인가?

그리 오랫동안 살아놓고 창피하게 속아 넘어가다니,

당해도 싸다, 정말 당해도 싸.

실수를 해도 이렇게 큰 실수를 하다니,

온갖 애는 다 써놓고 이게 무슨 망신이란 말인가!

욕정에 눈이 어두워

말도 안 되는 사랑 놀음에 놀아나

그 잘난 악마가 속아 넘어가다니.

노련하기로는 으뜸인 이 악마가 이런 짓을 저질렀으니

정말 바보짓이라 부르기에도 한참이나 부족하다.

결국 이렇게 내가 지고 말았다니.

심산유곡

(산골짜기, 숲, 바위, 황야)

(성스러운 은둔 수도사들, 산등성이 여기저기 흩어져 있다, 바위틈이
이들의 거처이다.)

합창과 메아리　숲은, 숲은 이리저리 요동치고,

　　　　　　바위는, 바위는 꿈쩍도 하지 않으며,

뿌리들은, 뿌리들은 뒤엉켜 있고,

줄기들은 어깨를 맞대고 있죠.

파도는, 파도는 밀려와 물을 튕기고

동굴은, 깊은 동굴은 우리를 감싸요.

사자들은, 사자들은 아무 말 없이

우리 주위를 다정히 맴돌고,

축복받은 이 장소,

이 성스러운 사랑의 둥지에

경의를 표합니다.

황홀경에 취한 신부 (위아래로 오르락내리락하며)

영원한 환희의 불길,

타오르는 사랑의 끈,

가슴에 부글부글 끓는 고통,

부풀어 오르는 신의 환의.

화살아, 나를 꿰뚫어라.

창이여, 나를 쳐라.

몽둥이야, 나를 박살내라.

번개야, 나를 으깨다오.

그리하여 덧없는 모든 것들

전부 사라지고

영원한 사랑의 씨앗이여

영원한 별 빛을 뿜어라.

심연에서 외치는 신부 (심연에서)

내가 서 있는 발아래 바위절벽이
더 깊은 심연을 짓누르며 서 있듯이,
수천의 시냇물이 반짝이듯 흘러
폭포로 뛰어들며 거품을 일 듯,
속에서 치밀어오르는 충동처럼
나무줄기가 허공을 향해 치솟아오르듯,
이 모든 것을 만들고 품어주는 것은
전지전능한 사랑의 힘이라네.

내 주변에서 이는 사나운 파도 소리,
숲과 바위들이 물결치는 듯하다.
사랑스런 소리와 함께 떨어지며
폭포의 넘쳐나는 물이 골짜기로 흘러내리네.
계곡을 적시려고 부름을 받은 것이라네.
대기를 정화하려, 독과 안개를 가슴에 품고,
번쩍 불빛을 내며 번개가 내리친다.
저들은 사랑의 정령들,
우리 주변의 영원한 창조의 힘을 알리는구나.
내 가슴속에도 저리

불이 일어난다면 얼마나 좋으랴.

뒤엉킨 생각으로 정신은 차가워져,

우매한 마음의 한계,

고통의 사슬에 뒤엉켜 괴로워하는구나.

오, 하느님! 이런 생각을 누그러지게 하시고,

이 궁핍한 마음에 빛을 내려주소서!

세라핌 신부 (중간 지대에서)

왜 이리 이른 아침부터

구름들이 전나무의 흔들리는

이파리 사이로 흔들리지?

어린 영혼들의 무리로군.

축복받은 소년들의 합창   말해주세요, 신부님,

우리는 어디를 떠도는 건가요?

말해주세요, 선하신 분,

우리는 누구죠?

우린 행복해요, 모두,

우리 모두 존재한다는 것이

이렇게나 포근한 거군요.

세라핌 신부   소년들아! 한밤중에 태어난 아이들아,

영혼도 정신도 제대로 눈뜨지 못해,

부모에게는 잃어버린 아이나 다름없지만

천사들에게는 큰 수확이라네.

너희를 사랑하는 자 여기 있으니,

마음 편히 여기며 이리 가까이 오너라.

고달픈 지상의 길을 걷지 않아도 되니,

얼마나 행복한가!

아무런 흔적도 없구나.

어서 내려와 내 눈 안에 들어와라.

세상과 지상을 볼 수 있는 기관이지.

이것을 너희 것처럼 쓸 수 있으니,

어서 와서 한 번 보려무나.

(아이들을 자신의 영혼 속으로 받아들인다.)

저건 나무고, 저건 바위지.

저건 계곡 물인데,

아래로 쏟아져

굉음과 함께 쏟아져 내려

가파른 길을 질러간단다.

축복받은 아이들   (안에서)

이야, 정말 대단해요,

그렇지만 이곳은 너무 어두워요.

공포가 우리를 휘감고

겁이나 이리 떨리네요.

고귀하고 선하신 분이여,

이제 우리를 놓아주세요!

세라핌 신부   그렇다면 더 높은 곳으로 올라가

언제나 남의 눈에 띄지 말고 자라야 한다.

영원히 그 순수한 모습 지키며,

하느님께서 계시니 힘을 주실 게다.

그게 바로 영혼의 양식이니까.

자유로운 대기 속에 흐르는.

영원한 사랑의 계시이고,

더 나아가 천상의 행복으로 이어진다.

축복받은 소년들의 합창   (가장 높은 산꼭대기 주변을 빙빙 돌며)

손에 손을 잡고서

즐겁게 원을 만들자,

춤추며 노래 부르세,

신성한 느낌이 가득 차네!

하느님의 가르침으로,

그의 말을 신뢰해도 좋으니,

그분을 존경하면

그분을 직접 뵙게 되리라.

천사들 (파우스트의 영혼을 안고서 더 높은 하늘에서 떠돌며)

고귀한 몸뚱이여,

이제 구원받았노라.

악한 무리들로부터 영적 세계로,

언제나 끊임없이 노력하는 자,

우리의 구원을 받으리라.

하늘의 사랑이 이분에게 더해졌으니,

복된 무리들아 이분을 반갑게 맞이하라.

어린 천사들   그 장미들, 사랑스럽고 성스러운

속죄의 여인들의 손에서 전해져

우리를 도와 전쟁에서

승리로 이끌었어요.

우리의 숭고한 업적을 완성하고,

이 영혼의 보물을 빼앗게 해주었지요.

우리가 꽃을 뿌리자 악은 물러서고

꽃으로 맞히자 악마들은 도망쳤지요.

늘 익숙한 지옥의 형벌이 아닌

사랑의 고통을

지옥의 악마들도 맛보았답니다.

그 늙은 사탄의 우두머리마저

날카로운 사랑의 고통에 빠졌지요.

이제 모두 만세를 외쳐요!

이렇게 해냈어요.

원숙한 천사들   속세의 흔적을 나르는 일은

매우 고통스러웠지요.

석면이 만들어졌다 해도,

순수하지 못하니까요.

강력한 정신의 힘이

여러 원소들을

자기 쪽으로 당겨놓으면

그 어떤 천사도

이미 한 몸이 되어 있는

이 원소들을 떼어놓을 수 없어요.

오로지 영원한 사랑만이

이들을 갈라놓을 수 있어요.

어린 천사들   안개가 드리운 높은

바위 주변을 떠돌며 나는 느끼지요.

가까운 곳에 영혼의 생명체가 움직이고 있어요.

구름이 걷히자 복된 소년들 무리가

구름 사이로 나타나요.

지상의 압박에서 벗어나,

둥글게 모여서,

이 하늘나라의 이 새로운 봄빛과

그 장식들로 상쾌함을 만끽하고 있어요.

부디 이분도 이 소년들과 어울려

새로운 시작을 하길 기원합니다!

축복받은 소년들   우리는 즐겁게 맞이해요,

번데기 상태의 이분을.

그렇게 하면 우리도

천사들의 징표를 얻게 되지요.

그러니 이분을 둘러싼

구름을 벗겨주세요!

성스러운 삶으로

이분은 이미 위대하고 아름다워요.

마리아를 공경하는 박사   (아주 높은 곳에 있는 암자에서)

이곳은 전망도 탁 트어

마음이 드높아집니다.

저기 저곳에 여인들이

하늘을 향해 떠오르고 있어요.

그 가운데 빛나는 분,

별의 왕관을 쓰신 분,

바로 천상의 여왕이십니다.

찬란한 후광이 보이는군요.

(황홀한 표정으로)

가장 높으신 이 세상의 여왕이시여!

이 푸르고 한없이 펼쳐진
하늘의 천막에서
당신의 비밀을 엿보게 허락하소서.
이 사람의 가슴에 이는
가치 없는 것들을
진지하고 부드럽게 어루만져주시어
성스러운 사랑의 환희로
당신께 다가가게 하소서.

당신의 거룩한 뜻만 있으면
우리의 의지는 변함이 없을 것입니다.
당신이 우리를 평온케 하시면
타오르는 불길도 금세 온순해집니다.
가장 아름답고 순수한 처녀여,
우리를 위해 선택된 여왕이여,
당신은 신들이나 다름없나이다.
그분 주변을 에워싸고 있는 옅은 구름들,
이들은 속죄의 여인들,
다정한 무리이지요.
그분의 발치에 무릎 꿇고
하늘의 대기를 삼키며,

자비를 애원하네요.

범접할 수 없는 당신에게

어찌 이런 힘이 없을 수 있겠습니까.

쉽게 유혹에 넘어가는 여인들도

당신을 신뢰하며 곁에 섭니다.

너무 힘없이 무너진 이들이라

구원하기 매우 어렵지요.

누가 자신의 힘으로

정욕의 사슬을 끊을 수 있단 말입니까?

미끄럽고 기울어져 있는 바닥에서는

발이 쉽게 미끄러지지 않습니까?

눈길과 인사로 현혹하는

그 입김에 넘어가지 않는 자

어디 있겠습니까?

(영광의 성모, 하늘 높이 떠오른다.)

속죄의 여인들의 합창   당신은 하늘 높이

영원의 나라로 떠오르네요.

부디 우리 간청을 들어주세요.

그 무엇에도 비할 데 없는 분이시여,
자애가 흘러넘치시는 분이시여!

죄 많은 여인 (「누가복음」7장 36절)

기도합니다, 바리새인의 조롱에도
하나님의 아들이신 당신
아드님 발에 눈물의 향유를 발라드렸던
저의 이 사랑을 걸고, 기도합니다.
그침 없는 향유를 방울방울 떨어뜨린
항아리를 걸고, 기도합니다.
성스런 당신의 손발을 말려주었던
이 머리카락을 걸고…….

사마리아 여인 (「요한복음」4장)

기도합니다, 아브라함이 지난날
양 떼를 몰고 찾았던 그 우물을 걸고
구세주의 입술을 시원하게 적셔주었던
그 두레박을 걸고.
콸콸 흘러 나와 온 세상으로 흘러간
깨끗하고도 넘쳐흐르는
샘물의 이름으로 기도합니다.

이집트의 마리아 (「사도행전」)

기도합니다, 주님이 안치되신

그 고귀하고 성스러운 장소를 걸고,

기도합니다, 무덤 입구에서

훈계로 저를 물리친 팔을 걸고.

제가 사막에 머물며

충실히 지난 40년간 행한 참회에 걸고.

제가 모래에 써놓은 축복받은

작별 인사를 걸고 간절히 기도합니다.

셋이서 이리 큰 죄를 지은 여인들이

당신 곁으로 오는 것도

물리치지 않으시고

속죄를 통하여

영원으로 이르게 허락하신 분이시여,

단 한 번 자신을 잊어버리고

자신이 무슨 실수를 저지르는지 알아채지 못한

이 선한 영혼에게도 부디 당신의 용서를 허락하소서!

속죄의 여인들 중 하나 (더욱더 성모에게 가까이 다가가며, 예전엔 그레
트헨이라 불렸다.)

굽어 살피소서, 부디 굽어 살피소서,

어디에도 비교할 수 없는 분이시여,

넘치는 환한 빛으로 가득한 분이시여,

당신의 자애로운 얼굴로

제게 행복을 베풀어주소서!

한때 사랑했던 그 사람,

이제 더 이상 혼탁하지 않은 그 사람,

그 사람이 돌아왔나이다.

축복받은 소년들 (빙빙 돌면서 다가온다.)

이분은 우리 사이에서도

훌쩍 자라 사지도 벌써 튼튼해졌어요.

열심히 돌봐준 그 보답도

충분히 치러주겠지요.

우리는 지상의 삶으로부터

일찍 떠나왔지만,

이분은 학식이 높으니

우리를 잘 가르쳐주겠지요.

속죄의 여인 (예전엔 그레트헨이라 불렸다.)

고귀한 영혼 합창단에 둘러싸여

새로 온 그, 자신이 누군지 잘 모르지요.

새로운 삶도 잘 깨닫지 못하지만,

벌써 저 성스러운 무리와 닮아가네요.

보세요! 그이가 옛 지상의 인연을,

낡은 껍질을 벗어던지고 있어요.

새로 갈아입은 하늘의 옷에서

젊음의 힘이 새롭게 흘러나오는군요.

그를 제가 가르치도록 허락해주세요.

이 새로운 빛이 아직 그를 눈부시게 합니다.

영광의 성모　어서 오라! 이 높은 곳으로 올라오라!

그가 너를 알아본다면, 네 뒤를 따르리라.

마리아를 공경하는 박사　(얼굴을 바닥에 대고 기도하며)

참회하는 모든 유약한 것들아,

이 구원의 눈길을 바라보라.

저분의 눈길 속에 감사해야 할

복된 운명이 너희를 기다린다.

좀 더 착한 마음을 지닌 자라면

당신을 따르고 섬길 것입니다.

동정녀이시고, 어머니시고,

여왕이신, 여신이시여,

부디 자비를 베푸소서!

신비의 합창　지금껏 지나가버린 모든 것들

한낱 비유에 지나지 않는다네.

결코 이룰 수 없는 것들이

여기서는 완전해지고,

말로 형용할 수 없는 것들이

여기에서 행해졌다네.

영원히 여성적인 그것이

우리를 그 안으로 이끌어 올리는구나.

옮긴이 한윤진

연세대학교 독문학과를 졸업하고, 독일 뷔르츠부르크 대학에서 수학했다. 현재 출판번역 에이전시 베네트랜스에서 전문 번역가로 활동 중이다.

파우스트 2

초판 1쇄 발행 | 2021년 1월 27일

지은이 | 요한 볼프강 폰 괴테
옮긴이 | 한윤진

펴낸이 | 이삼영
펴낸곳 | 별글
블로그 | http://blog.naver.com/starrybook
등록 | 제 2014-000001호
주소 | 경기도 고양시 덕양구 고양대로 1393, 2층 3C호(성사동)
전화 | 070-7655-5949   팩스 | 070-7614-3657

ISBN 979-11-89998-38-7
     979-11-89998-14-1 (세트)

• 별글은 독자 여러분의 책에 대한 아이디어와 원고 투고를 기다리고 있습니다. 책 출간을 원하시는 분은
  이메일 starrybook@naver.com으로 간단한 개요와 취지, 연락처 등을 보내주세요.